中國語言文字研究輯刊

二二編
許學仁 主編

第 7 冊
《集韻》增收叶韻字字音研究

康欣瑜 著

花木蘭文化事業有限公司

國家圖書館出版品預行編目資料

《集韻》增收叶韻字字音研究／康欣瑜 著 -- 初版 -- 新北市：
花木蘭文化事業有限公司，2022〔民 111〕
目 2+186 面；21×29.7 公分
（中國語言文字研究輯刊　二二編；第 7 冊）
ISBN 978-986-518-833-7（精裝）
1.CST：韻書 2.CST：聲韻 3.CST：研究考訂
802.08　　　　　　　　　　　　　　　　110022443

ISBN-978-986-518-833-7

9 789865 188337

中國語言文字研究輯刊
二二編　　第七冊　　　　　　　ISBN：978-986-518-833-7

《集韻》增收叶韻字字音研究

作　　者　康欣瑜
主　　編　許學仁
總 編 輯　杜潔祥
副總編輯　楊嘉樂
編輯主任　許郁翎
編　　輯　張雅淋、潘玟靜、劉子瑄　美術編輯　陳逸婷
出　　版　花木蘭文化事業有限公司
發 行 人　高小娟
聯絡地址　235 新北市中和區中安街七二號十三樓
　　　　　電話：02-2923-1455／傳真：02-2923-1452
網　　址　http://www.huamulan.tw 信箱 service@huamulans.com
印　　刷　普羅文化出版廣告事業
初　　版　2022 年 3 月
定　　價　二二編 28 冊（精裝）　台幣 92,000 元　　　版權所有・請勿翻印

《集韻》增收叶韻字字音研究

康欣瑜 著

作者簡介

康欣瑜，高雄人。畢業於輔仁大學中國文學系、中國文學研究所碩士班。研究所期間，致力於聲韻學研究。現為國中教師。

提　要

　　我國最早的韻書為曹魏李登《聲類》，至隋代陸法言《切韻》：「因論南北是非，古今通塞」、「遂取諸家音韻」可謂是集六朝韻書大成之作。宋代陳彭年、丘雍奉敕編纂《大宋重修廣韻》，為第一部官修韻書；同時代的《集韻》，收字遠超出《廣韻》二萬多字，其中多為異體字形，一字多音的現象十分明顯，尤其是收錄了部份未見於前代韻書的叶韻音。

　　現存的叶韻資料最早可推源自陸德明《經典釋文》，至宋代的吳棫及朱熹，開始大量用叶韻注音，以改讀的方式，解決了讀古韻語卻不押韻的問題，在此之前《集韻》已收錄叶韻音，但歷來學者多略而不談。欲探討《集韻》增收的叶韻字字音，需先掌握重要的叶韻音資料，其來源有三方面：一、唐代與唐以前的叶韻音資料：陸德明《經典釋文》、釋道騫《楚辭音》、顏師古注《漢書》、李賢注《後漢書》、李善注《文選》、公孫羅《文選音決》與張守節、司馬貞注《史記》等，均曾使用「協韻」、「協句」、「合韻」等名詞，注解他們所認為的叶韻音。二、唐以後至清代的叶韻音資料：如：宋代吳棫《韻補》、朱熹《詩經集傳》、《楚辭集傳》的叶音注解，至清代官修韻書《欽定叶韻彙輯》，可謂是叶韻音的集大成之作，故以《欽定叶韻彙輯》為此時主要的資料來源。三、今人的研究成果：邵榮芬、邱棨鐊與張民權，均曾在其著作中提到《集韻》「諄」韻的「天、顛、田、年」四字音讀為叶韻音，這項研究成果已成共識。

　　而《集韻》與叶韻音的關係，可從先儒所論及之叶韻字音、《集韻》與先儒改讀的叶韻音，和《集韻》收錄叶韻音的兩種類型來說明。前二者最主要是以表格的方式呈現，再者說明《集韻》收錄叶韻音的兩種類型：一、具有破音讀法的叶韻字。也就是本來就存在的兩個音讀，《廣韻》已經收錄此二音，但是為了配合上下文一致的用韻現象，改讀成其中一個破音讀法，然而這類因用韻需要而改讀的例子，非論文所討論《集韻》「增收」的叶韻字字音，故不取。二、不同於破音讀法的叶韻音，凡是《廣韻》未收錄、《集韻》增收的音讀，主要是為了配合押韻而新增收的改讀音，便是論文所探討的範圍。

　　辨別《集韻》增收叶韻音的方法，可由《欽定叶韻彙輯》引《集韻》，《集韻》引《詩經》，《韻補》所補的叶韻音，今人的研究共識，與自己找出的叶韻音五個面向，說明本文取捨《集韻》叶韻字音的標準；而《集韻》增收叶韻字音的考證，採先分調、再分韻的方式，先依平、上、去、入四個聲調，再據《廣韻》二〇六韻之次排列。

　　本文找出《集韻》所增收的部分叶韻字音，而吳棫與朱熹大量使用叶韻注音，應該都是受到《集韻》的影響；《集韻》增收的叶韻字音，並不屬於語音系統的範疇，如果研究《切韻》音系或宋代音系，叶韻字音將使語音系統產生混淆，故須加以釐清。

第一章　緒　論

第一節　研究動機

　　我國最早之韻書，首推曹魏・李登《聲類》，後有晉・呂靜《韻集》、夏侯詠《韻略》等各家韻書，至隋・陸法言作《切韻》，序中云：「遂取諸家音韻。」集六朝韻書大成之作；而唐代王仁煦《刊謬補缺切韻》、孫愐《唐韻》與李舟《切韻》，均是以《切韻》為底本而增注的，這類韻書合稱切韻系韻書。宋代陳彭年、邱雍等奉敕修纂《大宋重修廣韻》，為第一部官修韻書，主要仍是根據前代韻書加以修訂；相隔三十一年後，同時代的丁度等奉詔編纂成《集韻》，體製編排與收字開始有較大的變動。

　　《集韻》成書於宋仁宗寶元二年（A.D. 1039 年），韻書的體製從原本各小韻的隨意編排，修改成依照聲類排列〔註1〕，共收五萬三千五百二十五字，較《廣韻》多二萬七千三百三十一字，其中增收許多「異體字」，包括字形的正體、古體、或體及俗體，與部分未見於前代韻書的「叶韻音」。

　　邱棨鐋曾於《集韻研究》云：「丁公等據古文叶韻以定音者，亦多未說其故。……自注中說解以探源溯本，庶幾猶可考丁公等纂輯音韻之所憑也。」〔註2〕

〔註 1〕《集韻》各小韻多依聲類的牙音、舌音、唇音、齒音、喉音之次排列。
〔註 2〕邱棨鐋：《集韻研究》（1974 年 10 月稿本影印初版），頁 42。

《集韻》收錄的眾多音讀，有些並不會引證說明出處，隨著時代的演變，難考其收字歸音的來源，唯透過字義說明的資料，提供一些丁度等人編纂《集韻》的線索，尤其可從韻文的用韻現象，推知《集韻》收錄叶韻音；張民權《清代前期古音學研究》亦云：「丁度等人在編撰《集韻》時，有些韻部就增收了不少古韻叶讀音。」〔註3〕

　　有鑑於《集韻》增收叶韻字字音的課題尚有討論的空間，期望能在前輩學者研究的基礎上，補充這方面的不足；而《集韻》收錄部份先儒的改讀叶韻，亦新收部分的叶韻音，影響後來吳棫《韻補》、朱熹《詩經集傳》、《字彙》、《正字通》與《康熙字典》等大量收錄叶韻音，故《集韻》位居承先啟後的重要地位。

第二節　研究方法

　　本論文據述古堂影宋抄本《集韻》，研究所增收的叶韻字字音，其方法將從二方面著手：

一、內證法

　　《集韻》的注釋體例為先注反切，後釋字義，有時會註明引證來源，從《集韻》本身收錄的內容，推論該音讀為配合用韻的叶韻音。

　　如：「總」字，《廣韻》收錄在上聲「董」韻，《集韻》除了收上聲音之外，新增收「祖叢切」一音，其下釋字義云：「絲數。《詩》：素絲五總。」故從《詩·羔羊》：「羔羊之縫，素絲五總。委蛇委蛇，退食自公。」內容可知，「縫、總、公」三字押韻，「縫」與「公」二字均為平聲音，此處為配合和諧的用韻情形，「總」字當讀成平聲音，又《集韻》增收「祖叢切」音讀，並引《詩經》為證，且「總」字位在押韻處，由此推論該音讀為《集韻》增收的叶韻音。

二、外證法

　　處理引證的內容，一是使用《集韻》證《集韻》的內證法，一是透過先秦兩漢、魏晉至唐代的韻文作品，以協律的用韻方式得知為叶韻音讀；與內證法

不同的是，外證法是以其他的押韻資料證《集韻》。

　　如：「幢」字，考《廣韻》收錄於平聲「江」韻，《集韻》除了收平聲音之外，新增收「徒東切」一音。宋代吳棫《韻補》為補《集韻》所收叶韻音之不足，於「東」韻下收「幢」字，讀作「徒紅切」，其字例下云：「旛幢。《釋名》：幢，童也。其狀童童然也。《急就章》：蒲蒻藺席帳帷幢，鏡奩梳比各異工。」引證《急就章》內文中的「幢」與「工」二字用韻的情況，說明此處「幢」字應讀成平聲「東」韻，方能和諧押韻，故「幢」之「徒東切」，為配合用韻而產生的改讀音，即《集韻》所增收的叶韻音。

第三節　叶韻字字音之重要文獻

　　研究叶韻字字音，重要的參考文獻可分為三個部份，包括：唐代與唐以前、唐以後至清代，以及今人的研究成果。

一、唐代與唐以前的叶韻音資料

　　這段期間的叶韻音資料，有陸德明《經典釋文》、釋道騫《楚辭音》、顏師古注《漢書》、李賢注《後漢書》、李善注《文選》、公孫羅《文選音決》與張守節、司馬貞注《史記》等，均曾使用「協韻」、「協句」、「合韻」等名詞，注解他們所認為的叶韻音。

　　陸德明《經典釋文・毛詩音義》引徐邈、沈重讀《詩》不合處而改讀的例子，如：顧、且、訟、彤、野、南五字；陸德明改讀、新創的音，如：下、芒、車、來、居、怒、駓、望、莫、野、著、貽、號、嘆、說、遠、樂、歎、翰、難、議、譽、聽。釋道騫《楚辭音》中，如：屬、下、馬、古、行五字；顏師古注《漢書》，如：饗、靡、廢、喜、望、閡、甯等數十字；李賢注《後漢書》，如：信、伉、逞、晰、騷、禁等字；李善注《文選》，如：陀、搏、予、騷、震、偷、迴等數十字；公孫羅《文選音決》中，如：能、莽、索、替、悔、厚等字；三家注《史記》亦有：革、夏、意、怠、搏、豻六字。以上即是唐代與唐以前的叶韻音文獻資料。

二、唐以後至清代的叶韻音資料

　　唐以後的重要叶韻音資料，包括以叶音為主的書，如：宋代吳棫《韻補》、

朱熹《詩經集傳》、《楚辭集傳》的叶音注解，至清代官修韻書《欽定叶韻彙輯》，可謂是叶韻音的集大成之作；字書方面，受到叶韻音的影響，《字彙》、《正字通》與清代《康熙字典》，亦收錄大量的叶韻音。研究《集韻》韻書，可透過這段時期的叶韻音資料，以為佐證；唯《欽定叶韻彙輯》已收錄《字彙》、《正字通》與《康熙字典》的叶韻音，故以《欽定叶韻彙輯》為資料來源。

吳棫《韻補》一書，為補充《集韻》收叶韻音的不足，因而收錄許多叶韻音，並加以舉證，如：「東」韻杠、窻、幢、寵、璗、控、降等字，故《韻補》為研究叶韻音的重要資料。朱熹大量以「叶音」注《詩經》、《楚辭》，逐句為古韻語的不押韻處注音，並以「叶音」稱之，如：議、信、享、饗、慶等字，提供相當多的叶韻音內容。

清代梁詩正等奉敕撰《欽定叶韻彙輯》，這本官修韻書，收羅當時所認為的叶韻音並彙輯成書，且舉出歷代的韻語以為證明，其中部分的叶韻音指出引自《集韻》，可見《集韻》已被認定收錄了一些叶韻音讀，故沿用之，因此《欽定叶韻彙輯》成為研究叶韻音的重要資料。

三、今人的研究成果

今人對於《集韻》增收「諄」韻之「天、顛、田、年」，即是叶韻音讀，已達共識。邵榮芬〈《集韻》音系簡論〉認為，《集韻》所收「諄」韻的「顛、天、田、年」四字為叶韻音：

> 另一種是南北朝以來音注家為協讀古韻而主觀想像出來的字音，即所謂的叶韻音。這種字音在實際語言裡當然也是不存在的。……真韻端組四個小韻，即「顛，典因切」「天，鐵因切」「田，地因切」「年、禰因切」，就都有可能是叶韻音。由於這些字在上古都與中古真韻系的字押韻，音注家於是就為它們想像出來一個真韻系的音，以求跟真韻系的字相諧。吳棫《韻補》直接採用這幾個反切作為他所設想的古音，說不定也跟受音注家的叶韻影響有關。〔註4〕

這段大膽而有力的見解，為《集韻》增收之叶韻音，建立新的研究發展方向。

〔註4〕邵榮芬：《邵榮芬音韻學論集》（北京：首都師範大學出版社，1997年），頁541。

顛、天、田、年四字的切語音讀未出現於《廣韻》，卻收於《韻補》中，且這些音讀曾被音注家認定為叶韻音，與中古的真韻相協，即《集韻》所增收的叶韻音。

邱棨鐊《集韻研究》曾對《集韻》增收「諄」韻的「天、年、顛、田」四字，加以引證說明：

> 天，鐵因切。按：《廣韻》天在先韻、《集韻》入（真）諄，亦古音也。《說文》天、顛互訓，顛从真聲。屈原〈九歌〉天與轔、人韻，古音在真部。《集韻》則入於諄，恐誤。（《廣韻》因在「真」，《集韻》因用真字為切，而入於諄，亦不倫。）

> 年，禰因切。按：年今音亦在先韻，古韻通真。劉熙《釋名》：年，進也。以疊韻為訓。《漢書·敘傳》年與神韻。

> 顛，典因切。按：顛从真聲。（說文）《詩·唐風采苓》顛與苓、人、信韻。〈秦風·車鄰〉顛與鄰、令韻，是古音在真部之證。

> 田，地因切。按：古音田與千、陳、人、年韻。如〈鄭風·叔于田〉、〈小雅·甫田〉是。〔註5〕

《集韻》於「諄」韻增收「天，鐵因切」、「年，禰因切」、「顛，典因切」、「田，地因切」，並引《詩經》、屈原〈九歌〉與《漢書·敘傳》等內容為證，正說明此四音為配合和諧用韻的叶韻音，而《集韻》已經收錄。

張民權《清代前期古音學研究》亦對《集韻》增收「顛、天、田、年」四字的叶韻音，持類似的看法：

> 真韻重出小韻收先韻中「顛天田年」四字（此四字原誤置於諄韻）。
> 因為此四字在《詩經》中與真韻字押，所以《集韻》注顛典因切，天鐵因切，田地因切，年彌因切。元熊朋來曰：「丁韻『天、田、年』等字，皆附入真諄之韻，此古詩韻例也。」〔註6〕

上述便是現有的叶韻音資料，故本論文在前人研究《集韻》之「天、顛、田、年」四字的基礎上，期能詳舉說明《集韻》所增收的叶韻字字音。

〔註5〕邱棨鐊：《集韻研究》（1974年10月稿本影印初版），頁1195。
〔註6〕張民權：《清代前期古音學研究（上）》（北京市：廣播學院出版社，2002年），頁16。

第二章 《集韻》一書之概說

第一節 編寫目的

　　董同龢《漢語音韻學》曾就語音研究的立場，對於反切標音的重要性，有一段簡短的說明：

> 有了反切，漢字才有準確性較大的注音法，並且也是因為有了反切，
> 漢字才有逐字注音的可能，現在探求古音既以文字為主要的途徑，
> 那麼六朝以後用反切注音的韻書，也就是時期最早的最直接的材料
> 了。〔註1〕

　　最早之韻書，首推曹魏・李登《聲類》，後有晉・呂靜《韻集》，六朝・夏侯詠《韻略》，陽休之《韻略》等，然而書久已不傳；至隋・陸法言《切韻》，序中云：「因論南北是非，古今通塞。……遂取諸家音韻，古今字書。」為集六朝韻書大成之作，後代官修韻書均以此為藍本。〔註2〕唐・孫愐《唐韻》與李舟《切韻》便是增訂《切韻》內容而產生的，最近幾年出世的王仁煦《刊謬

〔註1〕董同龢：《漢語音韻學》（台北市：文史哲出版社，1998年），頁77。
〔註2〕董同龢：《漢語音韻學》：「切韻的制作是前有所承的。或者我們可以逕直的說，切韻是集六朝韻書大成的作品。陸法言等人『捃選精切，除削疏緩』的標準是顧到『南北是非，古今通塞』的。換句話說，他們分別部居，可能不是依據當時的某種方言，而是要能包羅古今方言的許多語音系統。」，頁79。

補缺切韻》故宮全本，主要是在陸法言《切韻》書中增字、加注解，亦是增訂的作品；而宋・陳彭年、邱雍等奉敕修纂《大宋重修廣韻》，是研究古音與考訂中古音的重要參考；〔註3〕相隔三十一年，丁度等人奉詔修訂《廣韻》，於是有《集韻》這部收字眾多、符合宋人的語音系統的韻書。

　　《集韻》成書於宋仁宗寶元二年（A.D.1039年），共收五萬三千五百二十五字。時間稍早的《廣韻》，全名為《大宋重修廣韻》，是宋真宗大中祥符元年（A.D.1008年），由陳彭年、丘雍等人奉詔完成的第一部官修韻書，主要根據前代韻書加以修訂的，共收二萬六千一百九十四字，較《集韻》少二萬七千三百三十一字；由於《廣韻》繼承了《切韻》、《唐韻》的音系，所以對研究隋、唐中古音，以及上推先秦音系，都具有重要的影響力。一般而言，《廣韻》收錄的字音，《集韻》亦收，唯《集韻》增收許多「異體字」，包括字形的正體、古體、或體、俗體，凡是有根據便收錄；一字多音的情形也十分普遍。

　　《欽定四庫全書總目》曾對《集韻》一書，明確且清楚地介紹：

> 集韻十卷。舊本題宋・丁度等奉勅撰。前有韻例，稱景祐四年，太常博士直史館宋祁、太常丞直史館鄭戩等，建言陳彭年、邱雍等所定《廣韻》多用舊文，繁略失當，因詔祁、戩與國子監直講賈昌朝、王洙同加修定，刑部郎中知制誥丁度、禮部員外郎知制誥李淑為之典領。〔註4〕

《集韻》之成書有鑒於《廣韻》多用舊文，繁則兼載他切，略則義訓不引出處，使後人不明其例，於是博采先儒舊讀異音之說，重加修訂《廣韻》的內容；其韻例云：「今所撰集務從該廣，經史諸子及小學書，更相參定。」《集韻》之內容與收字皆較同時代的官修韻書《廣韻》豐富，除了參考前代韻書的內容，亦參照經史典籍中各家的讀法，增加許多《廣韻》未收錄的音讀；又賈昌朝奏請同用，丁度更用本字，即其音同，切語亦多改易，故《集韻》一書為《廣韻》之重修。〔註5〕

〔註3〕董同龢：《漢語音韻學》：「陸氏切韻分一百九十三韻，廣韻增至二百零六，雖然多出十三韻，卻不過是分韻寬嚴的問題，並非系統上有什麼歧異。」，頁81。

〔註4〕永瑢等撰《欽定四庫全書總目》景印文淵閣本卷42（台北市：台灣商務印書館，1939年），頁1-865。

〔註5〕邱棨鐊：《集韻研究》（1974年10月稿本影印初版），頁25。另引《集韻》跋云：「蓋見行廣韻、韻略所載疏漏子注乖殊，宜棄乃留，當收復闕，一字兩出，數文同見，不詳本意，迷惑後生，欲乞朝廷差官重撰定《廣韻》使知適從。」證之。

張渭毅於〈集韻研究概說〉曾對《集韻》反切上字分布規律做一考察、分析：

> 《集韻》增訂《廣韻》的一項重要任務是大規模、成系統地改良反
> 切。改良反切表現在兩個方面：一是適應時音的變化，改《廣韻》
> 的類隔切為音和切。二是改進反切的拼讀方法，通過改動反切上字，
> 力求反切上字跟反切下字在聲調、洪細、開合、發音部位等方面一
> 致，達到拼切和諧的目的。〔註6〕

《廣韻》以反切標示音讀，多採用類隔切的切語，即雙唇音與唇齒音互作用字；
直到《集韻》修訂《廣韻》，配合當時語音變化的影響，大量改良反切與拼讀方
式，使之符合時宜、諧和的發音條件。接著認為：

> 《集韻》改進反切拼讀法：既有音理上的依據，又有反映時音變化的
> 企圖，從前的不少學者多側重於從音理的角度，談這項大膽的嘗試
> 在音韻學史上的意義，其實，也應該從體現時音變化的角度認識《集
> 韻》改進反切法在音韻史上的作用。誠然，有一部份反切上字的改動
> 既無音理上的根據，又不能反映時音的變化，而是為了遷就《集韻》
> 以前韻書、字書和音義書中的反切來源而照錄舊切，還有一部份反
> 切純粹是為了拼切方便，這一點何九盈已經指出來了。〔註7〕

因此《集韻》編寫的目的，在於改進《廣韻》的類隔切語，以適應當時的語音；
且改良切語上字與切語下字拼讀的不一致性，重新增訂反切，然而仍有一部份
的反切是沿襲舊有的韻書，甚至是為了方便發音而造的。與《廣韻》相較，不
同之處包括：《集韻》參考先儒舊注，收錄古音；部分義訓內容註明出處，呈現
史料本貌，保存散佚典籍的珍貴佐證；《集韻》編者隨著當時的語音變化，調整
部分《廣韻》的切語內容，不完全遵照《切韻》系韻書的編纂方式。

〔註 6〕張渭毅：〈《集韻》研究概說〉此觀點為一說，亦有持不同看法的學者，如林英津〈論
　　　　集韻在漢語音韻學史的定位〉認為：「《集韻》未必是有意的改易《廣韻》之切語用
　　　　字；但《集韻》掌握了較多的收錄來源，可容許選擇較能精確拼切語音的切語。所
　　　　謂《集韻》有改良切語的企圖，恐怕並不真切。」並於《集韻之體例及音韻系統中
　　　　的幾個問題》中說明：「凡例十二有所謂改類隔為音和者，也未必有改的事實。」
　　　　台灣大學中國文學研究所博士論文，1985 年，頁 56～58。
〔註 7〕張渭毅：〈《集韻》研究概說〉，頁 137。何九盈認為：既然《集韻》反切下字的洪細
　　　　特徵可以在反切上字得到體現，那麼，考察《集韻》的反切上字就不僅僅是考出於
　　　　考訂聲母的需要，還有一個重要的目的，即以反切上字的分布規律為出發點，揭示
　　　　的韻母的洪細變化，構擬介音系統。

第二節　編寫體制

林英津《集韻之體例及音韻系統中的幾個問題》，認為《集韻》較《廣韻》更有結構意義：

> 《集韻》的體例提供了一個較《廣韻》完整、清晰的音韻結構圖象。因此把《集韻》從與《廣韻》性質相似的地位提昇了一層，為比《廣韻》更具有結構意義的韻書。故《集韻》實有學術史上承先啟後的地位。〔註8〕

《集韻》編寫之體制，採先分聲調，共十卷；包括平聲一、二、三、四，上聲五、六，去聲七、八，與入聲九、十；再分韻，共二〇六個韻。即上平聲二十九個韻目、下平聲二十八個韻目、上聲五十五個韻目、去聲六十個韻目、入聲三十四個韻目，共二零六個韻。《集韻》之韻目順序與所屬小韻，與《廣韻》略不同；其同一韻的歸字，是依照聲類之見溪群疑、端透定泥、知徹澄娘、幫滂並明、非敷奉微、精清從心邪、照穿床審禪、影曉匣喻來日（牙音、舌音、唇音、齒音、喉音）方式排列。

韻例詳述《集韻》編寫的體例，共 12 條，其下云：「其字訓皆本《說文》，《說文》所無，則引他書為解。」可知《集韻》中的字義解釋，多引證《說文》為主，他書為輔；「凡古文見經史諸書可辨識者，則取之，不然則否。」字之古、籀、篆體，亦慎而取之。「凡經典字有數讀，先儒傳授各欲名家，今並論著，以諪群說。」《集韻》收錄許多經籍異音，一字多音的現象十分普遍。「凡通用韻中同音再出者，既為冗長，只見一音。」以致省其所不該省，後人無法判斷該音讀是舊讀，或是當時語音。「凡經史用字，類多假借，今字各著義，則假借難同，故但言通作某。」因此《集韻》標明「通作某」，多具有聲音、或意義上的假借關係。「凡舊韻字有別體，悉入子注，使奇文異畫，湮晦難尋；今先明本字，餘皆並出，啟卷求義，爛然易曉。」《集韻》收錄許多異體字形，其排列是先寫本字，字之古體、或體、俗體等，直接收錄於本字後；黃侃《文字聲韻訓詁筆記》云：「此例最便檢索。」〔註9〕有助於分辨本字與別體的工作。

〔註8〕林英津：《集韻之體例及音韻系統中的幾個問題》台灣大學中國文學研究所博士論文，1985 年。

〔註9〕黃季剛先生口述，黃焯筆記編輯：《文字聲韻訓詁筆記》（台北市：木鐸出版社，1983年），頁 174。

此外，「凡字有形義，並同轉寫，或異如冰、忥之類，今但注曰，或書作某字。」以「書作某」的方式，記載偏旁形體互為轉寫，字義卻相同的字。「凡一字之左，舊注兼載它切，既不該盡徒釀細文，況字各有訓，不煩悉著。」《集韻》省略《廣韻》舊注兼載「又音」的切語，雖有其編纂的考量，然而不注「又音」，造成後人不明本音與異讀音。〔註10〕「凡姓望之出，舊皆廣陳名系，既乖字訓，復類譜牒。今之所書，但曰某姓，為不顯者，則略著其人。」《廣韻》詳錄姓氏背景，《集韻》改之，略云某姓。「凡字有成文，相因不釋者，今但曰闕，以示傳疑。」字義無法確定者，《集韻》以「闕」示之。「凡流俗用字，附意生文，既無可取，徒亂真偽，今於正文之左，直釋曰俗作某，非是。」以「俗作某，非是」指出錯誤的流俗用字。「凡字之翻切，舊以武代某，以亡代茫，謂之類隔，今皆用本字。」《集韻》將類隔切改為音和切。「凡著於篇端云，字53525，分十卷。」〔註11〕由此可知，《集韻》修正《廣韻》部分的編寫內容，亦增加一些新的原則，「雖然不是每一例都盡善盡美，但是，這些做法是在試圖改良或超越以往韻書的編纂模式。」〔註12〕

有關《集韻》所載之切語特徵，邱棨鐊《集韻研究》曾詳細分述切語上字與切語下字。上字之特徵包括：

> 第一、《集韻》切語悉更音和，不依舊所謂類隔切——古人作切語，莫非音和，代更音變，後人呼之聲有不諧，以為類隔，不知此只因聲變耳。第二、類隔切之外，舊切與今音不叶，以聲變故者，亦改易其舊有切語，或存其舊切而增以今切。第三、《集韻》切語與《廣韻》音同，而用字更易，其故有二：（一）取與本字同聲調字為切之例：即平聲字之切語上字，亦改用平聲字，上去入三聲準此。《廣韻》切語上字原不拘其聲調，《集韻》但取同聲紐耳。（二）切語上字復有取與本字為同等呼字之例，即切語上字亦顧及開合洪細、介音之和諧。〔註13〕

白滌洲〈《集韻》聲類考〉：「大體上《廣韻》所有的音，《集韻》都收了，也有

〔註10〕所謂「異讀音」，即一字多音。此處指：除了「本字」與「又切」音讀之外的音。
〔註11〕《集韻》序中所提及之韻例。
〔註12〕楊雪麗：〈《集韻》引論〉河南大學學報，第36卷第5期，1996年，頁26。
〔註13〕邱棨鐊：《集韻研究》（1974年10月稿本影印初版），頁1185。

少數《廣韻》所有的反切，而《集韻》未收或歸併了的。」〔註14〕亦對《集韻》博采眾音，以反映今音、古音與方音，提出簡短的說明。而反切下字的特點，其言：

> 《集韻》切語上字既多更易《廣韻》之字，其下字亦與《廣韻》不盡同。其中切異音亦異者，或正《廣韻》切語之誤字、誤音，或改音讀韻類，此音韻之審辨，非關用字之異同。其切語下字之特徵包括：第一、切語下字有取同聲組字之例。第二、試圖統一下字，使用字簡省之例：（一）凡下字僅一見或兩見者，輒改為多見之字，使趨統一。（二）凡《廣韻》下字為同音或異體之字，輒但取一字，使無蕪雜。（三）凡《廣韻》切語下字較冷僻者，多不用之，而改以較常見簡易之字。〔註15〕

上述三點特徵，便是以用字的角度分析，《集韻》更動《廣韻》切語下字的動機；若以審音定韻的角度看切語下字，直接影響的便是韻字的歸類，例如：《廣韻》「因」字讀作「於真切」，歸為平聲真韻；《集韻》卻於諄韻增收「天、顛、田、年」四字，其切語分別是「鐵因切、典因切、地因切、彌因切」，若依照《廣韻》分部的內容，凡以「因」字做為切語下字者，當屬於真韻；但是《集韻》將「因」字「伊真切」歸在「諄」韻，由此推知，「天、顛、田、年」不列於真韻，而是諄韻的理由。

第三節 成書價值

《欽定四庫全書總目》評論《集韻》一書言：

> 至謂兼載他切，徒釀細文，因併刪其字，下之互注則音義俱別，與義同音異之字難以遽明，殊為省所不當省。又韻主審音，不主辨體，乃篆籀兼登，雅俗並列，重文複見，有類字書，亦為繁所不當

〔註14〕白滌洲：〈集韻聲類考〉中央研究院歷史語言研究所集刊，1931 年第 3 本第 2 分。

〔註15〕邱棨鐇：《集韻研究》，頁 1188。又云：「今以音理言之，上字用同聲調字，固僅為與下字之聲調一致，使其呼切時更順口；而取同等呼字為切語上字，則與下字之韻母上音素，可得諧和一致，使拼成之音更臻正確，謂其為切語之拼音化之嘗試，亦無不可。要之此乃宋代等韻學知識之進步，而丁公等以此新知識釐革切語，屬切語學之問題，非僅為呼讀上方便而已。」

繁。其於《廣韻》蓋亦互有得失，故至今二書並行，莫能偏廢焉。

〔註16〕

《集韻》有鑒於《廣韻》繁略失當、多用舊文之缺點，故修正並改良之；然而修正與改良後的編纂內容，亦存有省所不當省、繁所不當繁之不足處，卻與《廣韻》互有得失，故《四庫全書總目》評二書不可偏廢，各取其長以補其短，奠定今日研究語音的重要依據。

邱棨鐍《集韻研究》自序：

> 博采先儒舊讀，為韻書之冠，後世求古音者多推為津梁。

《集韻》修訂《廣韻》繁略失當的缺點，並采先儒舊讀，廣收異體字與古音，求得古音的途徑之一，便是從古代韻文的押韻情況推知而得。觀察《集韻》收錄的音讀，有不少是可以合理解釋以今音讀古韻文不和諧的問題，稱這類讀音為叶韻音；叶韻音本是後人為了保存古音而標註的，若詳實且有系統地以叶音方式記錄古音，則叶音等於古音，便能掌握語音的演變與上古音系；反之，叶音若是為了解釋而改讀，或者配合注疏家的主觀意識而造音，便失去叶音本然的價值；今從先秦韻語的用韻，說明《集韻》增收的音讀，可能是參考韻文而收錄的叶韻音，做為研究與還原古音的重要基礎。

胡安順、趙宏濤〈廣韻、集韻小韻異同考〉提到《集韻》的修訂，是能反映時音的：

> 《廣韻》和《集韻》作者所使用的通語語音應該是一致的，兩書所反映的語音其所以出現了差異，只能說明《廣韻》的編寫原則是守舊的，即嚴格遵守了《切韻》的音系而未考慮時音的變化，《集韻》的編寫原則不僅僅是「務從該廣」，還有一個很重要的方面就是反映時音。〔註17〕

〔註16〕 永瑢等撰《欽定四庫全書總目》景印文淵閣本卷 42（台北市：台灣商務印書館，1939 年），頁 1-865。

〔註17〕 胡安順、趙宏濤：〈廣韻、集韻小韻異同考〉，頁 42。又云：「根據《集韻》對《廣韻》小韻變動的結果，我們至少可以發現中古音到宋代初年時發生了以下重要變化：1. 輕唇音非敷奉微已經從重唇音幫滂並明中分化出來，根據是《廣韻》輕、重唇類隔切的小韻被《集韻》全部改換成了音和切。2. 部分字不同的聲紐發生了合併。3. 部分字不同的韻母發生了合併。4. 部分字韻母的開合發生了轉變。5. 小韻的數量發生了變化。」

《集韻》收錄字音的原則之一,即是改《廣韻》的類隔切語為音和切,可知有輕、重唇音之別,加上部分聲紐與韻母的合併,兩韻書內容在短短的三十一年之內,便有如此的差異性,其原因在於《集韻》反映宋代的實際音讀,未完全承襲《切韻》系統下的編寫體製,而是配合當時文人的使用需求,將原本輕、重唇音不分的切語,分立出來,例:「奔」,《廣韻》為「甫悶切」,《集韻》為「補奔切」;釐清《廣韻》使用的類隔切語,以致於不會誤認為本讀,對保存宋代音讀,功不可沒。

張渭毅〈集韻研究概說〉說明《集韻》為研究《說文》、《方言》、《經典釋文》、《廣雅》、《古今韻會舉要》等書的重要依據,云:

> 《集韻》成為研讀古書、考求古音和疏證古義的「根柢」之書,研
> 究《集韻》也就成為研治小學的捷徑。〔註18〕

這項結論主要是建立在方成珪《集韻考正》的研究成果上,肯定透過校勘、考證的方式研究《集韻》,並以《說文》、《方言》等書證其異同,訂其訛誤,補其疏漏。《集韻》於部分字例的義訓內容註明出處,呈現參考的史料,豐富的引證來源,有助於古書的研讀;古音讀的用韻情形,可借由叶韻音的探討,得到合理的解釋;音讀既明,則字義顯然矣。

趙振鐸〈關於集韻的校理〉認為《集韻》一書提供了文字學、音韻學與訓詁學研究的參考價值:

> 這部書除了音韻學上的價值外,在訓詁學和文字學方面也有重要的
> 作用。研究近代漢語的人往往利用《集韻》去考釋唐宋俗語詞,……。
> 研究戰國文字的人,也常常參考《集韻》裡收列的古文,求得解釋
> 的線索。〔註19〕

《集韻》廣收古、籀、篆文,其說明多以《說文》為據,對於文字學的研究,實為一項重要的參考資料;博采先儒異音,收錄不少古音讀,包括叶韻音,其切語多修訂《廣韻》之內容,對於音韻學的研究,提供新的討論方向,而不完全以《切韻》音系為主;又徵引《說文》、注疏家的注解等,辨析與校勘,有助於訓詁學的研究。

〔註18〕張渭毅:〈《集韻》研究概說〉,頁 134。
〔註19〕趙振鐸:〈關於《集韻》的校理〉中國語文通訊,第 23 期,頁 22。

第三章 《集韻》與叶韻音之關係

第一節 先儒所論及之叶韻字音

錢大昕〈答問十二〉：「古今音之別，漢人已言之。劉熙《釋名》：『古者曰車，聲如居；所以居人也。今曰車，聲近舍。』」〔註1〕可知漢人解讀周、秦時代的典籍，發現古音與今音不同；魏晉時期，對於讀《詩》不和諧的用韻處，徐邈、沈重便以「取韻」、「協句」注之，因此六朝人為了能合理解釋音讀的差異，將古韻語不和諧處，改讀成合於當時的音讀，以便於諷誦。

一、魏晉南北朝之「取韻」、「協句」

（一）魏晉南北朝徐邈、沈重

這時期重要的注解家，有東晉的徐邈，與南北朝的沈重，其注解內容收錄於陸德明《經典釋文・毛詩音義》中，從記載內容可知，魏晉時期相關的「取韻」、「協句」注解，列舉如下：

《詩經》內容	《經典釋文・毛詩音義》引徐邈、沈重
〈日月〉：「日居月諸，照臨下土。乃如之人兮，逝不古處。胡能有定，寧不我顧。」	「顧」，徐音「古」，此亦協韻也，後放此。

〔註1〕錢大昕：《潛研堂集》卷15（上海：上海古籍出版社，1989年），頁233。

〈巧言〉:「悠悠昊天,曰父母且。無罪無辜,亂如此憮。」	「且」,徐「七餘反」,協句。
〈行露〉:「誰謂鼠無牙?何以穿我墉。誰謂女無家?何以速我訟。雖速我訟。亦不女從。」	「訟」,如字,徐取韻,音「才容反」。
〈長發〉:「受小共大共,為下國駿厖。何天之龍,敷奏其勇。不震不動。不戁不竦。百祿是總。」	「厖」,「莫邦反」。厚也。徐云:鄭音「武講反」,是叶「拱」及「寵」韻也。
〈燕燕〉:「燕燕于飛,差池其羽。之子于歸,遠送于野。瞻望弗及,泣涕如雨。」	「野」,沈云協句,宜音「時預反」,後放此。
〈燕燕〉:「燕燕于飛,下上其音。之子于歸,遠送于南。瞻望弗及,實勞我心。」	「南」,如字。沈云協句,宜「乃林反」。

(二)南朝陸德明《經典釋文》〔註2〕

陸德明《經典釋文》,除了收錄魏晉南北朝時期注解家的說法,亦從「古人韻緩,不煩改字」的觀點,自創新造的改讀音。今有別於《經典釋文》引用徐邈與沈重的「取韻」、「協句」說,節錄金師周生〈《經典釋文》所收「叶韻音」研究〉部分的研究成果,只選取陸德明以「協韻」方式新創的叶音,其收音情況,如下:〔註3〕

《詩經》內容	陸德明《經典釋文‧毛詩音義》
〈關雎〉:「參差荇菜,左右芼之。窈窕淑女,鐘鼓樂之。」	「樂」,音「洛」,又音「岳」。或云協韻,宜「五教反」。
〈采蘋〉:「于以奠之,宗室牖下。誰其尸之,有齊季女。」	「下」,如字,協韻,則音「戶」,後皆放此。
〈何彼襛矣〉:「何彼襛矣,唐棣之華。曷不肅雝,王姬之車。」	「車」,協韻,「尺奢反」,又音「居」。或云古讀「華」為「敷」,與「居」為韻。後放此。
〈柏舟〉:「亦有兄弟,不可以據。薄言往愬,逢彼之怒。」	「怒」,協韻,「乃路反」。
〈燕燕〉:「燕燕于飛,差池其羽。之子于歸,遠送于野。瞻望弗及,泣涕如雨。」	「野」,如字。協韻,「羊汝反」。
〈靜女〉:「靜女其孌,貽我彤管。彤管有煒,說懌女美。自牧歸荑,洵美且異。匪女之為美,美人之貽。」	「貽」,本又作詒,音「怡」。遺也。下句協韻,亦音「以志反」。

〔註2〕陸德明雖為南朝至唐時代的人,而《經典釋文》成書於南朝陳時。

〔註3〕金師周生:〈《經典釋文》所收「叶韻音」研究〉:「陸德明除引用徐邈和沈重的『叶韻音』外,多次也寫出自己所認定的『叶音』讀法,可見他並不排斥『叶韻音』。」收錄於《慶祝陳伯元教授七秩華誕論文集》(台北市:洪葉文化事業有限公司,2004年),頁117。

〈載馳〉：「載馳載驅。歸唁衛侯。」	「驅」，字亦作驅，如字。協韻，亦音「丘」。
〈中谷有蓷〉：「中谷有蓷，嘆其乾矣。有女仳離，慨其嘆矣。慨其嘆矣。遇人之艱難矣。」	「嘆」，本亦作歎。「吐丹反」，協韻也。
〈有女同車〉：「有女同車。顏如舜華。」	「車」，協韻，「尺奢反」，又音「居」。或云古讀「華」為「敷」，與「居」為韻，後放此。
〈蟋蟀〉：「無已大康，職思其居。好樂無荒，良士瞿瞿。」	「居」，義如字。協韻，音「據」。
〈蜉蝣〉：「蜉蝣掘閱。麻衣如雪。心之憂矣，於我歸說。」	「說」，音「稅」，舍息也，協韻，如字。
〈采薇〉：「采薇采薇，薇亦作止。曰歸曰歸，歲亦莫止。」	「莫」，音「暮」，本或作暮。協韻，「武博反」。
〈北山〉：「或不知叫號。或慘慘劬勞。」	「號」，「戶報反」。召也。協韻「戶刀反」。
〈都人士〉：「彼都人士，狐裘黃黃。其容不改，出言有章。行歸于周，萬民所望。」	「望」，如字。協韻，音「亡」。
〈卷阿〉：「顒顒卬卬。如圭如璋。令聞令望。豈弟君子，四方為綱。」	「望」，如字。協韻，音「亡」。
〈雲漢〉：「旱既太甚，黽勉畏去。胡寧瘨我以旱，憯不知其故。祈年孔夙，方社不莫。昊天上帝，則不我虞。敬恭明神，宜無悔怒。」	「怒」，協韻，「乃路反」。
〈訪落〉：「將予就之，繼猶判渙。維予小子，未堪家多難。」	「難」，如字。協韻，「乃旦反」。
〈常棣〉：「脊令在原。兄弟急難。每有良朋，況也永歎。」	「歎」，「吐丹反」，又「吐旦反」，以協上韻。
〈燕燕〉：「燕燕于飛，下上其音。之子于歸，遠送于南。瞻望弗及，實勞我心。」	「南」，「羽、野、雨」三字，今謂「古人韻緩，不煩改字」。
〈載馳〉：「既不我嘉，不能旋反。視爾不臧，我思不遠。」	「遠」，「于萬反」，注同。協句，如字。
〈著〉：「俟我於著乎而。充耳以素乎而。」	「著」，「直居反」，又「直據反」，又音「於」。詩內協句，宜音「直據反」。
〈南有嘉魚〉：「南有嘉魚，烝然罩罩。君子有酒，嘉賓式燕以樂。」	「樂」，音「洛」。協句，「五教反」。得賢致酒，歡情怡暢故樂。
〈斯干〉：「載弄之瓦，無非無儀。唯酒食是議，無父母詒罹。」	「議」，協句，音「宜」。
〈雲漢〉：「靡神不舉，靡愛斯牲。圭璧既卒，寧莫我聽。」	「聽」，依義「吐定反」。協句，「吐丁反」。
〈崧高〉：「式遄其行，申伯番番。既入于謝，徒御嘽嘽。周邦咸喜，戎有良翰。」	「翰」，協句，音「寒」。

〈韓奕〉:「慶既令居。韓姞燕譽。」	「譽」,「於遍反」,又「於顯反」,安也。 「譽」,協句,音「餘」。
〈玄鳥〉:「天命玄鳥,降而生商。宅殷上芒 芒。古帝命武湯。正域彼四方。」	「芒」,音「亡」。協韻,音「忙」。
〈終風〉:「終風且霾。惠然肯來。莫往莫來。 悠悠我思。」	「來」,如字。古協「思」韻,多音「犁」, 後皆放此。

二、隋唐之「協韻」、「合韻」

（一）隋朝釋道騫《楚辭音》

隋・釋道騫著《楚辭音》,亦以「協韻」注《楚辭》音。如:〈離騷〉:「周流乎天余乃下」,注「下協韻作戶音」;「余焉能忍與此終古」,注「古,協韻作故音。」至唐時,「協韻」之風大盛,《隋書・經籍志》於〈楚辭〉目下敘曰:「隋時有釋道騫善讀之,能為楚聲,音韻清切。至今(唐時)傳《楚辭》者,皆祖騫公之音。」騫公之音實際上就是協讀音。

《隋書・經籍志》著錄《楚辭音》共五家,各一卷,今皆亡佚。其中有釋道騫《楚辭音》一卷,王重民根據編號 P.二四九四敦煌殘卷,認定為道騫的《楚辭音》。周祖謨、饒宗頤、姜亮夫、黃耀堃等對此卷的作者與內容都有所討論〔註4〕,大致認為道騫是隋朝人。該殘卷是〈離騷〉部分內容的注釋,其中涉及叶韻音的有七條:

《楚辭》內容	釋道騫《楚辭音》
〈離騷〉:「前望舒使先驅兮,後飛廉使奔屬。鸞皇為余先戒兮,雷師告余以未具。」	「屬」,協韻,作「章喻反」。
〈離騷〉:「紛總總其離合兮,斑陸離其上下。吾令帝閽開關兮,倚閶闔而望予。」	「下」,協韻,作「戶」音。
〈離騷〉:「朝吾將濟於白水兮,登閬風而緤馬。忽反顧以流涕兮,哀高丘之無女。」	「馬」,協韻,作「媽」音,同「亡古反」。
〈離騷〉:「覽相觀於四極兮,周流乎天余乃下。望瑤臺之偃蹇兮,見有娀之佚女。」	「下」,協韻,作「戶」音。
〈離騷〉:「閨中既以邃遠兮,哲王又不寤。懷朕情而不發兮,余焉能忍與此終古。」	「古」,協韻,作「故」音。

〔註4〕周祖謨:〈騫公楚辭音之協韻說與楚音〉(《問學集》頁168)、饒宗頤:〈隋僧道騫楚辭音殘卷校箋〉(《饒宗頤二十世紀學術文集》頁314)、姜亮夫:〈敦煌寫本隋釋智騫楚辭音跋〉(《楚辭學論文集》頁367)、黃耀堃、黃海卓:〈道騫與《楚辭音》殘卷的作者新考〉(《姜亮夫蔣禮鴻郭在貽先生紀念文集》頁401)。

〈離騷〉:「和調度以自娛兮,聊浮游而求女。及余飾之方壯兮,周流觀乎上下。」	「下」,協韻,作「戶」音。
〈離騷〉:「及余飾之方壯兮,周流觀乎上下。靈氛既告余以吉占兮,歷吉日乎吾將行。」	「行」,協韻,「胡剛反」。「下」,協韻,作「戶」音。

（二）唐朝顏師古《漢書》注

　　唐代顏師古注《漢書》,不言「協韻」,而稱之「合韻」。以「合韻」方式,將當時讀《漢書》押韻卻不和諧處,改讀成與其他韻字相協的音讀,今列舉如下:

《漢書》內容	顏師古注《漢書》
〈敘傳〉:「樂安褒褒。古之文學。」	「學」,合韻,音「下教反」。
〈敘傳〉:「民具爾瞻,困于二司。安昌貨殖,硃雲作妖。博山惇慎,受莽之疚。」	「司」,合韻,音「先寺反」。
〈敘傳〉「民具爾瞻,困于二司。安昌貨殖,硃雲作妖。博山惇慎,受莽之疚。」	「妖」音「敬」,合韻,音「丘吏反」。
〈敘傳〉:「開國承家,有法有制。家不臧甲,國不專殺。」	「殺」,合韻,音「所例反」。
〈敘傳〉:「大漢初定,匈奴強盛。圍我平城,寇侵邊境。」	「境」,合韻,音「竟」。
〈敘傳〉:「宣之四子,淮陽聰敏。舅氏蓬蒢,幾陷大理。楚孝惡疾,東平失軌。中山凶短,母歸戎里。」	「敏」,合韻,音「美」。
〈敘傳〉:「賈生嬌嬌。弱冠登朝。」	「嬌」,合韻,音「驕」。
〈敘傳〉:「遭文睿聖,屢抗其疏。暴秦之戒,三代是據。建設藩屏,以強守圉。吳、楚合從,賴誼之慮。」	「圉」,合韻,音「御」。
〈敘傳〉:「景十三王,承文之慶。魯恭館室,江都訬輕;趙敬險詖,中山淫嬖。長沙寂漠,廣川亡聲。」	「慶」,合韻,音「卿」。
〈敘傳〉「景十三王,承文之慶。魯恭館室,江都訬輕;趙敬險詖,中山淫嬖。長沙寂漠,廣川亡聲。」	「嬖」音「詠」,合韻,音「榮」。
〈敘傳〉:「票騎冠軍。猋勇紛紜。長驅六舉,電擊雷震。」	「震」,合韻,音「之人反」。
〈敘傳〉:「孝武六子,昭、齊亡嗣。燕剌謀逆,廣陵祝詛。」	「嗣」,合韻,音「祚」。
〈敘傳〉:「昌邑短命,昏賀失據。戾園不幸,宣承天序。」	「序」,合韻,音「似豫反」。
〈敘傳〉:「秺侯狄孥,虔恭忠信。奕世載德,貤於子孫。」	「信」,合韻,音「新」。
〈敘傳〉:「吉困於賀,涅而不緇。禹既黃髮,以德來仕。」	「緇」,合韻,音「側仕反」。

〈敘傳〉:「漢之宗廟,叔孫是謨。革自孝元,諸儒變度。」	「謨」,合韻,音「慕」。
〈敘傳〉:「非精誠其焉通兮,苟無實其孰信!操末技猶必然兮,矧湛躬於道真!」	「信」,合韻,音「新」。
〈敘傳〉:「振拔污塗,跨騰風雲。使見之者景駭,聞之者嚮震。徒樂枕經籍書,紆體衡門。上無所蔕,下無所根。」	「震」,合韻,音「之人反」。
〈敘傳〉:「皆俟命而神交,匪詞言之所信。故能建必然之策,展無窮之勳也。」	「信」,合韻,音「新」。
〈敘傳〉:「顏耽樂於簞瓢,孔終篇於西狩。聲盈塞於天淵,真吾徒之師表也。」	「狩」,合韻,音「守」。
〈敘傳〉:「農不供貢,罪不收孥,宮不新館,陵不崇墓。」	「墓」,合韻,音「謨」。
〈敘傳〉:「侯王之祉。祚及宗子。公族蕃滋,支葉碩茂。」	「茂」,合韻,音「莫口反」。
〈敘傳〉:「三枿之起,本根既朽。枯楊生華,曷惟其舊!」	「舊」,合韻,音「臼」。
〈敘傳〉:「其在於京。奕世宗正。劬勞王室,用侯陽成。子政博學,三世成名。」	「正」,合韻,音「征」。
〈敘傳〉:「猗與元勳。包漢舉信。鎮守關中,足食成軍。營都立宮,定制修文。」	「信」,合韻,音「新」。
〈敘傳〉:「推齊銷印,驅至越、信。招賓四老,惟寧嗣君。」	「信」,合韻,音「新」。
〈敘傳〉:「叔孫奉常,與時抑揚。稅介免胄,禮義是創。或哲或謀,觀國之光。」	「創」,合韻,音「初良反」。
〈揚雄傳〉:「故當其有事也,非蕭曹、子房、平、勃、樊、霍則不能安。當其亡事也,章句之徒相與坐而守之,亦亡所患。」	「患」,合韻,音「胡關反」。
〈揚雄傳〉:「夫上世之士,或解縛而相,或釋褐而傅。或倚夷門而笑,或橫江潭而漁。」	「漁」,合韻,音「牛助反」。
〈揚雄傳〉:「爰清爰靜。遊神之廷。」	「靜」,合韻,音「才性反」。
〈酷吏傳〉:「長安中歌之曰:『安所求子死?桓東少年場。生時諒不謹,枯骨後何葬?』」	「葬」,合韻,音「子郎反」。
〈外戚傳〉:「何靈魂之紛紛兮,哀裴回以躊躇。勢路日以遠兮,遂荒忽而辭去。」	「躇」,合韻,音「丈預反」。
〈外戚傳〉:「方時隆盛,年夭傷兮。弟子增欷,洿沫悵兮。」	「傷」,合韻,音「式向反」。
〈外戚傳〉:「仁者不誓,豈約親兮?既往不來,申以信兮。」	「信」,合韻,音「新」。

〈敘傳〉：「懿前烈之純淑兮，窮與達其必濟。咨孤矇之眇眇兮，將圮絕而罔階，豈余身之足殉兮？韙世業之可懷。」	「濟」，合韻，音「子齊反」。
〈敘傳〉：「吻昕寤而仰思兮，心蒙蒙猶未察。黃神邈而靡質兮，儀遺讖以臆對。」	「對」，合韻，音「丁忽反」。
〈敘傳〉：「固行行其必凶兮，免盜亂為賴道。形氣發於根柢兮，柯葉彙而靈茂。」	「茂」，合韻，音「莫口反」。
〈禮樂志〉：「嘉薦芳矣，告靈饗矣。告靈既饗，德音孔臧。惟德之臧，建侯之常。承保天休，令問不忘。」	「饗」，合韻，皆音「鄉」。
〈禮樂志〉：「眾嫭並，綽奇麗。顏如荼，兆逐靡。」	「靡」，合韻，音「武義反」。
〈禮樂志〉：「西顥沆碭，秋氣蕭殺。含秀垂穎，續舊不廢。」	「廢」，合韻，音「發」。
〈禮樂志〉：「嘉籩列陳，庶幾宴享。滅除凶災，烈騰八荒。鐘鼓竽笙，雲舞翔翔。招搖靈旗，九夷賓將。」	「享」，合韻，宜音「鄉」。
〈禮樂志〉：「璆磬金鼓，靈其有喜。百官濟濟，各敬厥事。」	「喜」，合韻，音「許吏反」。
〈禮樂志〉：「發梁揚羽申以商。造茲新音永久長。聲氣遠條鳳鳥翔。神夕奄虞蓋孔享。」	「享」，合韻，音「鄉」。
〈禮樂志〉：「大硃塗廣，夷石為堂。飾玉梢以舞歌，體招搖若永望。星留俞，塞隕光。」	「望」，合韻，音「亡」。
〈禮樂志〉：「專精厲意逝九閡，紛雲六幕浮大海。」	「閡」，合韻，音「改」。
〈禮樂志〉：「微感心攸通修名。周流常羊思所並。穰穰復正直往甯。馮蠵切和疏寫平。上天佈施後土成。穰穰豐年四時榮。」	「甯」，合韻，音「寧」。
〈禮樂志〉：「闓流離，抑不詳。賓百僚，山河饗。」	「饗」，合韻，音「鄉」。
〈禮樂志〉：「象載瑜，白集西。食甘露，飲榮泉。」	「西」，合韻，音「先」。
〈賈誼傳〉：「襲九淵之神龍兮，沕淵潛以自珍。偭蟂獺以隱處兮，夫豈從蝦與蛭螾？」	「螾」字與「蚓」同，音「引」。今合韻，當音「弋人反」。
〈賈誼傳〉：「服乃太息，舉首奮翼，口不能言，請對以意。」	「意」，合韻，宜音「億」。
〈賈誼傳〉：「斡流而遷，或推而還。形氣轉續，變化而嬗。沕穆亡間，胡可勝言！」	「嬗」此即「禪」代字，合韻，故音「嬋」耳。
〈賈誼傳〉：「忽然為人，何足控揣。化為異物，又何足患！」	「患」，合韻，音「環」。
〈賈誼傳〉：「眾人惑惑，好惡積意；真人恬漠，獨與道息。」	「意」，合韻，音「於力反」。
〈賈誼傳〉：「釋智遺形，超然自喪。寥廓忽荒，與道翱翔。」	「喪」，合韻，音「先郎反」。
〈司馬相如傳〉：「其上則有宛雛孔鸞，騰遠射干。其下則有白虎玄豹，蟃蜒貙豻。」	「豻」，合韻，音「五安反」。

〈司馬相如傳〉:「車騎雷起,殷天動地。先後陸離,離散別追。淫淫裔裔,緣陵流澤,雲布雨施。」	「追」,合韻,音「竹遂反」。
〈司馬相如傳〉:「大漢之德,逢湧原泉,沕潏曼羨,旁魄四塞,雲布霧散,上暢九垓,下溯八埏。」	「埏」本音「延」,合韻,音「弋戰反」。
〈司馬相如傳〉:「旼旼穆穆,君子之態。蓋聞其聲,今視其來。」	「來」,合韻,音「郎代反」。
〈武五子傳〉:「蒿里召兮郭門閱。死不得取代庸,身自逝。」	「逝」,合韻,音「上列反」。
〈趙充國傳〉:「漢命虎臣,惟後將軍。整我六師,是討是震。」	「震」,合韻,音「真」。
〈趙充國傳〉:「營平守節,屢奏封章,料敵制勝,威謀靡亢。」	「亢」,合韻,音「康」。
〈韋賢傳〉:「穆穆天子,臨爾下土,明明群司,執憲靡顧。」	「顧」,讀如「古」,協韻。
〈韋賢傳〉:「我王如何,曾不斯覽!黃髮不近,胡不時監!」	「覽」,叶韻,音「濫」。
〈韋賢傳〉:「惟我節侯,顯德遄聞。左右昭、宣,五呂以訓。」	「聞」,合韻,音「問」。
〈韋賢傳〉:「昔我之隊,畏不此居,今我度茲,戚戚其懼。」	「居」,合韻,音「基庶反」。
〈揚雄傳〉:「萃傱允溶,淋離廓落,戲八鎮而開關。飛廉、雲師,吸嚊瀟率,鱗羅布列,攢以龍翰。」	「翰」,合韻,音「韓」。
〈揚雄傳〉:「若夫壯士慷慨,殊鄉別趣。東西南北,騁耆奔欲。」	「欲」,合韻,音「弋樹反」。
〈揚雄傳〉:「三軍芒然,窮尤闃與,亶觀夫票禽之紲隃,犀兕之抵觸。熊羆之挐攖,虎豹之淩遽。徒角搶題注,蹙竦詟怖。」	「觸」,合韻,音「昌樹反」。
〈揚雄傳〉:「朝廷純仁,遵道顯義。並包書林,聖風雲靡。」	「靡」,合韻,音「武義反」。
〈揚雄傳〉:「所以奉太宗之烈,遵文、武之度。複三王之田,反五帝之虞。」	「虞」與「娛」同,合韻,音「牛具反」。
〈揚雄傳〉:「出愷弟,行簡易。矜劬勞,休力役。」	「易」,合韻,音「弋赤反」。
〈揚雄傳〉:「五羖入而秦喜,樂毅出而燕懼。范睢以折摺而危穰侯,蔡澤雖噤吟而笑唐舉。」	「舉」,合韻,音「居御反」。

（三）唐朝李賢《後漢書》注

李賢注《後漢書》,用「叶韻」、「協韻」方式注音,以與上下文協律押韻,如:

（四）唐朝李善《文選》注

唐代李善注《昭明文選》，或用「合韻」、「協韻」與「叶韻」等方式注明叶韻音，今列舉之：

《文選》內容	李善注《文選》
張衡〈東京賦〉：「堅冰作於履霜，尋木起於蘗栽。昧旦不顯，後世猶怠。況初制於甚泰，服者焉能改裁。」	「裁」，去聲，叶韻。
左思〈魏都賦〉：「於前則宣明顯陽，順德崇禮。重闈洞出，鏘鏘濟濟。珍樹猗猗，奇卉萋萋。蕙風如薰，甘露如醴。」	「鏘」，音「此禮切」，叶韻。
左思〈魏都賦〉：「均田畫疇，蕃廬錯列。薑芋充茂，桃李蔭翳。家安其所，而服美自悅。邑屋相望，而隔逾奕世。」	「翳」，音「咽」，叶韻。
左思〈魏都賦〉：「河洛開奧，符命用出。翩翩黃鳥，銜書來訊。人謀所尊，鬼謀所秩。劉宗委馭，異其神器。」	「訊」，叶韻，音「悉」。
韋賢〈諷諫〉：「我王如何，曾不斯覽。黃髮不近，胡不時鑒！」	「覽」，叶韻，音「濫」。
賈誼〈鵩鳥賦〉：「忽然為人兮，何足控搏。化為異物兮，又何足患。」	「陀」，音「駝」。
司馬相如〈子虛賦〉：「罷池陂陀，下屬江河。」	如淳曰：「搏」，音「團」，或作「揣」。
張衡〈思玄賦〉：「亂弱水之潺湲兮，逗華陰之湍渚。號馮夷俾清津兮，棹龍舟以濟予。」	「予」，合韻，音「夷渚切」。
張衡〈思玄賦〉：「行積冰之磑磑兮，清泉沍而不流。寒風淒其永至兮，拂穹岫之騷騷。玄武縮於殼中兮，騰蛇蜿而自糾。」	王逸曰：「騷」，愁也。合韻，「所流切」。
班固〈東都賦〉：「吐爓生風，欱野歕山。日月為之奪明，丘陵為之搖震。遂集乎中囿，陳師按屯。」	「震」，協韻，音「真」。
張衡〈東京賦〉：「敬慎威儀，示民不偷。我有嘉賓，其樂愉愉。聲教布濩，盈溢天區。」	「偷」，「以朱反」，協韻。
潘岳〈西征賦〉：「鑒亡王之驕淫，竄南巢以投命。坐積薪以待然，方指日而比盛。人度量之乖舛，何相越之遼迥。」	「迥」，今協韻，為「呼瞑切」。
潘岳〈西征賦〉：「成七國之稱亂，翻助逆以誅錯。恨過聽而無討，茲沮善而勸惡。」	「錯」，今協韻，「七各切」。
郭璞〈江賦〉：「峨嵋為泉陽之揭，玉壘作東別之標。衡霍磊落以連鎮，巫廬嵬嶵而比嶠。」	「嶠」，協韻，音「橋」。
張衡〈思玄賦〉：「居充堂而衍宇，行連駕而比軒。彌年時其詎幾，夫何往而不殘。或冥邈而既盡，或寥廓而僅半。」	「半」，平聲，協韻。

陸機〈歎逝賦〉:「年彌往而念廣，塗薄暮而意迮。親落落而日稀，友靡靡而愈索。」	「索」，協韻，「所格切」。
陸機〈文賦〉:「籠天地於形內，挫萬物於筆端。始躑躅於燥吻，終流離於濡翰。理扶質以立幹，文垂條而結繁。」	「翰」，筆也，協韻，音「寒」。
陸機〈文賦〉:「石韞玉而山輝，水懷珠而川媚。彼榛楛之勿翦，亦蒙榮於集翠。綴下裏於白雪，吾亦濟夫所偉。」	「偉」，猶奇也，協韻，「禹貴切」。
韋賢〈諷諫〉:「穆穆天子，照臨下土。明明群司，執憲靡顧。正遐由近，殆其茲怙。」	「顧」，讀如「古」，協韻。
陸機〈答賈長淵一首〉:「分索則易，攜手實難。念昔良遊，茲焉永歎！公之雲感，貽此音翰。蔚彼高藻，如玉之闌。」	「闌」，「力旦切」，協韻，「力丹切」。
陸機〈答張士然〉:「愆亹仍彰，榮寵屢加。威之不建，禍延凶播。忠隕于國，孝愆於家。」	「播」，協韻，「補何切」。
陸機〈答張士然〉:「亭亭孤幹，獨生無伴。綠葉繁縟，柔條脩罕。朝采爾實，夕捋爾竿。」	「竿」，協韻，「公旦切」。
盧子諒〈答魏子悌〉:「寄身蔭四嶽，託好憑三益。傾蓋雖終朝，大分邁疇昔。在危每同險，處安不異易。」	「易」，夷易也。協韻，「以赤切」。
謝靈運〈道路憶山中〉:「得性非外求，自已為誰纂。不怨秋夕長，常苦夏日短。濯流激浮湍，息陰倚密竿。」	「竿」，竹挺也，「古寒切」。今協韻，為「古旦切」。
張衡〈東京賦〉:「左瞰暘穀，右睨玄圃。眇天末以遠期，規萬世而大摹。」	「摹」，「莫補切」，叶韻。
張衡〈東京賦〉:「忿奸慝之干命，怨皇統之見替。玄謀設而陰行，合二九而成譎。登聖皇於天階，章漢祚之有秩。」	「替」，音「鐵」，叶韻。

（五）唐朝公孫羅《文選音決》音注

張民權〈古音學的萌芽與初步發展〉一文中說：

> 據現有資料，在唐人注疏「協韻」中，公孫羅是最主張協韻音的人之一。……如卷六十三〈離騷〉音注，李善及五臣皆不注協韻音，而《文選音決》所注協韻音特多。如：〔註5〕

〈離騷〉內容	公孫羅《文選音決》音注
紛吾既有此內美兮，又重之以修能。扈江離與辟芷兮，紉秋蘭以為佩。	「能」，協韻，「奴代反」。

〔註 5〕張民權：《清代前期古音學研究（上）》（北京市：廣播學院出版社，2002 年），頁 7。今羅列資料，並加以整理。

汩余若將不及兮，恐年歲之不我與。朝搴阰之木蘭兮，夕攬洲之宿莽。	「莽」，協韻，「亡古反」。
眾皆競進而貪婪兮，憑不厭乎求索。羌內恕己以量人兮，各興心而嫉妒。	「索」，協韻，「三故反」。
長太息以掩涕兮，哀人生之多艱。余雖好修姱以鞿羈兮，謇朝誶而夕替。	「替」，協韻，「他禮反」。
既替余以蕙纕兮，又申之以攬茝。亦余心之所善兮，雖九死其猶未。	「悔」，協韻，「呼罪反」。
屈心而抑志兮，忍尤而攘詬。伏清白以死直兮，固前聖之所厚。	「厚」，協韻，音「候」。
湯禹儼而祗敬兮，周論道而莫差。舉賢才而受能兮，循繩墨而不頗。	「差」，協韻，「七何反」。
前望舒使先驅兮，後飛廉使奔屬。鸞皇為余先戒兮，雷師告余以未具。	「屬」，協韻，音「主」。
時曖曖其將罷兮，結幽蘭以延佇。世混濁而不分兮，好蔽美而嫉妒。	「妒」，協韻，音「睹」。
朝吾將濟于白水兮，登閬風而緤馬。忽反顧以流涕兮，哀高邱之無女。	「馬」，協韻，「亡故反」。
溘吾遊此春宮兮，折瓊枝以繼佩。及榮華之未落兮，相下女之可貽。	「貽」，協韻，音「以」。

（六）唐朝張守節《史記》正義、司馬貞《史記》索隱

司馬遷作《史記》，而唐代張守節的《史記》正義、司馬貞的《史記》索隱，與宋代裴駰的《史記》集解，合稱《史記》三家注。其中張守節與司馬貞二人，注解內容曾使用「協韻」的方式，例：

《史記》內容	張守節、司馬貞《史記》注
〈秦始皇本紀〉：「誅亂除害，興利致福。節事以時，諸產繁殖。黔首安寧，不用兵革。」	正義：「革」，協韻，音「棘」。
〈秦始皇本紀〉：「東有東海，北過大夏。人跡所至，無不臣者。功蓋五帝，澤及牛馬。」	索隱：「夏」，協韻，音「戶」。「者」音「渚」。「馬」音「姥」。
〈秦始皇本紀〉：「宇縣之中，承順聖意。群臣誦功，請刻于石，表垂于常式。」	索隱：「意」，協韻，音「憶」。
〈秦始皇本紀〉：「皇帝明德，經理宇內，視聽不怠。作立大義，昭設備器，咸有章旗。職臣遵分，各知所行，事無嫌疑。」	索隱：「怠」，協「旗」、「疑」韻，音「銅綦反」。
〈屈原賈生列傳〉：「服乃歎息，舉首奮翼，口不能言，請對以意。」	索隱：「意」，協音「臆」也。正義：協韻，音「憶」。

〈屈原賈生列傳〉:「忽然為人兮,何足控搏;化為異物兮,又何足患。」	索隱:「患」,協音「環」。
〈屈原賈生列傳〉:「眾人或或兮,好惡積意;真人淡漠兮,獨與道息。」	正義:「意」,合韻,音「憶」。
〈司馬相如列傳〉:「白虎元豹,蟃蜒貙犴,兕象野犀,窮奇獌狿。」	索隱:「犴」,應劭音「顏」,韋昭一音「岸」,鄒誕生音「苦姦反」,協音。

　　從魏晉時期的徐邈取韻、沈重協句,至陸德明協韻、唐代顏師古合韻與李善協韻等例,均用當時的語音標明改讀、新造的音,以配合古韻語和諧的用韻觀念,這些為了協律押韻而產生的音讀,稱為「叶韻音」。《集韻》所收錄的叶韻音當中,有些音讀已出現在唐代與唐之前的叶韻音資料,可見其收音的來源,一部分是前有所承的。

第二節　《集韻》與先儒改讀之「叶韻音」

　　《集韻》博采先儒舊讀,收錄許多《廣韻》未收的音,其中部分的音讀,正能補充當時人以《廣韻》音,讀古韻語卻不合律的押韻現象,這類配合押韻而產生的音讀,稱為「叶韻音」。《集韻》以前已有用「協韻」、「合韻」等方式,標明改讀音的資料,先從陸德明《經典釋文》與《集韻》收音的內容,得知二者收錄「叶韻音」的情況:(表格的第一列為叶韻字,第二列為《經典釋文》所收的叶韻音,第三列則是第二列與《集韻》對照的叶韻音讀,第四列則是本論文所探討《集韻》增收的叶韻字字音,「○」表示該叶韻字音為《集韻》增收叶韻音之字例,反之,「X」表示非《集韻》增收叶韻音之字例。以下的表格均是如此。)

叶韻字	《經典釋文》叶音	《集韻》收此音	《集韻》增收之叶韻音
樂	五教反	魚教切	X
歎	吐丹反	他干切	X
翰	音寒	河干切	X
難	乃旦反	乃旦切	X
議	音宜	魚羈切	○
譽	音餘	羊諸切	X
聽	吐丁反	湯丁切	X
怒	乃路反	奴故切	X

駈	音丘	祛由切	X
望	音亡	武方切	X
莫	武博反	末各切	X
野	羊汝反	（無）	X
著	直據反	（無）	X
貽	以志反	羊吏切	○
號	戶刀反	乎刀切	X
嘆	吐丹反	他干切	X
說	如字	輸爇切	X
顧	音古	果五切，徐邈讀	○
且	七餘反	千余切	X
訟	才容反	牆容切	X
厖	武講反	母項切，徐邈讀	○
野	時預反	上與切	○
南	乃林反	（無）	X
下	音戶	後五切	○
芒	音忙	謨郎切	X
車	尺奢反	昌遮切	X
來	音犁	陵之切	X
居	音據	（無）	X

從釋道騫《楚辭音》與《集韻》收音的內容，得知二者收錄「叶韻音」的情況：

叶韻字	《楚辭音》叶音	《集韻》收此音	《集韻》增收之叶韻音
屬	章喻反	朱戍切	X
下	戶音	後五切	○
馬	媽音，同亡古反	滿捕切	X
古	故音	古慕切	X
行	胡剛反	寒剛切	X

從顏師古注《漢書》與《集韻》收音的內容，得知二者收錄「叶韻音」的情況：

叶韻字	顏師古注《漢書》叶音	《集韻》收此音	《集韻》增收叶韻音
謨	音慕	莫故切	○
敏	音美	母鄙切	○

學	音下教反	後教切	○
饗	音鄉	虛良切	○
靡	音武義反	麼詖切	X
廢	音發	（無）	X
享	音鄉	虛良切	○
喜	音許吏反	許既切	○
望	音亡	武方切	X
闓	音改	下改切	X
甯	音寧	（無）	X
西	音先	蕭前切	○
蜳	弋人反	夷真切	X
意	音億	乙力切	○
嬋	音嬋	時連切	X
患	音環	（無）	X
意	音於力反	乙力切	○
喪	音先郎反	蘇郎切	X
豻	音五安反	俄干切	X
追	音竹遂反	追萃切	○
埏	弋戰反	延面切	○
來	音郎代反	洛代切	X
逝	音上列反	食列切	○
震	音真	外人切	○
亢	音康	居郎切	X
顧	讀如古	果五切，徐邈讀	○
覽	音濫	魯敢切	X
聞	音問	文運切	X
居	音基庶反	（無）	X
翰	音韓	河干切	X
欲	音弋樹反	俞戍切	○
觸	音昌樹反	（無）	○
靡	音武義反	麼詖切	X
虞	音牛具反	元具切	○
易	音弋赤反	夷易切	X
舉	音居御反	居御切	○
患	音胡關反	（無）	X

漁	音牛助反	牛據切	○
靜	音才性反	（無）	X
葬	音子郎反	茲郎切	○
躇	音丈預反	遟據反	X
傷	音式向反	（無）	X
信	音新	斯人切	○
濟	音子齊反	（無）	○
對	音丁忽反	（無）	X
茂	音莫口反	莫後切	○
狩	音守	始九切	○
墓	音謨	蒙晡切	○
舊	音臼	（無）	X
正	音征	諸盈切	X
創	音初良反	初良切	X
嬌	音驕	居妖切	X
圄	音御	（無）	X
慶	音卿	丘京切	○
嶸	音榮	（無）	X
嗣	音祚	（無）	X
序	音似豫反	（無）	X
緇	音側仕反	（無）	○
司	音先寺反	相吏切	○
娸	音丘吏反	（無）	X
殺	音所例反	所例切	○
境	音竟	（無）	X

從李賢注《後漢書》與《集韻》收音的內容，得知二者收錄「叶韻音」的情況：

叶韻字	李賢注《後漢書》叶音	《集韻》收此音	《集韻》增收叶韻音
踖	音赴	芳遇切	X
誅	丁注反	（無）	X
抗	苦郎反	（無）	X
婉	於願反	（無）	X
能	乃來反	（無）	X
衛	於別反	乙劣切	X

碣	其例反	（無）	X
西	音先	蕭前切	○
化	音花	（無）	X
識	音志	職吏切	X
夷	音異	（無）	X
美	協韻媚	（無）	X
鎭	竹人反	知鄰切	X
作	則護反	（無）	X
輣	普滕反	蒲登切	X
環	音宦	胡慣切	X
司	音伺	相吏切	○
竄	七外反	取外切	X
獲	胡卦反	（無）	○
震	音眞	外人切	○
嶵	音綜	（無）	X
供	九用反	居用切	X
饗	音香	虛良切	○
屛	必政反	卑正切	X
制	之設反	（無）	X
舉	音據	居御切	○
識	式侍反	（無）	X
伉	苦郎反	居郎切	X
逞	丑貞反	癡眞切	○
野	神渚反	（無）	○
晰	之逝反	（無）	X
騷	音修	（無）	X
禁	音金	（無）	X
塗	徒故反	徒故切	X
楊	以征反	（無）	X
爽	音生	（無）	○
眩	音玄	胡涓切	X
瞥	疋例反	（無）	X

　　從李善注《文選》與《集韻》收音的內容，得知二者收錄「叶韻音」的情況：

叶韻音	李善注《文選》叶音	《集韻》收此音	《集韻》增收叶韻音
陀	音駝	唐何切	X
揣	音團	徒官切	○
予	夷渚切	演女切	X
騷	所流切	（無）	X
震	音真	外人切	○
偷	以朱反	（無）	X
迥	呼瞑切	（無）	X
錯	七各切	倉各切	X
嶠	音橋	渠嬌切	X
半	平聲	隨婆切	X
索	所格切	色窄切	○
覽	音濫	魯敢切	X
翰	音寒	河干切	X
偉	禹貴切	于貴切	X
顧	讀如古	果五切，徐邈讀	○
闌	力丹切	郎干切	X
播	補何切	逋禾切	○
竿	公旦切	古旱切	○
易	以赤切	夷益切	X
竿	古旦切	古旱切	○
掔	莫補切	（無）	X
替	音鐵	他結切	X
鑯	此禮切	（無）	X
翳	音咽	一結切	X
訊	音悉	（無）	X
裁	去聲	晬代切	X

　　從公孫羅《文選音決》與《集韻》收音的內容，得知二者收錄「叶韻音」的情況：

叶韻字	公孫羅《文選音決》叶音	《集韻》收此音	《集韻》增收叶韻音
能	奴代反	乃代切	X
莽	亡古反	滿捕切	○
索	三故反	蘇故切	○
替	他禮反	（無）	X

悔	呼罪反	虎猬切	X
厚	音候	下遘切	X
差	七何反	倉何切	X
屬	音主	（無）	X
妒	音睹	（無）	X
馬	亡故反	（無）	X
貽	音以	（無）	○

從張守節、司馬貞注《史記》與《集韻》收音的內容，得知二者收錄「叶韻音」的情況：

叶韻字	張守節、司馬貞注《史記》叶音	《集韻》收此音	《集韻》增收叶韻音
革	音棘	訖力切	○
夏	音戶	亥雅切	X
意	音憶	乙力切	○
怠	銅綦反	（無）	○
意	音臆	乙力切	○
患	音環	（無）	X
豻	音顏	牛姦切	○

總之，由唐以前的叶韻音資料，與《集韻》增收叶韻字字音的比較，發現《集韻》並未完全沿襲先儒的改讀音，因為部分的音讀只出現在先儒「協韻」與「叶韻」處，而《集韻》未收；但是《集韻》也新收一些先儒未改讀的叶韻音，故《集韻》非刻意收錄先儒的改讀音。

第三節　《集韻》收錄叶韻音之兩種類型

《集韻》收錄的叶韻音，可分成兩種類型：一種是本來就已經存在的音讀，《廣韻》已經收錄，但是配合上下文一致的押韻關係，而改讀成叶韻的音，這類字例，即一般人所認為的「破音字」。〔註6〕一種則是有別於「破音字」的讀法，本來不存在的音，《廣韻》未收錄，完全是為了和諧的用韻而新造的改讀音，今研究《集韻》增收的叶韻字字音，便是指這類型的「叶韻音」。

〔註6〕例：「王」字，一讀成平聲、一讀成去聲，根據行文的上下文關係，而讀成平聲或去聲。又如「衣」字，當名詞用多讀成平聲，當動詞用多讀成去聲。

　　第一類所謂具有破音讀法的叶韻字，如：車、望、怒、樂、聽等，不列為本論文討論的範圍。例：「車」字有二讀，《廣韻》收於平聲「魚」韻與「麻」韻，而《詩・何彼襛矣》：「何彼襛矣，唐棣之華。曷不肅雝，王姬之車。」其中「華」與「車」二字相叶，「華」為平聲「麻」韻，又「車」字的常用讀法為平聲「魚」韻，讀成「居」，但是為了與「華」字押韻，因此應唸成破音讀法「麻」韻。「車」字本有二讀，配合協律的用韻關係而讀成「麻」韻，即使此音亦為叶韻音讀，然而卻不是後人追求上下文的和諧押韻，所標示的改讀音，故本文不取。

　　例：「望」字有平聲與去聲二讀，分別收於《廣韻》之「陽」韻與「漾」韻，《詩・都人士》：「彼都人士，狐裘黃黃。其容不改，出言有章。行歸于周，萬民所望。」其中「黃、章、望」三字相叶，「黃」與「章」二字均為平聲，又「望」字的常用讀音為去聲，但此處為了配合上下文的平聲用韻，所以「望」字唸成平聲的破音讀法。無論「望」字是否配合協律的押韻需要，而讀成平聲或去聲，均可視為因用韻而改讀的叶韻音，卻與本論文探討《集韻》所「增收」的叶韻字字音不同，故不取這類的破音字。

　　此外，又如：「怒」字於《廣韻》收上聲與去聲二讀，《詩・柏舟》：「亦有兄弟，不可以據。薄言往愬，逢彼之怒。」其中「據」與「怒」二字相叶，「據」為去聲音讀，而此處「怒」字當讀成去聲，方能押韻；如：「樂」字於《廣韻》收去聲與入聲二讀，《詩・南有嘉魚》：「南有嘉魚，烝然罩罩。君子有酒，嘉賓式燕以樂。」其中「罩」與「樂」二字相叶，「罩」為去聲音讀，此處「樂」當讀成去聲，方能押韻；如：「聽」字於《廣韻》收平聲與去聲二讀，《詩・雲漢》：「靡神不舉，靡愛斯牲。圭璧既卒，寧莫我聽。」其中「牲」與「聽」二字相叶，「牲」為平聲音讀，此處「聽」字當讀成平聲，方能協律；以上所舉的字例，都是本來就有兩個讀音的破音字，因為配合用韻而唸成破音讀法，即使是叶韻音，卻不是《集韻》「增收」的叶韻音。

　　第二類為不同於破音讀法的叶韻音，凡是《廣韻》未收錄、《集韻》增收的音讀，且是為了押韻而新造的改讀音，便是本論文所探討的；這些新造的改讀音，在《廣韻》未收、《集韻》收錄的前提上，有四個重要來源：第一、從古韻語的押韻現象，以及唐以前的叶韻音資料，推論《集韻》新收的叶韻

字字音；第二、由宋人補充先前叶韻音資料的不足，而增補的叶韻音內容得知；第三、今人對於《集韻》所增收的叶韻音已有共識的部分；第四、之前的叶韻音資料未收錄、宋人增補的叶韻音亦未收、今人研究未指出的叶韻音，由前三項的脈絡推論，本論文從古韻語的押韻現象，提出自己推論《集韻》所增收的叶韻音，替《集韻》的收音找到證據。

第四章 《集韻》增收叶韻字音考

第一節 辨別《集韻》增收叶韻音之方法

所謂「叶韻音」，即是後人為配合古韻語的和諧用韻而改讀的音，而此處《集韻》增收的叶韻音，是指《廣韻》未收錄，《集韻》卻收錄之音。以上條件，缺一便不成立。遵循辨別《集韻》增收之叶韻音的方法，以清代官修的叶韻字音集成《欽定叶韻彙輯》一書為基礎，做為研究《集韻》收錄叶韻字音的參考；另依據《集韻》字例的字義說明，凡是曾引用《詩經》的內容，且該字位在用韻處，音讀卻不見於《廣韻》，則歸為配合用韻而改讀的叶韻音等。故分別從《欽定叶韻彙輯》引《集韻》，《集韻》引《詩經》，《韻補》所補的叶韻音，今人的研究共識，與自己找出的叶韻音五個面向，說明本文取捨《集韻》叶韻字音的標準：

一、《欽定叶韻彙輯》收羅《集韻》所錄之叶韻音，取信而可徵者，前提有三：（一）凡引《集韻》之例證全列舉出來，選擇有押韻的字例。（二）考證《欽定叶韻彙輯》所引的例證，選擇唐代與唐代以前的資料。〔註1〕（三）字例之義是否與本讀相同，若相同，則表示義同音異，此字例便可能為叶韻音，則取之。

〔註 1〕今已不可考《集韻》究竟搜羅哪些資料，故有些叶韻音無法在周、秦的韻語中找到證據，於是引用時代較晚的內容舉證，包括漢賦、魏晉駢文、唐代詩歌等；又後代文人習慣學古韻押韻，於是就通盤性的考量，羅列類似的用韻例證。

〔註2〕即為了配合用韻而產生的人造音。此類是指《廣韻》未收錄,《集韻》增收之音,且唐代或是唐以前曾讀作該音,經過考證之後,此音讀既非韻字,亦不處於押韻位置,不符合「叶韻音」的討論條件,這類字例不取。例:「溢」字,《集韻》於去聲至韻增收「神至切」一音,其下云:「慎也。《詩》:假以溢我。徐邈讀。」此例引徐邈讀《詩經》:「假以溢我」的內容,印證「溢」讀去聲;然而「溢」非韻字,也不在用韻處,則此類字例,予以排除。

　　二、《集韻》引《詩》之內容,從用韻處與上下文的用韻情況,得知該音讀為叶韻音,方法亦有三:(一)《集韻》引用《詩經》的內容,且處在押韻位置的字例。(二)該音讀《廣韻》並未收錄。(三)字例引證《詩經》的內容,考其上下文,若和諧用韻,則取之;若不押韻,則不取。如:恒、緪、絚例,「恒」、「緪」二字於《廣韻》收錄於平聲一音,「絚」於《廣韻》有二收,一為平聲,一為去聲;又考《詩·小雅·天保》:「如月之恒,如日之升;如南山之壽,不騫不崩;如松柏之茂,無不爾或承。」王力將「恒、升、崩、承」四字同歸於平聲「蒸」韻,從《詩經》之上下文,得知與平聲韻相叶,然而《集韻》「恒」字二收於平聲「登」韻、去聲「嶝」韻,對照《廣韻》內容,可知《集韻》所收錄的「恒」字去聲音讀,為「絚」之假借音,本是讀作平聲。故此種位於押韻處,卻收錄他字之假借音而有兩種以上的音讀,可能造成判斷《集韻》收錄叶韻音的錯誤,故類似此情況的字例,本文不取。

　　三、《韻補》所補的叶韻音。〔註3〕宋代吳棫曾於《韻補》云:「凡已見於《集韻》諸書的音,皆不載。」《韻補》增補《集韻》未收的叶韻音讀,然而有些音讀,《集韻》已收錄,《韻補》亦收的音,這類叶韻字字音,本文取之。

　　四、今人的研究共識:邵榮芬、邱棨鐻與張民權,認為《集韻》「諄」韻的「天、顛、田、年」四字為叶韻音讀,故本文取之。

　　五、自己找出的叶韻音:從周祖謨《漢魏晉南北朝韻部演變研究》與《魏

〔註2〕本論文所取的叶韻音字例,最理想的是「義同音異」的情況,但也有字義不相同的例子,尤其是一個字的字義太多,韻書無法全部標示,使得字音不同,字義亦不同,但由例證的上下文用韻,得知該音為叶韻音,這類字例亦取之。

〔註3〕雖然清代顧炎武曾批評吳棫《韻補》:「未能一以貫之,故一字而數叶,若是之紛紛。」且《四庫全書總目提要》亦認為《韻補》參錯冗雜、漫無體例,云:「泛取旁搜,無所持擇;所引書五十種,下逮歐陽修、蘇軾、蘇轍諸作。」等,然而本論文參考吳棫《韻補》,只取《集韻》已經收錄,而《韻補》亦收錄的重複例,故與後人批評處,不相牴觸。

晉南北朝韻部之演變》二書得知，漢代與魏晉南北朝的用韻情況，找到一些可能是《集韻》收錄叶韻音的來源。如：「菌」字，《廣韻》於上聲收一音讀，《集韻》除了上聲，增收平聲「區倫切」一音，《漢魏晉南北朝韻部演變研究》曾提到晉·何晏〈景福殿賦〉中「閩、陳、震、菌、神、宸、榛、珍、春、芬」十字押韻，「菌」讀成平聲。如：「幹」字，《廣韻》於去聲收一音讀，《集韻》除了去聲，亦收平聲「居寒切」，《漢魏晉南北朝韻部演變研究》曾提到楊戲〈季漢輔臣贊——贊黃漢升〉：「將軍敦壯，摧鋒登難；立功立事，于時之幹。」中「難」與「幹」二字相叶，此處「幹」字讀成平聲。

　　以上便是研究《集韻》增收叶韻字字音的取捨標準，大多是經過推測、考證的，這些特殊的切語，不曾出現於《廣韻》與之前的韻書，且絕大部分未說明其出處，於是從古韻語的押韻現象推知《集韻》收音的來源，然而部分的叶韻音字例，《集韻》不只增收一音，而是二個音讀以上，今亦列舉且收錄之。

第二節　《集韻》增收叶韻字音考

　　黃式三《集韻考證》序云：「《集韻》可以證宋開寶以前未改之本，段氏注《說文》據之以定古音、辨古體。」〔註4〕吳鍾駿《集韻考證》序亦云：「《集韻》據開寶以前未經刪改之本，尋是根柢、識其條理，辨乎此，而後可讀《集韻》，而後可讀秦漢魏晉唐一切聲韻訓詁。」〔註5〕以下便針對《集韻》較《廣韻》增收的叶韻字字音，採先分調、再分韻的方式，先依平、上、去、入四個聲調，再據《廣韻》二〇六韻之次排列；至於考證的內容，先於每個字例下列出《廣韻》與《集韻》共同收錄的「本音」，接著列《集韻》增收的「新增叶音」，再者是加強論點的「音證」，最後則是自己的觀察「說明」。

（一）上平聲

東韻「杠」字

本音〔註6〕：古雙切

新增叶音：沽紅切

音證：《韻補》「東」韻「沽紅切」下收「杠」字，注云：「牀前橫。《釋名》

〔註4〕方成珪：《集韻考正》（台北市：台灣商務印書館，1965年），11冊頁3。

〔註5〕方成珪：《集韻考正》（台北市：台灣商務印書館，1965年），11冊頁2。

〔註6〕此處的「本音」，指的是常用的單字音。

杠、公也。眾所公共也。《急就章》：妻婦聘嫁齎媵僮，奴婢私隸枕牀杠。」〔註7〕

說明：《廣韻》、《集韻》「江」韻「古雙切」下同收「杠」字，《廣韻》注云：「旌旗飾。一曰牀前橫。」《集韻》注云：「《說文》：牀前橫木。一曰旌旗干。」此當為「杠」字之本音；《集韻》於「東」韻新增收「沽紅切」一音，字義雖為「地名」，但從《韻補》所引用《急就章》之例，可知「僮」與「杠」二字相叶，「僮」為平聲「東」韻，且「杠」字使用時的字義與「江」韻「古雙切」相同，故可推知此為《集韻》增收之叶韻音。

東韻「窗」字

本音：初江切

新增叶音：麤叢切

音證：

（1）《韻補》「東」韻「麤叢切」下收「窗」字，注云：「在屋曰窗。《說文》：忽聲。《釋名》：窗，聰也。於內窺外以為聰也。鮑照〈翫月詩〉：蛾眉蔽珠櫳，玉鉤隔瑣窗。三五二八時，千里與君同。」〔註8〕

（2）左思〈魏都賦〉：「都護之堂，殿居綺窗；輿騎朝猥，蹀跂其中。」〔註9〕

（3）〈子夜歌〉：「攬裙未結帶，約眉出前窗；羅裳亦飄颺，小開罵春風。」〔註10〕

說明：《廣韻》、《集韻》「江」韻「初江切」下同收「窗」字，《廣韻》注云：「《說文》：作窻，通孔也。《釋名》：窗，聰也。於內見外之聰明也。」《集韻》注云：「《說文》：在牆曰牖、在屋曰囪。」此當為「窗」字之本音；《集韻》於「東」韻新增收「麤叢切」一音，字義亦為「通孔也。鄭康成曰：窗，助戶為明。」從《韻補》所徵引的鮑照〈翫月詩〉可知「窗」與「同」二字相叶，「同」為平聲東韻；左思〈魏都賦〉和〈子夜歌〉之韻字「窗」

〔註7〕吳棫：《韻補》（北京：中華書局，1987年），頁1。

〔註8〕吳棫：《韻補》（北京：中華書局，1987年），頁2。

〔註9〕蕭統編、李善注：《文選》（台北市：五南圖書出版有限公司，1991年），頁159。

〔註10〕郭茂倩：《樂府詩集》（上海：上海古籍出版社，1998年），頁502。

分別與「中」、「風」東韻二字相叶，且使用時的字義與「江」韻「楚江切」相同，故可推知此為《集韻》增收之叶韻音。

東韻「幢」字

本音：傳江切

新增叶音：徒東切

音證：

(1)《韻補》「東」韻「徒紅切」下收「幢」字，注云：「旛幢。《釋名》：幢，童也。其狀童童然也。《急就章》：蒲蒻藺席帳帷幢，鏡奩梳比各異工。」〔註11〕

(2)《韓非子‧大體》：「萬民不夭命于寇戎，雄駿不創壽于旗幢。」〔註12〕

(3)張衡〈東京賦〉：「設業設虡，宮縣金鏞。鼗鼓路鼗，樹羽幢幢。於是備物，物有其容。」〔註13〕

說明：《廣韻》、《集韻》「江」韻「傳江切」下同收「幢」字，《廣韻》注云：「旛幢。《釋名》曰：幢，幢也。旗貌幢幢然也。」《集韻》注云：「《釋名》：幢，童也。其狀童童然。」此當為「幢」字之本音；《集韻》於「東」韻新增收「徒東切」一音，字義雖為「渾容車幨帷也。」從《韻補》所引之《急就章》內容可知，「幢」與「工」二字相叶，「工」為平聲「東」韻；另考《韓非子》之「戎」與「幢」相叶，「戎」為平聲「東」韻；張衡〈東京賦〉之「鏞」、「幢」、「容」三字相叶，其使用時的字義與「江」韻「宅江切」相同，故可推知此為《集韻》增收之叶韻音。

東韻「寵」字

本音：丑勇切

新增叶音：盧東切

音證：《韻補》「東」韻「癡凶切」下收「寵」字，注云：「榮名也。《周易》：在師中吉，承天寵也。王三錫命，懷萬邦也。邦，悲工切。《詩》：受小共大共，為下國駿厖，荷天之龍。鄭氏作寵。此二句本一韻，荀卿既讀厖

〔註11〕吳棫：《韻補》（北京：中華書局，1987年），頁1。

〔註12〕王先慎撰：《韓非子》卷8（北京：中華書局，1998年），頁209。

〔註13〕蕭統編、李善注：《文選》（台北市：五南圖書出版有限公司，1991年），頁72。

為蒙以叶，共、寵亦當為此讀。」〔註14〕

說明：《廣韻》、《集韻》「腫」韻「丑勇切」下同收「寵」字，《廣韻》注云：「愛
也。」《集韻》注云：「《說文》：尊居也。一曰愛也。」此當為「寵」字
之本音；《集韻》於「東」韻新增收「盧東切」一音，字義雖為「都寵，
縣名，在漢九真郡。」從《韻補》所引《周易》之內容可知，「寵」與「邦」
二字相叶，「邦」讀為「悲工切」，為平聲「東」韻；另考《詩經》中「厖」
與「龍」相叶，此處「龍」作「寵」，且荀卿讀「厖」為「蒙」以叶，此
處「共、厖、龍」三字押韻，其使用時的字義與上聲「腫」韻「丑隴切」
相同，故可推知此為《集韻》增收之叶韻音。

東韻「壟」字

本音：魯勇切

新增叶音：盧東切

音證：《韻補》「東」韻「盧東切」下收「壟」字，注云：「土壟。東方朔〈七諫〉：
修往古以行恩兮，封比干之邱壟。賢俊慕而自附兮，日浸淫而合同。」

〔註15〕

說明：《廣韻》、《集韻》「腫」韻「魯勇切」下同收「壟」字，《廣韻》注云：
「《說文》：丘壟也。《方言》秦晉之間，冢謂之壠。亦作壟。書傳曰壟，
畝也。」《集韻》注云：「《說文》：丘壟也。一曰田埒，或省。」此當為
「壟」字之本音；《集韻》於「東」韻新增收「盧東切」一音，字義亦
為「土壟。」從《韻補》引用東方朔〈七諫〉之內容可知，「壟」與「同」
二字相叶，「同」為平聲「東」韻，且此處「壟」字使用時的字義與上
聲「腫」韻「力踵切」相同，故可推知此為《集韻》增收之叶韻音。

東韻「控」字

本音：苦貢切

新增叶音：枯公切

音證：《韻補》「東」韻「姑公切」下收「控」字，注云：「引也。班固《西都
賦》：鳥驚觸絲，獸駭值鋒；機不虛掎，絃不再控。五臣讀。」〔註16〕

〔註14〕吳棫：《韻補》（北京：中華書局，1987年），頁1。

〔註15〕吳棫：《韻補》（北京：中華書局，1987年），頁3。

〔註16〕吳棫：《韻補》（北京：中華書局，1987年），頁1。

說明：《廣韻》、《集韻》「送」韻「苦貢切」下同收「控」字，《廣韻》注云：「引也，告也。」《集韻》注云：「《說文》：引也。引《詩》：控于大邦。」此當為「控」字之本音；《集韻》於「東」韻新增收「枯公切」一音，字義雖為「除也。」從《韻補》引用班固《西都賦》之內容可知，「鋒」與「控」相叶，考《六臣註文選》注「控」為「空」，讀成平聲，其下云：「控，引也。」且使用時的字義與去聲「送」韻「苦貢切」相同，故可推知此為《集韻》增收之叶韻音。

東韻「龐」字

本音：皮江切

新增叶音：盧東切

音證：《詩·車攻》：「我車既攻。我馬既同。四牡龐龐。駕言徂東。」〔註17〕

說明：《廣韻》、《集韻》「江」韻「皮江切」下同收「龐」字，《廣韻》注云：「姓也。出南安、南陽二望。」《集韻》注云：「《說文》：高屋也。亦姓。」此當為「龐」字之本音；《集韻》於「東」韻新增收「盧東切」一音，字義雖為「充實也。《詩》：四牡龐龐。」然而由《詩經·車攻》之例證，可知「攻、同、龐、東」四字相叶，王力亦於《詩經韻讀楚辭韻讀》認為此四字同押「東」韻〔註18〕，故可推知「龐」之「盧東切」為《集韻》增收之叶韻音。

東韻「緫」字

本音：祖動切

新增叶音：祖叢切

音證：《詩·羔羊》：「羔羊之縫，素絲五緫。委蛇委蛇，退食自公。」〔註19〕

說明：《廣韻》、《集韻》上聲「董」韻「祖動切」下同收「緫」字，《廣韻》注云：「聚束也。合也。皆也。眾也。」《集韻》注云：「《說文》：聚束也。一曰皆也。」此當為「緫」字之本音；《集韻》於「東」韻新增收「祖叢切」一音，字義雖為「絲數。《詩》：『素絲五緫』。」然而由《詩經·羔

〔註17〕王靜芝：《詩經通釋》（台北市：輔仁大學文學院，1968 年），頁 375。

〔註18〕王力：《詩經韻讀楚辭韻讀》（北京：中國人民大學出版社，2004 年），頁 348。

〔註19〕王靜芝：《詩經通釋》（台北市：輔仁大學文學院，1968 年），頁 66。

羊》之例證，可知「縫、總、公」三字相叶，「縫」為平聲鍾韻、「公」為平聲東韻〔註20〕，故可推知「總」之「祖叢切」為《集韻》增收之叶韻音。又朱熹《詩經集傳》於「總」字下注「子公反」〔註21〕，未以叶音注之，唯依據《集韻》「總」字於平聲「東」韻下收「祖叢切」一音，承襲韻書收錄之音，因此不註明「叶音」，而是沿用《集韻》所收之音。

冬韻「降」字

本音：胡江切

新增叶音：乎攻切

音證：

（1）《韻補》「東」韻「胡公切」下收「降」字，注云：「下也。《毛詩》：我心則降。屈原〈離騷〉：帝高陽之苗裔兮，朕皇考曰伯庸；攝提貞于孟陬兮，惟庚寅吾以降。」〔註22〕

（2）《禮記・月令》：「天氣上騰，地氣下降；天地不通，閉塞而成冬。」〔註23〕

（3）阮籍〈東平賦〉：「遵間維而長驅兮，問迷罔于菀風；玄雲興而四周兮，寒雨淪而下降。」〔註24〕

說明：《廣韻》、《集韻》平聲「江」韻「胡江切」下同收「降」字，《廣韻》注云：「降伏。」《集韻》注云：「《說文》：服也。」此當為「降」字之本音；《集韻》於「冬」韻新增收「乎攻切」一音，字義雖為「下也。」從《韻補》所徵引的〈離騷〉內容可知，「庸」與「降」相叶，「庸」為平聲「鍾」韻；又《禮記》引文之「降」與「冬」二字相叶；阮籍〈東平賦〉中「風」與「降」相叶，「風」為平聲「東」韻，故可推知「降」之「乎攻切」為《集韻》增收之叶韻音。

〔註20〕王力：《詩經韻讀楚辭韻讀》（北京：中國人民大學出版社，2004 年），頁 144。

〔註21〕朱熹：《詩經集傳》卷 1（台北市：蘭台書局，1979 年），頁 11。

〔註22〕吳棫：《韻補》（北京：中華書局，1987 年），頁 3。

〔註23〕孫希旦：《禮記集解》卷 17 第六之三（台北市：文史哲出版社，1990 年），頁 488。

〔註24〕張溥編：《漢魏六朝百三家集》（台北市：新興書局，1963 年），頁 1289。

支韻「莎」字

本音：蘇禾切

新增叶音：宜為切

音證：《韻補》「支」韻「蘇回切」下收「莎」字，注云：「馬融〈廣成頌〉：鎮
以瑤臺，純以金堤。樹以蒲柳，被以綠莎。」〔註25〕

說明：《廣韻》、《集韻》平聲「戈」韻「蘇禾切」下同收「莎」字，《廣韻》注
云：「草名。亦樹。似桃椰。」《集韻》注云：「艸名。《說文》：鎬侯也。」
此當為「莎」字之本音；《集韻》於「支」韻新增收「宜為切」一音，字
義雖為「捼莎澤手也。」從《韻補》引用馬融〈廣成頌〉之內容可知，
「堤」與「莎」相叶，又「堤」為平聲「支」韻，與之相叶的「莎」字
亦當為平聲「支」韻，且使用時的字義與平聲「戈」韻相似，同為草名，
故可推知「莎」之「宜為切」為《集韻》增收之叶韻音。

支韻「頗」字

本音：滂禾切

新增叶音：蒲靡切

音證：《太玄》：「陽氣氾施，不偏不頗。物與爭訟，各遵其儀。」〔註26〕

說明：《廣韻》、《集韻》平聲「戈」韻「滂禾切」下同收「頗」字，《廣韻》注
云：「《說文》：頭偏。」《集韻》注云：「《說文》：頭偏也。」此當為「頗」
字之本音；《集韻》於「支」韻新增收「蒲靡切」一音，字義雖為「闕。
人名。《春秋傳》：楚有薳頗。」從引用《太玄》之內容可知，「頗」與
「儀」二字相叶，「儀」為平聲「支」韻，此處「頗」字使用時的字義
與平聲「戈」韻相似，故可推知「頗」之「蒲靡切」為《集韻》增收之
叶韻音。

支韻「靡」字

本音：母被切

新增叶音：忙皮切

音證：

〔註25〕吳棫：《韻補》（北京：中華書局，1987年），頁6。

〔註26〕揚雄撰、（晉）范望注：《太玄經》（台北市：中國子學名著集成編印，1978年），頁
101。

（1）《易‧中孚》：「鳴鶴在陰，其子和之；我有好爵，吾與爾靡之。」

〔註27〕

（2）《莊子‧馬蹄》：「喜則交頸相靡，怒則分背相踶。」〔註28〕

（3）《易林》「豐」下之「噬嗑」：「左指右麾，邪佞靡靡。」〔註29〕

說明：《廣韻》、《集韻》上聲「紙」韻「母被切」下同收「靡」字，《廣韻》注云：「無也。偃也。又靡曼美色也。《說文》曰：披靡也。」《集韻》注云：「《說文》：披靡也。一曰靡。曼美也。一曰無也。」此當為「靡」字之本音；《集韻》於「支」韻新增收「忙皮切」一音，字義雖為「分也。《易》：吾與汝靡之。」從《易‧中孚》象辭九二之內容可知，「和」與「靡」二字相叶，「和」為平聲「戈」韻；《莊子》之例證中，「靡」與「踶」相叶，「踶」為平聲「支」韻；又《易林》之「麾」與「靡」相叶，「麾」為平聲「支」韻，以上各例均與平聲「靡」字押韻，故可推知「靡」之「忙皮切」為《集韻》增收之叶韻音。

支韻「罷」字

本音：補靡切

新增叶音：蒲糜切

音證：

（1）《楚辭‧大招》：「舉傑厭陛誅讒譏罷只，直贏在位近禹麾只。」〔註30〕

（2）枚乘〈七發〉：「險險戲戲，崩壞陂池，決勝乃罷。」〔註31〕

說明：《廣韻》、《集韻》上聲「紙」韻「補靡切」下同收「罷」字，《廣韻》注云：「遣有罪。」《集韻》注云：「遣有罪也。」此當為「罷」字之本音；《集韻》於「支」韻新增收「蒲糜切」一音，字義雖為「《說文》：勞也。」但從《楚辭‧大招》可知「罷」與「麾」二字相叶，宋代洪興祖《楚辭補注》注「罷」字下云：「罷音疲」，「疲」為平聲支韻；另枚乘〈七發〉中「戲」、「池」與「罷」相叶，同屬平聲「支」韻，故可推知「罷」之

〔註27〕程頤：《易程傳》卷6（台北市：文津出版社，1987年），頁542。

〔註28〕王先謙著：《莊子集解》卷9（台北市：三民書局，1974年），頁54。

〔註29〕焦延壽：《易林》卷14（台北市：藝文印書館，1970年），頁355。

〔註30〕洪興祖著：《楚辭補注》（台北市：大安出版社，1999年），頁360。

〔註31〕蕭統編、李善注：《文選》（台北市：五南圖書出版有限公司，1991年），頁874。

「蒲糜切」為《集韻》增收之叶韻音。

支韻「議」字

本音：宜寄切

新增叶音：魚羈切

音證：

（1）《韻補》「支」韻「魚羈切」下收「議」字，注云：「謀也。顏師古《糾謬正俗》：或問議、誼二字，今人讀為宜音，得以通否？答曰：《書》云：無偏無陂，遵王之誼。《詩》云：出入諷議，或靡事不為。故知亦有宜音。」〔註32〕

（2）《詩・北山》：「或出入風議，或靡事不為。」〔註33〕

（3）東方朔〈七諫〉：「高陽無故而委塵兮，唐虞點灼而毀議；誰使正其真是兮，雖有八師而不可為。」〔註34〕

說明：《廣韻》、《集韻》去聲「寘」韻「宜寄切」下同收「議」字，《廣韻》注云：「謀也。擇也。評也。語也。」《集韻》注云：「《說文》：語也。一曰謀也。」此當為「議」字之本音；《集韻》於「支」韻新增收「魚羈切」一音，字義亦為「謀度也。」從《韻補》引顏師古之說、《書》與《詩》之例，得知「議」有平聲一音；又朱熹《詩經集傳》於「議」字下注：「叶魚羈反」，讀作平聲「支」韻，且與平聲「支」韻「為」字相叶；〈七諫〉內容中「議」與「為」字押韻，音近相叶，且使用時的字義與去聲「寘」韻相似，故可推知「議」之「魚羈切」為《集韻》增收之叶韻音。

脂韻「摧」字

本音：徂回切

新增叶音：遵綏切

音證：《楚辭・九思》：「蟲豸兮夾余，惆悵兮自悲；佇立兮忉怛，心結縎兮折摧。」〔註35〕

說明：《廣韻》、《集韻》平聲「灰」韻「徂回切」下同收「摧」字，《廣韻》注

〔註32〕吳棫：《韻補》（北京：中華書局，1987年），頁4。

〔註33〕王靜芝：《詩經通釋》（台北市：輔仁大學文學院，1968年），頁448。

〔註34〕張溥編：《漢魏六朝百三家集》（台北市：新興書局，1963年），頁121。

〔註35〕洪興祖著：《楚辭補注》（台北市：大安出版社，1999年），頁525。

云：「折也。阻也。」《集韻》注云：「《說文》：擠也。一曰挏也。折也。」
此當為「摧」字之本音；《集韻》於「脂」韻新增收「遵綏切」一音，字
義雖為「退也。《易》：晉如摧。如鄭康成讀。」但從王逸〈九思〉之引
文中，可知「悲」與「摧」二字相叶，「悲」為平聲「脂」韻，故可推知
「摧」之「遵綏切」為《集韻》增收之叶韻音。

脂韻「罘」字

本音：房尤切

新增叶音：貧悲切

音證：

（1）《韻補》「支」韻「貧悲切」下收「罘」字，注云：「罜也。又之罘。地
名。揚雄《羽獵賦》：荷垂天之罼，張竟野之罘。靡日月之朱竿，曳彗
星之飛旗。」〔註36〕

（2）張衡〈東京賦〉：「堅冰作於履霜，尋木起於蘗栽。昧旦不顯，後世猶
怠。況初制於甚泰，服者焉能改裁。故相如壯上林之觀，揚雄騁羽獵
之辭。雖系以隤牆填塹，亂以收罝解罘。卒無補於風規，祇以昭其愆
尤。臣濟多以陵君，忘經國之長基。故函谷擊柝於東，西朝顛覆而莫
持。」〔註37〕

（3）揚雄〈羽獵賦〉：「放雉兔，收罝罘。麋鹿芻蕘與百姓共之，蓋所以臻
茲也。」〔註38〕

（4）柏梁臺詩：「走狗逐兔張罝罘，齧妃女脣甘如飴。」〔註39〕

（5）曹植〈七啟〉：「于是礫填谷塞，榛藪平夷；緣山置罝，彌野張罘。」
〔註40〕

說明：《廣韻》、《集韻》平聲「尤」韻「房尤切」下同收「罘」字，《廣韻》注
云：「兔罟。」《集韻》注云：「《說文》：兔罟也。」此當為「罘」字之本
音；《集韻》於「脂」韻新增收「貧悲切」一音，字義雖為「兔罝也。」

〔註36〕吳棫：《韻補》（北京：中華書局，1987年），頁5。
〔註37〕蕭統編、李善注：《文選》（台北市：五南圖書出版有限公司，1991年），頁83。
〔註38〕蕭統編、李善注：《文選》（台北市：五南圖書出版有限公司，1991年），頁217。
〔註39〕章樵注：《古文苑》（台北市：鼎文書局，1973年），頁186。
〔註40〕蕭統編、李善注：《文選》（台北市：五南圖書出版有限公司，1991年），頁879。

但從《韻補》所引用揚雄〈羽獵賦〉可知，其中「罘」與「旗」相叶，「旗」為支韻，故「罘」當讀為「支」韻，或相近之音。周祖謨《漢魏晉南北朝韻部演變研究》於「之部韻譜」下，引張衡〈東京賦〉說明「栽、怠、裁、辭、罘、尤、基、持」八字押韻〔註41〕；引揚雄《羽獵賦》說明「罘、之、茲」三字押韻。〔註42〕「罘」字均與「之」韻字相叶；另柏梁臺詩中「罘」與「飴」相叶，「飴」為平聲「支」韻；曹植〈七啟〉文中「夷」與「罘」相叶，「夷」為平聲「支」韻，故可推知「罘」之「貧悲切」為《集韻》增收之叶韻音。

之韻「喜」字

本音：訖巳切

新增叶音：虛其切

音證：

（1）《楚辭·天問》：「簡狄在臺，嚳何宜？玄鳥致貽，女何喜？」〔註43〕

（2）《易林》「兌」下之「蹇」：「心願所喜，乃今逢時。」〔註44〕

說明：《廣韻》、《集韻》上聲「紙」韻「訖巳切」下同收「喜」字，《廣韻》注云：「喜樂。又聞喜縣在絳州，漢武帝幸左邑聞南越破，遂改為聞喜縣。《禮記》曰：人喜則斯陶，陶斯咏。」《集韻》注云：「《說文》：樂也。」此當為「喜」字之本音；《集韻》於「之」韻新增收「虛其切」一音，字義雖為「未喜。有施氏，女名。」但從《楚辭·天問》引文之「宜」與「喜」二字相叶，「宜」為平聲「支」韻；《易林》中「喜」與「時」二字相叶，「時」為平聲「之」韻，故可推知「喜」之「虛其切」為《集韻》增收之叶韻音。

之韻「秄」字

本音：祖似切

〔註41〕羅常培、周祖謨：《漢魏晉南北朝韻部演變研究》（台北市：科學出版社，1958年），頁127。

〔註42〕羅常培、周祖謨：《漢魏晉南北朝韻部演變研究》（台北市：科學出版社，1958年），頁126。

〔註43〕洪興祖著：《楚辭補注》（台北市：大安出版社，1999年），頁151。

〔註44〕焦延壽：《易林》卷15（台北市：藝文印書館，1970年），頁377。

新增叶音：津之切

音證：《詩·甫田》：「今適南畝，或耘或耔，黍稷薿薿。攸介攸止，烝我髦
士。」〔註45〕

說明：《廣韻》、《集韻》上聲「止」韻「祖似切」下同收「耔」字，《廣韻》注
云：「擁苗本也。」《集韻》注云：「《說文》：壅禾。」此當為「耔」字之
本音；《集韻》於「之」韻新增收「津之切」一音，字義亦為「壅禾根也。
《詩》：或耘或耔。沈重讀。通作芓。」但由《詩經·甫田》之例證，可
知「畝、耔、薿、止、士」五字相叶，王力於《詩經韻讀楚辭韻讀》認
為此五字同押之韻〔註46〕；陸德明《經典釋文·毛詩音義》於「耔」字
下注：「音子。沈音茲。壅禾根也。」沈重讀「耔」音「茲」，屬於平聲
之韻，此處《集韻》收錄此音，可能參考《經典釋文》引沈重的見解，
增收「津之切」一音，故可推知「耔」之「津之切」為《集韻》增收之
叶韻音。

之韻「怠」字

本音：蕩亥切

新增叶音：盈之切

音證：

（1）《韻補》「支」韻「盈之切」下收「怠」字，注云：「懈也。范蠡曰：得
時無怠，時不再來。『來』讀如『釐』。《周易》：謙輕而豫怠。虞氏作
怡。劉歆〈列女〉贊：齊姜公正，言行不怠；勸勉晉文，反國無疑。」
〔註47〕

（2）枚乘〈七發〉：「或紛紜其流折兮，忽繆往而不來。臨朱汜而遠逝兮，
中虛煩而益怠。莫離散而發曙兮，內存心而自持。」〔註48〕

說明：《廣韻》、《集韻》上聲「海」韻「蕩亥切」下同收「怠」字，《廣韻》注
云：「懈怠。」《集韻》注云：「《說文》：慢也。」此當為「怠」字之本
音；《集韻》於「之」韻新增收「盈之切」一音，字義亦為「懈也。」

〔註45〕王靜芝：《詩經通釋》（台北市：輔仁大學文學院，1968年），頁461。

〔註46〕王力：《詩經韻讀楚辭韻讀》（北京：中國人民大學出版社，2004年），頁285。

〔註47〕吳棫：《韻補》（北京：中華書局，1987年），頁8。

〔註48〕蕭統編、李善注：《文選》（台北市：五南圖書出版有限公司，1991年），頁872。

從《韻補》引范蠡之內容可知,「來」本為平聲「咍」韻,今注讀如釐,「釐」為平聲「之」韻,與「怠」之「盈之切」相叶,只是《韻補》將「之」韻歸為「古通支韻」;由劉歆〈列女〉贊之內容,可知「怠」與「疑」二字相叶,「疑」為平聲「之」韻,此處「怠」當讀為「之」韻;周祖謨《漢魏晉南北朝韻部演變研究》於「之部韻譜」下,引枚乘〈七發〉說明「來、怠、持」三字押韻。〔註49〕而「持」為平聲「之」韻,與平聲「怠」字相叶,故可推知「怠」之「盈之切」為《集韻》增收之叶韻音。

之韻「饎」字

本音:昌志切

新增叶音:虛其切

音證:《詩經·泂酌》:「泂酌彼行潦,挹彼注茲,可以餴饎。」〔註50〕

說明:《廣韻》、《集韻》去聲「志」韻「昌志切」下同收「饎」字,《廣韻》注云:「方言云熟食也。《說文》云:酒食也。」《集韻》注云:「《說文》:酒食也。一說炊黍稷曰饎。」此當為「饎」字之本音;《集韻》於「之」韻新增收「虛其切」一音,字義亦為「酒食曰饎。」但從陸德明《經典釋文·毛詩音義》於「饎」字下云:「《字林》:充之反。」其注解內容可知,「饎」當讀成平聲「之」韻,且使用時的字義與去聲「志」韻相同,故可推知「饎」之「虛其切」為《集韻》增收之叶韻音。

微韻「葦」字

本音:羽鬼切

新增叶音:于非切

音證:雜曲歌詞〈焦仲卿妻〉:「君當作磐石,妾當作蒲葦。蒲葦紉如絲,磐石無轉移。」〔註51〕

說明:《廣韻》、《集韻》上聲「尾」韻「羽鬼切」下同收「葦」字,《廣韻》注云:「蘆葦。」《集韻》注云:「艸名。《說文》:大葭也。」此當為「葦」

〔註49〕羅常培、周祖謨:《漢魏晉南北朝韻部演變研究》(台北市:科學出版社,1958年),頁126。

〔註50〕王靜芝:《詩經通釋》(台北市:輔仁大學文學院,1968年),頁551。

〔註51〕郭茂倩:《樂府詩集》(上海:上海古籍出版社,1998年),頁781。

字之本音；《集韻》於「微」韻新增收「于非切」一音，字義亦為「草名。《爾雅》：葦，醜刀。謝嶠讀。」從引用焦仲卿詩可知，「葦」與「移」二字相叶，「移」為平聲「微」韻，且使用時的字義與上聲「尾」韻相同，故可推知「葦」之「于非切」為《集韻》增收之叶韻音。

微韻「畏」字

本音：於胃切

新增叶音：於非切

音證：

(1)《韻補》「支」韻「於非切」下收「畏」字，注云：「懼也。《古文尚書》：天威匪忱。《禮記》引《書》：德威惟威。今皆作畏。《毛詩》：亦可畏也。伊可懷也。懷，胡隈切。」〔註52〕

(2)《易林》「損」下之「蠱」：「路宿多畏，亡其騂騅。」〔註53〕

說明：《廣韻》、《集韻》去聲「未」韻「於胃切」下同收「畏」字，《廣韻》注云：「畏懼。」《集韻》注云：「《說文》：惡也。鬼頭而虎爪可畏也。」此當為「畏」字之本音；《集韻》於「微」韻新增收「於非切」一音，字義雖為「《說文》：姑也。引漢律：婦告威姑，一曰有威可畏謂之威。」從《韻補》引《詩》之內容可知，「畏」與「懷」相叶，「懷」為「胡隈切」，讀成平聲「灰」韻；又《易林》引文中「畏」與「騅」二字押韻，「騅」為平聲「支」韻，與平聲「畏」字音近相叶，故可推知「畏」之「於非切」為《集韻》增收之叶韻音。

魚韻「斯」字

本音：山宜切

新增叶音：山於切

音證：《韻補》「魚」韻「於非切」下收「斯」字，注云：「如今讀，叶魚韻，此也。蔡邕〈短人賦〉：熱地蝗兮蘆即且（子如切），繭中蛹兮蠶蠕須（上音而），視短人兮形如斯。」〔註54〕

〔註52〕吳棫：《韻補》（北京：中華書局，1987年），頁7。

〔註53〕焦延壽：《易林》卷11（台北市：藝文印書館，1970年），頁270。

〔註54〕吳棫：《韻補》（北京：中華書局，1987年），頁13。

說明：《廣韻》、《集韻》平聲「支」韻「山宜切」下同收「斯」字，《廣韻》注
云：「此也。《說文》曰：析也。詩曰：斧以斯之，又姓。」《集韻》注
云：「析也。」此當為「斯」字之本音；《集韻》於「魚」韻新增收「山
於切」一音，字義亦為「析也。《詩》：斧以斯之。」從《韻補》徵引蔡
邕〈短人賦〉之例證可知，「且、須、斯」三字相叶，且使用時的字義
與平聲「微」韻相同，故可推知「斯」之「山於切」為《集韻》增收之
叶韻音。

魚韻「蘇」字

本音：孫租切

新增叶音：山於切

音證：《詩・山有扶蘇》：「山有扶蘇，隰有荷華。不見子都，乃見狂且。」〔註55〕

說明：《廣韻》、《集韻》平聲「模」韻「孫租切」下同收「蘇」字，《廣韻》注
云：「紫蘇草也。蘇木也。蒲也。慫也。」《集韻》注云：「艸名。《說文》：
桂荏也。一曰薪艸曰蘇；摯虞曰鳥尾也。所謂流蘇者，緝鳥尾垂之若流
然。」此當為「蘇」字之本音；《集韻》於「魚」韻新增收「山於切」一
音，字義亦為「木名。《詩》：山有扶蘇。徐邈讀。」從〈山有扶蘇〉之
例證，可知「蘇、華、都、且」四字相叶，王力於《詩經韻讀楚辭韻讀》
認為此四字同押魚韻〔註56〕；又陸德明《經典釋文・毛詩音義》於「蘇」
字下注：「如字，徐又音疎。」徐邈讀「蘇」音「疎」，屬於平聲「魚」
韻，此處《集韻》收錄此音，可能參考《經典釋文》引徐邈的見解，故
推知「蘇」之「山於切」為《集韻》增收之叶韻音。

魚韻「組」字

本音：摠古切

新增叶音：千余切

音證：

（1）《易林》「小畜」下之「需」：「故室舊廬，稍蔽絃組；不如新巢，可治
樂居。」〔註57〕

〔註55〕王靜芝：《詩經通釋》（台北市：輔仁大學文學院，1968 年），頁 192。

〔註56〕王力：《詩經韻讀楚辭韻讀》（北京：中國人民大學出版社，2004 年），頁 184。

〔註57〕焦延壽：《易林》卷 11（台北市：藝文印書館，1970 年），頁 270。

（2）漢〈高頤碑〉：「示民敬讓，闕斷苞組；宜享漢輔，闕德將舒；乾流闕
戾，闕見隕徂；凡百悽愴，痛乎何辜；祚爾後嗣，子孫之模。」〔註58〕

說明：《廣韻》、《集韻》上聲「姥」韻「摠古切」下同收「組」字，《廣韻》注
云：「組綬。又編組。東海中，草名。」《集韻》注云：「《說文》：綬屬其
小者，以為冕纓。」此當為「組」字之本音；《集韻》於「魚」韻新增收
「千余切」一音，字義亦為「邑名。在海中。」從所引用《易林》之例
證中，可知「組」與「居」相叶，「居」為平聲「魚」韻；又〈高頤碑〉
中「組、舒、徂、辜、模」五字相叶〔註59〕，「舒」為平聲「魚」韻，「徂、
辜、模」三字為平聲「模」韻，故可推知「組」之「千余切」為《集韻》
增收之叶韻音。

魚韻「去」字

本音：口舉切

新增叶音：丘於切

音證：

（1）《韻補》「魚」韻「丘於切」下收「去」字，注云：「離也。《左氏傳》：
秦伯伐晉，卜之曰：千乘三去，三去之餘，獲其雄狐。」〔註60〕

（2）漢・劉章〈耕田歌〉：「深耕穊種，立苗欲疏；非其種者，鋤而去之。」
〔註61〕

說明：《廣韻》、《集韻》上聲「語」韻「口舉切」下同收「去」字，《廣韻》注
云：「除也。《說文》：从大厶也。」《集韻》注云：「徹也。」此當為「去」
字之本音；《集韻》於「魚」韻新增收「丘於切」一音，字義雖為「疾
走也。」但從《韻補》所補之內容可知，「去、餘、狐」三字相叶，「餘」
為平聲「魚」韻，「狐」為平聲「模」韻，音近相叶；又劉章〈耕田歌〉
中「疏」與「去」相叶，「疏」為平聲「魚」韻，且「去」字使用時的
字義與上聲「語」韻相同，故可推知「去」之「丘於切」為《集韻》增

〔註58〕永瑢等撰：《欽定四庫全書總目》景印文淵閣本卷31（台北市：台灣商務印書館，
1939年），頁1397-664。

〔註59〕羅常培、周祖謨：《漢魏晉南北朝韻部演變研究》頁147中，認為「組」通茞，平
聲。

〔註60〕吳棫：《韻補》（北京：中華書局，1987年），頁9。

〔註61〕班固撰、顏師古注：《漢書》（台北市：宏業書局，1992年），頁1992。

收之叶韻音。

魚韻「邪」字

本音：徐嗟切

新增叶音：羊諸切

音證：

（1）《詩‧北風》：「其虛其邪，既亟只且。」〔註62〕

（2）《韻補》「魚」韻「詳余切」下收「邪」字，注云：「不正也。《詩》：其虛其邪。《爾雅》：作徐。又曰思無邪、思馬斯徂。班彪〈北征賦〉：降几杖於藩國兮，折吳濞之逆邪；惟太宗之蕩蕩，豈曩秦之所圖。」〔註63〕

說明：《廣韻》、《集韻》平聲「麻」韻「徐嗟切」下同收「邪」字，《廣韻》注云：「鬼病。亦不正也。《論語》曰：思無邪。」《集韻》注云：「《說文》：褒也。謂不正。」此當為「邪」字之本音；《集韻》於「魚」韻新增收「羊諸切」一音，字義雖為「緩也。《詩》：其虛其邪。」但從《詩經‧北風》之引證內容可知，「邪」與「且」二字押韻，「且」為平聲「魚」韻，陸德明《經典釋文‧毛詩音義》「邪」字下云：「邪音餘，又音徐。」朱熹《詩經集傳》「邪」字下云：「音徐。」認為「邪」字讀成平聲「魚」韻；又班彪〈北征賦〉中「邪」與「圖」押韻，「圖」為平聲「模」韻，與魚韻「邪」字音近相叶，故可推知「邪」之「羊諸切」為《集韻》增收之叶韻音。

虞韻「廡」字

本音：罔甫切

新增叶音：微夫切

音證：《韻補》「魚」韻「微夫切」下收「廡」字，注云：「堂下也。昭明太子〈殿賦〉：建廂廊于左右，造金墀于前廡。卷高帷于玉楹，且散志于琴書。」〔註64〕

〔註62〕王靜芝：《詩經通釋》（台北市：輔仁大學文學院，1968年），頁110。

〔註63〕吳棫：《韻補》（北京：中華書局，1987年），頁11。

〔註64〕吳棫：《韻補》（北京：中華書局，1987年），頁11。

說明：《廣韻》、《集韻》上聲「麌」韻「岡甫切」下同收「廡」字，《廣韻》注
云：「廡，堂下也。」《集韻》注云：「《說文》：堂下周屋籓。」此當為「廡」
字之本音；《集韻》於「虞」韻新增收「微夫切」一音，字義雖為「蕃廡，
艸木盛貌。」但從《韻補》所引用〈魯靈光殿賦〉之例證，可知「廡」
與「書」二字相叶，而「書」為平聲「魚」韻，此處「廡」字使用時的
字義與上聲「麌」韻相同，故可推知「廡」之「微夫切」為《集韻》增
收之叶韻音。

虞韻「溥」字

本音：頗五切

新增叶音：芳無切

音證：《韻補》「魚」韻「滂摸切」下收「溥」字，注云：「大也。陳琳〈大荒
賦〉：懿淳燿之明德兮，願請間於一隅。溫風翕以陽烈兮，赤水汨以涌
溥。」〔註65〕

說明：《廣韻》、《集韻》上聲「姥」韻「頗五切」下同收「溥」字，《廣韻》注
云：「大也。廣也。」《集韻》注云：「《說文》：大也。通作普。」此當為
「溥」字之本音；《集韻》於「虞」韻新增收「芳無切」一音，字義雖為
「《說文》：布也。或作溥。」但從《韻補》舉陳琳〈大荒賦〉之例證，
可知「隅」與「溥」二字相叶，同屬平聲「虞」韻，且使用時的字義與
上聲「姥」韻相同，故可推知「溥」之「芳無切」為《集韻》增收之叶
韻音。

虞韻「懼」字

本音：衢遇切

新增叶音：權俱切

音證：《易林》「晉」下之「屯」：「魚蛇之怪，大人憂懼。梁君好城，失其安居。」
〔註66〕

說明：《廣韻》、《集韻》去聲「遇」韻「衢遇切」下同收「懼」字，《廣韻》注
云：「怖懼。」《集韻》注云：「《說文》：恐也。」此當為「懼」字之本音；

〔註65〕吳棫：《韻補》（北京：中華書局，1987年），頁10。

〔註66〕焦延壽：《易林》卷9（台北市：藝文印書館，1970年），頁230。

《集韻》於「虞」韻新增收「權俱切」一音，字義雖為「怖也。」但從《易林》之例證中，可知「懼」與「居」二字相叶，「居」為平聲「魚」韻，音近相叶，又此處「懼」字使用時的字義與去聲「遇」韻相同，故可推知「懼」之「權俱切」為《集韻》增收之叶韻音。

虞韻「不」字

本音：方鳩切

新增叶音：風無切

音證：《韻補》「魚」韻「馮無切」下收「不」字，注云：「否也。〈日出東南隅行〉：使君謝羅敷，還可共載不。羅敷前致辭，使君一何愚。」〔註67〕

說明：《廣韻》、《集韻》平聲「尤」韻「方鳩切」下同收「不」字，《廣韻》注云：「弗也。又姓。」《集韻》注云：「鳥名。夫不佳也。」此當為「不」字之本音；《集韻》於「虞」韻新增收「風無切」一音，字義雖為「艸木。房為柎。一曰華下萼。」但由《韻補》所引用樂府〈陌上桑〉之內容可知，「敷、不、愚」三字相叶，「敷」與「愚」二字同屬「虞」韻，此處「不」字亦當讀成「虞」韻，且使用時的字義與平聲「尤」韻相同，故可推知「不」之「風無切」為《集韻》增收之叶韻音。

模韻「來」字

本音：郎才切

新增叶音：龍都切

音證：

（1）《周易參同契真義・易者象也章》：「窮神以知化，陽往則陰來。輻輳而輪轉，出入更卷舒。」〔註68〕

（2）宋泰始歌舞曲辭〈白紵篇大雅〉：「琴角揮韻白雲舒，簫韶協音神鳳來；拊擊和節詠在初，章曲乍華情有餘。」〔註69〕

說明：《廣韻》、《集韻》平聲「咍」韻「郎才切」下同收「來」字，《廣韻》注云：「至也。及也。還也。又姓。」《集韻》注云：「《說文》：周所受瑞

〔註67〕吳棫：《韻補》（北京：中華書局，1987年），頁11。

〔註68〕彭曉撰：《周易參同契真義》卷上（台北市：中國子學名著集成編印，1978年），頁25。

〔註69〕郭茂倩：《樂府詩集》（上海：上海古籍出版社，1998年），頁625。

麥，來麰，一來二縫，象芒束之形，天所來也。故為行來之來。引《詩》：詒我來麰。亦姓。」此當為「來」字之本音；《集韻》於「模」韻新增收「龍都切」一音，字義雖為「徠也。山東語。」但從《易林》之引文中，可知「來」與「舒」二字相叶，「舒」為平聲「魚」韻；又樂府〈白紵篇〉中「舒」、「來」、「初」、「餘」四字相叶，「舒、初、餘」三字均為平聲「魚」韻，故可推知「來」之「龍都切」為《集韻》增收之叶韻音。

模韻「墓」字

本音：莫故切

新增叶音：蒙晡切

音證：《韻補》「魚」韻「蒙晡切」下收「墓」字，注云：「墳也。《漢書·敘傳》：農不出貢，罪不收孥；宮不新館，陵不崇墓。顏師古讀。」〔註70〕

說明：《廣韻》、《集韻》去聲「暮」韻「莫故切」下同收「墓」字，《廣韻》注云：「墳墓。」《集韻》注云：「《說文》：丘也。一曰葬地。」此當為「墓」字之本音；《集韻》於「模」韻新增收「蒙晡切」一音，字義雖為「冢也。」但由《韻補》所引用《漢書·敘傳》之內容可知，「孥」與「墓」二字相叶，「孥」為平聲「模」韻，顏師古於「墓」字下注：「合韻，音謨。」讀成平聲，且使用時的字義與去聲「暮」韻相同，故可推知「墓」之「蒙晡切」為《集韻》增收之叶韻音。

齊韻「蠲」字

本音：圭玄切

新增叶音：涓畦切

音證：《韻補》「支」韻「涓畦切」下收「蠲」字，注云：「潔也。《儀禮》：哀子某圭為而哀薦之饗。注云：《毛詩》：吉圭為饎，今作蠲。揚雄〈太常箴〉：我祀斯祇，我粢孔蠲。匪愆匪忒，君子攸宜。」〔註71〕

說明：《廣韻》、《集韻》平聲「先」韻「圭玄切」下同收「蠲」字，《廣韻》注云：「除也。潔也。明也。《說文》云：馬蠲蟲。〈明堂月令〉：腐草為蠲。」

〔註70〕吳棫：《韻補》（北京：中華書局，1987年），頁11。

〔註71〕吳棫：《韻補》（北京：中華書局，1987年），頁4。

《集韻》注云：「蟲名。《說文》：馬蠲也。引〈明堂月令〉：腐艸為蠲，一曰明也。潔也。」此當為「蠲」字之本音；《集韻》於「齊」韻新增收「涓畦切」一音，字義雖為「絜也。明也。」但從《韻補》所徵引揚雄〈太常箴〉之內容可知，「蠲」與「宜」二字相叶，「宜」為平聲「支」韻，此處「蠲」字使用時的字義與平聲「先」韻相同，故可推知「蠲」之「涓畦切」為《集韻》增收之叶韻音。

齊韻「霽」字

本音：在禮切

新增叶音：前西切

音證：《韻補》「支」韻「箋西切」下收「霽」字，注云：「渡也。班固〈幽通賦〉：懿前烈之純淑兮，窮與達其必濟；咨孤矇之眇眇兮，將圮絕而罔階。顏師古讀階，堅奚切。」〔註72〕

說明：《廣韻》、《集韻》上聲「薺」韻「在禮切」下同收「霽」字，《廣韻》注云：「定也。止也。齊也。亦濟濟多威儀貌。」《集韻》注云：「雨止也。《洪範》：曰雨曰霽。」此當為「霽」字之本音；《集韻》於「齊」韻新增收「前西切」一音，字義雖為「濟濟祭祀容。」但從《韻補》所引用〈幽通賦〉之內容可知，「霽」與「階」二字相叶，「階」為平聲「皆」韻，又顏師古注「階」字音「堅奚切」，與平聲「霽」字音近相叶，故可推知「霽」之「前西切」為《集韻》增收之叶韻音。

灰韻「追」字

本音：中葵切

新增叶音：都回切

音證：枚乘〈七發〉：「蹈壁衝津，窮曲隨隈，踰岸出追。」〔註73〕

說明：《廣韻》、《集韻》平聲「脂」韻「中葵切」下同收「追」字，《廣韻》注云：「逐也。隨也。」《集韻》注云：「《說文》：逐也。」此當為「濟」字之本音；《集韻》於「灰」韻新增收「都回切」一音，字義雖為「治玉也。」但由枚乘〈七發〉之引文可知，「隈」與「追」二字相叶，「隈」

〔註72〕吳棫：《韻補》（北京：中華書局，1987年），頁6。
〔註73〕蕭統編、李善注：《文選》（台北市：五南圖書出版有限公司，1991年），頁873。

為平聲「灰」韻，唐人李善注「追」字下引郭璞曰：「沙堆也，都迴切。」且此音使用時的字義與平聲「脂」韻相同，故可推知「追」之「都回切」為《集韻》增收之叶韻音。

灰韻「畏」字

本音：於胃切

新增叶音：烏回切

音證：《韻補》「支」韻「於非切」下收「畏」字，注云：「懼也。《古文尚書》：天威匪忱。《禮記》引《書》：德威惟威。今皆作畏。《毛詩》：亦可畏也。伊何懷也。懷，胡隈切。」〔註74〕

說明：《廣韻》、《集韻》去聲「未」韻「於胃切」下同收「畏」字，《廣韻》注云：「畏懼。」《集韻》注云：「《說文》：惡也。鬼頭而虎爪可畏也。」此當為「畏」字之本音；《集韻》於「灰」韻新增收「烏回切」一音，字義雖為「弓淵也。」但從《韻補》所舉《毛詩》之例證內容，「畏」與「懷」二字相叶，「懷」讀成「胡隈切」，為平聲「灰」韻，故可推知「畏」之「烏回切」為《集韻》增收之叶韻音。

咍韻「頤」字

本音：盈之切

新增叶音：曳來切

音證：

（1）《韻補》「陽」韻「余章切」下收「頤」字，注云：「養也。《釋名》：頤養也。動於下，應於上。上下咀物，以養人者也。又曰：百年曰期頤。頤者養也。」〔註75〕

（2）郭璞〈遊仙詩〉七首之六：「陵陽挹丹溜，容成揮玉杯。姮娥揚妙音，洪崖頷其頤。」〔註76〕

說明：《廣韻》、《集韻》平聲「之」韻「盈之切」下同收「頤」字，《廣韻》注云：「頤養也。」《集韻》注云：「《說文》：顄頁也。」此當為「頤」字之

〔註74〕吳棫：《韻補》（北京：中華書局，1987年），頁7。

〔註75〕吳棫：《韻補》（北京：中華書局，1987年），頁48。

〔註76〕蕭統編、李善注：《文選》（台北市：五南圖書出版有限公司，1991年），頁554。

本音；《集韻》於「咍」韻新增收「曳來切」一音，字義雖為「頷也。關中語。」但從《韻補》「陽」韻下收「頤」字可知，其字義為：「養也。」與「之」韻使用時的字義相同，然而音讀相異；另郭璞詩中「杯」與「頤」二字相叶，且整首詩均用「灰」韻，故可推知「頤」之「曳來切」為《集韻》增收之叶韻音。

哈韻「怠」字

本音：蕩亥切

新增叶音：湯來切

音證：

（1）枚乘〈七發〉：「或紛紜其流折兮，忽繆往而不來。臨朱汜而遠逝兮，中虛煩而益怠。莫離散而發曙兮，內存心而自持。」〔註77〕

（2）司馬相如〈上林賦〉：「於是乎遊戲懈怠，置酒乎顥天之臺。」〔註78〕

說明：《廣韻》、《集韻》上聲「海」韻「蕩亥切」下同收「怠」字，《廣韻》注云：「懈怠。」《集韻》注云：「《說文》：慢也。」此當為「怠」字之本音；《集韻》於「咍」韻新增收「湯來切」一音，字義亦為「懈也。」從周祖謨《漢魏晉南北朝韻部演變研究》於「之部韻譜」下，引枚乘〈七發〉說明「來、怠、持」三字押韻。〔註79〕而「來」為平聲「咍」韻，與「怠」之「湯來切」相叶；又司馬相如〈上林賦〉中「怠、臺」二字相叶，「臺」為平聲「咍」韻，此處「怠」字使用時的字義與上聲「海」韻相同，故可推知「怠」之「湯來切」為《集韻》增收之叶韻音。

真韻「震」字

本音：之刃切

新增叶音：升人切

音證：

（1）《韻補》「真」韻「之人切」下收「震」字，注云：「起也。班固〈東都

〔註77〕蕭統編、李善注：《文選》（台北市：五南圖書出版有限公司，1991年），頁872。

〔註78〕蕭統編、李善注：《文選》（台北市：五南圖書出版有限公司，1991年），頁206。

〔註79〕羅常培、周祖謨：《漢魏晉南北朝韻部演變研究》（台北市：科學出版社，1958年），頁126。

賦〉：赫然發憤，應者興雲；霆擊昆陽，憑怒雷震。」〔註80〕

（2）揚雄〈趙充國頌〉：「漢命虎臣，惟後將軍。整我六師，是討是震。」

〔註81〕

（3）左思〈吳都賦〉：「飲烽起，醲鼓震。士遺倦，眾懷欣。」〔註82〕

說明：《廣韻》、《集韻》去聲「震」韻「之刃切」下同收「震」字，《廣韻》注
云：「雷震也。又動也。懼也。起也。威也。」《集韻》注云：「《說文》：
劈曆振物者。引《春秋傳》：震夷伯之廟。」此當為「震」字之本音；《集
韻》於「真」韻新增收「升人切」一音，字義雖為「《說文》：女妊身動
也。引《春秋傳》：后緡方娠，一曰宮婢女。」然而從《韻補》所引用班
固〈東都賦〉之內容可知，「雲」與「震」相叶，「雲」為平聲「文」韻，
與平聲「震」字音近相叶；又揚雄〈趙充國頌〉中「臣、軍、震」三字
相叶，「臣」為平聲「真」韻，「軍」為平聲「文」韻；左思〈吳都賦〉
中「震」與「欣」二字相叶，均與平聲字押韻，故可推知「震」之「升
人切」為《集韻》增收之叶韻音。

真韻「信」字

本音：思晉切

新增叶音：斯人切

音證：

（1）《韻補》「真」韻「斯人切」下收「信」字，注云：「忠信也。韓信，漢
將。〈白虎通〉高辛者，道德太信也。張衡〈思玄賦〉：彼無合其何傷
兮，患眾偽之冒真；且獲讒於羣弟兮，啟金縢而乃信。《漢書·敘傳》：
猗與元勳，包漢舉信；鎮守關中，足食成軍。顏師古讀。」〔註83〕

（2）《詩·揚之水》：「終鮮兄弟，維予二人；無信人之言，人實不信。」

〔註84〕

（3）漢武帝〈悼李夫人賦〉：「仁者不誓，豈約親兮；既往不來，申以信

〔註80〕吳棫：《韻補》（北京：中華書局，1987 年），頁 21。

〔註81〕蕭統編、李善注：《文選》（台北市：五南圖書出版有限公司，1991 年），頁 1176。

〔註82〕蕭統編、李善注：《文選》（台北市：五南圖書出版有限公司，1991 年），頁 134。

〔註83〕吳棫：《韻補》（北京：中華書局，1987 年），頁 20。

〔註84〕王靜芝：《詩經通釋》（台北市：輔仁大學文學院，1968 年），頁 203。

兮。」〔註85〕

說明：《廣韻》、《集韻》去聲「稕」韻「思晉切」下同收「信」字，《廣韻》注
云：「忠信也。又驗也。極也。用也。重也。誠也。」《集韻》注云：「《說
文》：誠也。」此當為「信」字之本音；《集韻》於「真」韻新增收「斯
人切」一音，字義雖為「引革也。《周禮》：革引而信之，欲其直也。劉
昌宗讀。」然而從《韻補》引用張衡〈思玄賦〉之內容可知，「真」與「信」
二字相叶，「真」為平聲「真」韻；《漢書·敘傳》中「信」與「軍」二
字相叶，「軍」為平聲「文」韻，且顏師古於「信」字下注：「合韻，音
新。」讀成平聲「真」韻。又《詩經·揚之水》中「人」與「信」二字
押韻，「人」為平聲「真」韻，朱熹《詩經集傳》於「信」字下注：「叶
斯人反。」讀成平聲「真」韻；漢武帝〈悼李夫人賦〉中「親」與「信」
二字相叶，「親」為平聲「真」韻。以上各例說明「信」字均與平聲字押
韻，故可推知「信」之「斯人切」為《集韻》增收之叶韻音。

諄韻「訓」字

本音：吁運切

新增叶音：松倫切

音證：

（1）《韻補》「真」韻「微匀切」下收「訓」字，注云：「誠也。衛瓘〈字
勢〉：大晉開元，弘道敷訓；天垂其象，地燿其文。」〔註86〕

（2）韋玄成〈自劾詩〉：「維我節侯，顯德遐聞；左右昭宣，五品以訓。」
〔註87〕

說明：《廣韻》、《集韻》分別在「問」韻與「㮇」韻同收「訓」字〔註88〕，《廣
韻》注云：「誡也。男曰教，女曰訓。」《集韻》注云：「《說文》：說教
也。」此當為「訓」字之本音；《集韻》於「諄」韻新增收「松倫切」

〔註85〕班固撰、顏師古注：《漢書》（台北市：宏業書局，1992 年），頁 3955。

〔註86〕吳棫：《韻補》（北京：中華書局，1987 年），頁 22。

〔註87〕陳第：《毛詩古音考》（北京：中華書局，1988 年），頁 192。

〔註88〕胡安順·趙宏濤：〈廣韻、集韻小韻異同考〉曾指出《廣韻》與《集韻》字例歸
部不同的情形：「如《集韻》作者認為《廣韻》某小韻所屬個別的讀音發生了轉
變，與《集韻》另一小韻的讀音相同，其處理的方法是將該字移入《集韻》相應
的韻部。……《集韻》變動《廣韻》小韻，目的無疑是為了反映時音。」

一音，字義雖為「道也。周禮士訓，鄭司農讀。」然而從《韻補》所引衛瓘〈字勢〉之內容可知，「元、訓、文」三字相叶，「文」為平聲「文」韻，「元」為平聲「元」韻；又韋玄成〈自劾詩〉中「聞」與「訓」二字相叶，「聞」為平聲「文」韻，與平聲「訓」字音近相叶，故可推知「訓」之「松倫切」為《集韻》增收之叶韻音。

諄韻「遁」字

本音：杜本切

新增叶音：七倫切

音證：

（1）《韻補》「真」韻「徒鈞切」下收「遁」字，注云：「遷也。蘇內翰〈李仲蒙哀詞〉：久而不堪，厭則遁兮；渾樸簡易，棄弗申兮。」〔註89〕

（2）揚雄〈解嘲〉：「得士者富，失士者貧，矯翼厲翮，恣意所存，故士或自盛以橐，或鑿坏以遁。」〔註90〕

說明：《廣韻》、《集韻》上聲「混」韻「杜本切」下同收「遁」字，《廣韻》注云：「遁逃。又音鈍。」《集韻》注云：「遷也。逃也。」此當為「遁」字之本音；《集韻》於「諄」韻新增收「七倫切」一音，字義雖為「《說文》：復也。《爾雅》：退也。一曰逡巡行不進。」然而從《韻補》所引蘇軾〈李仲蒙哀詞〉之內容可知，「遁」與「申」二字相叶，「申」為平聲「真」韻；又揚雄〈解嘲〉中「貧、存、遁」三字相叶，「貧」為平聲「真」韻，「存」為平聲「魂」韻，均與平聲「遁」字音近相叶，故可推知「遁」之「七倫切」為《集韻》增收之叶韻音。

諄韻「天」字

本音：他年切

新增叶音：鐵因切〔註91〕

〔註89〕吳棫：《韻補》（北京：中華書局，1987年），頁16。

〔註90〕蕭統編、李善注：《文選》（台北市：五南圖書出版有限公司，1991年），頁1127。

〔註91〕張民權先生認為：「天、顛、田、年四字應屬於真韻，因為在《詩經》中均與真韻字押，《集韻》卻誤置於諄韻。」案：《集韻》將「天、顛、田、年」四字歸為諄韻，在於反切下字「因」字屬諄韻，而非真韻，故此四字因為切語下字的屬韻，歸在諄韻。古音押韻寬，故真韻與諄韻，應為同部，不必完全符合206韻的分部內容。

音證：

（1）《韻補》「真」韻「鐵因切」下收「天」字，注云：「至高無上也。《白虎通》：天者，身也。天之為言鎮也。〈禮統〉：天之為言神也、陳也、珍也。《毛詩》與《周易》凡天皆當為此讀。屈原〈九歌〉：乘龍兮轔轔，高駝兮沖天；結桂枝兮延佇，羌愈思兮愁人。」〔註92〕

（2）班固〈東都賦〉：「千乘雷起，萬騎紛紜。元戎竟野，戈鋋慧雲。羽旄掃霓，旌旗拂天。」〔註93〕

（3）陸機〈答賈長淵〉：「乃眷三哲，俾乂斯民；啟土雖難，改物承天。」〔註94〕

說明：《廣韻》、《集韻》平聲「先」韻「他年切」下同收「天」字，《廣韻》注云：「上玄也。《說文》曰：顛也。至高無上，从一大也。《爾雅》曰：春為蒼天，夏為昊天，秋為旻天，冬為上天。」《集韻》注云：「《說文》：顛也。至高無上。一曰刑名，剠鑿其額曰天。」此當為「天」字之本音；《集韻》於「諄」韻新增收「鐵因切」一音，字義雖為「顛也。至高無上。」但是從《韻補》引屈原〈九歌〉之內容可知，「天」與「人」二字相叶，「人」為平聲「真」韻；又班固〈東都賦〉中「紜、雲、天」三字相叶，「紜、雲」均為平聲「文」韻；陸機〈答賈長淵〉中「民」與「天」二字相叶，「民」為平聲「真」韻，此處「天」字使用時的字義與「先」韻相同，故可推知「天」之「鐵因切」為《集韻》增收之叶韻音。〔註95〕

諄韻「顛」字

本音：多年切

新增叶音：典因切

音證：

（1）《韻補》「真」韻「典因切」下收「顛」字，注云：「頂也。《說文》以真得聲。司馬相如〈上林賦〉：長嘯哀鳴，翩幡互經；夭矯枝格，偃蹇

〔註92〕吳棫：《韻補》（北京：中華書局，1987年），頁16。
〔註93〕蕭統編、李善注：《文選》（台北市：五南圖書出版有限公司，1991年），頁21。
〔註94〕蕭統編、李善注：《文選》（台北市：五南圖書出版有限公司，1991年），頁624。
〔註95〕朱熹《詩經集傳》中有多處，都把韻字「天」注成「叶鐵因反」。例如：「母也天只，不諒人只。」〈柏舟〉、「悠悠蒼天，此何人哉。」〈黍離〉、「綢繆束薪，三星在天；今夕何夕，見此良人。」〈綢繆〉、「彼蒼者天，殲我良人。」〈黃鳥〉等。

杪顛。」〔註96〕

（2）《詩・車鄰》：「有車鄰鄰，有馬白顛。」〔註97〕

（3）《易林》「屯」下之「坤」：「採薪得麟，大命隕顛；豪雄爭名，天下四分。」〔註98〕

說明：《廣韻》、《集韻》平聲「先」韻「多年切」下同收「顛」字，《廣韻》注云：「頂也。又姓。《左傳》：晉有顛頡。」《集韻》注云：「《說文》：頂也。」此當為「顛」字之本音；《集韻》於「諄」韻新增收「典因切」一音，字義雖為「頂也。」但從《韻補》所引用司馬相如〈上林賦〉之內容可知，「經」與「顛」二字相叶，「經」為平聲「青」韻；朱熹《詩經集傳》於「顛」字下云：「叶典因反」，以叶音注之；又《易林》中「麟、顛、分」三字相叶，「麟」為平聲「真」韻，「分」為平聲「文」韻，此處「顛」字使用時的字義與「先」韻相同，故可推知「顛」之「典因切」為《集韻》增收之叶韻音。〔註99〕

諄韻「田」字

本音：亭年切

新增叶音：地因切

音證：

（1）《韻補》「真」韻「地因切」下收「田」字，注云：「樹穀曰田。顏師古《急就章》注云：古者田陳聲相近。《太玄》：失首滿其倉蕪其田。張衡〈南都賦〉：開竇灑流，浸彼稻田；溝澮脉運，堤塍相輞。輞，丘均切。」〔註100〕

（2）《詩・定之方中》：「靈雨既零，命彼倌人；星言夙駕，說于桑田。」

〔註101〕

〔註96〕吳棫：《韻補》（北京：中華書局，1987年），頁16。

〔註97〕王靜芝：《詩經通釋》（台北市：輔仁大學文學院，1968年），頁259。

〔註98〕焦延壽：《易林》卷1（台北市：藝文印書館，1970年），頁21。

〔註99〕朱熹《詩經集傳》中有多處，都把韻字「顛」注成「叶典因反」。例如：「倒之顛之，自公令之。」〈東方未明〉、「有車鄰鄰，有馬白顛；未見君子，寺人之令。」〈車鄰〉。

〔註100〕吳棫：《韻補》（北京：中華書局，1987年），頁16。

〔註101〕王靜芝：《詩經通釋》（台北市：輔仁大學文學院，1968年），頁129。

（3）《易林》「小過」之「坎」：「虞君好田，惠我老親。」〔註102〕

說明：《廣韻》、《集韻》平聲「先」韻「亭年切」下同收「田」字，《廣韻》注
　　云：「《釋名》：土已耕者曰田。田，填也。」《集韻》注云：「《說文》：
　　陳也。樹穀曰田。象四口十，阡陌之制也。又姓。」此當为「田」字之
　　本音；《集韻》於「諄」韻新增收「地因切」一音，字義雖为「樹穀曰
　　田。」但從《韻補》引張衡〈南都賦〉之內容可知，「田」與「輑」二
　　字相叶，「輑」讀作「丘均切」，为平聲「諄」韻；又《詩經·定之方中》
　　之「人」與「田」二字相叶，「人」为平聲「真」韻，朱熹《詩經集傳》
　　於「田」字下注：「叶徒因反」，以叶音注之；《易林》之引文中「田」
　　與「親」二字相叶，「親」为平聲「真」韻，此處「田」字使用時的字
　　義與「先」韻相同，故可推知「田」之「地因切」为《集韻》增收之叶
　　韻音。〔註103〕

諄韻「年」字

本音：寧顛切

新增叶音：禰因切

音證：

　　（1）《韻補》「真」韻「禰因切」下收「年」字，注云：「穀一熟也。《釋
　　　　名》：年，進也。進而前也。《漢書·（武帝）敘傳》：封禪郊祀，登秩
　　　　百神；協律改正，饗茲永年。」〔註104〕

　　（2）《易林》「咸」下之「臨」：「祝駝王孫，能事鬼神；節用綏民，衛國以
　　　　存；饗我旨酒，眉壽多年。」〔註105〕

　　（3）班固〈寶鼎詩〉：「登祖廟兮享聖神，昭靈德兮彌億年。」〔註106〕

說明：《廣韻》、《集韻》平聲「先」韻「寧顛切」下同收「年」字，《廣韻》注

〔註102〕焦延壽：《易林》卷16（台北市：藝文印書館，1970年），頁400。

〔註103〕朱熹《詩經集傳》中有多處，都把韻字「田」注成「叶地因反」、「年」注成「叶禰
　　　　因切」。例如：「叔于田，巷無居人。」〈叔于田〉、「倬彼甫田，歲取十千；我取其
　　　　陳，食我農人。」〈甫田〉、「滮池北流，浸彼稻田；嘯歌傷懷，念彼碩人。」〈白
　　　　華〉、「王命召伯，徹申伯土田；王命傅御，遷其私人。」〈崧高〉、「告于文人，錫
　　　　山土田。」〈江漢〉。

〔註104〕吳棫：《韻補》（北京：中華書局，1987年），頁17。

〔註105〕焦延壽：《易林》卷8（台北市：藝文印書館，1970年），頁204。

〔註106〕蕭統編、李善注：《文選》（台北市：五南圖書出版有限公司，1991年），頁27。

云：「穀熟。」《集韻》注云：「《說文》：穀熟也。」此當為「年」字之本音；《集韻》於「諄」韻新增收「禰因切」一音，字義雖為「穀一孰也。」但從《韻補》引《漢書・敍傳》之內容可知，「神」與「年」二字相叶，「神」為平聲「真」韻；《易林》引文中「神、民、年」三字相叶，「民」為平聲「真」韻；又班固〈寶鼎詩〉中「神」與「年」二字相叶，且此處「年」字使用時的字義與「先」韻相同，故可推知「年」之「禰因切」為《集韻》增收之叶韻音。

諄韻「菌」字

本音：巨隕切

新增叶音：區倫切

音證：晉・何晏〈景福殿賦〉：「爾乃開南端之豁達，張筍簴之輪囷。華鐘杙其高懸，悍獸仡以儷陳。體洪剛之猛毅，聲訇磤其若震。爰有遐狄，鐐質輪菌。坐高門之側堂，彰聖主之威神。芸若充庭，槐楓被宸。綴以萬年，綷以紫榛。或以嘉名取寵，或以美材見珍。結實商秋，敷華青春。藹藹萋萋，馥馥芬芬。」〔註107〕

說明：《廣韻》、《集韻》分別在「軫」韻與「準」韻同收「菌」字，《廣韻》注云：「地菌。又姓。」《集韻》注云：「艸名。《說文》：地菌。一曰菌桂。一曰鹿藿。亦姓。」此當為「菌」字之本音；《集韻》於「諄」韻新增收「區倫切」一音，字義雖為「本艸菌桂，出交趾，員如竹。」但從晉人何晏〈景福殿賦〉之內容可知，「囷、陳、震、菌、神、宸、榛、珍、春、芬」十字押韻〔註108〕，唐人李善《文選》注於「震」字下注：「音真」，「菌」字下注：「其旻切」，讀成平聲，而「囷、陳、神、宸、珍」五字為平聲「真」韻，「榛」為平聲「臻」韻，「春」為平聲「諄」韻，「芬」為平聲「文」韻，與平聲「菌」字音近相叶，且此音使用時的字義與上聲韻相同，故可推知「菌」之「區倫切」為《集韻》增收之叶韻音。

〔註107〕蕭統編、李善注：《文選》（台北市：五南圖書出版有限公司，1991年），頁289。
〔註108〕周祖謨：《魏晉南北朝韻部之演變》（台北市：東大圖書公司，1996年），頁398。

欣韻「款」字

本音：苦緩切

新增叶音：許斤切

音證：《漢書‧司馬遷傳》：「其實中其聲者謂之端，實不中其聲者謂之款。」
〔註109〕

說明：《廣韻》、《集韻》上聲「緩」韻「苦緩切」下同收「款」字，《廣韻》注
云：「誠也。叩也。至也。重也。愛也。」《集韻》注云：「《說文》：意有
所欲也。」此當為「款」字之本音；《集韻》於「欣」韻新增收「許斤切」
一音，字義雖為「闕。人名。曹有公子款時。」但從司馬談〈論六家要
旨〉之引文內容可知，「端」與「款」二字相叶〔註110〕，「端」為平聲「桓」
韻，與平聲「款」字押韻，故可推知「款」之「許斤切」為《集韻》增
收之叶韻音。

魂韻「餐」字

本音：千安切

新增叶音：蘇昆切

音證：《韻補》「先」韻「逡緣切」下收「年」字，注云：「吞也。古君子行，周
公下白屋，吐哺不足餐；一沐三握髮，後世稱聖賢。」〔註111〕

說明：《廣韻》、《集韻》平聲「寒」韻「千安切」下同收「款」字，《廣韻》注
云：「《說文》吞也。」《集韻》注云：「《說文》：吞也。」此當為「餐」
字之本音；《集韻》於「魂」韻新增收「蘇昆切」一音，字義雖為「《說
文》：餔也。謂哺時食。」但從《韻補》所引用之例證可知，「餐」與「賢」
二字相叶，「賢」為平聲「先」韻，其使用時的字義與「寒」韻相同，故
可推知「餐」之「蘇昆切」為《集韻》增收之叶韻音。

寒韻「散」字

本音：穎旱切

新增叶音：相干切

〔註109〕班固撰、顏師古注：《漢書》（台北市：宏業書局，1992 年），頁 2714。

〔註110〕羅常培、周祖謨：《漢魏晉南北朝韻部演變研究》（台北市：科學出版社，1958 年），
頁 208。

〔註111〕吳棫：《韻補》（北京：中華書局，1987 年），頁 30。

音證：

（1）曹植〈洛神賦〉：「精移神駭，忽焉思散。俯則未察，仰已殊觀。」
〔註112〕

（2）元稹〈春遊〉：「酒戶年年減，山行漸漸難。欲終心嬾慢，轉恐興闌散。」〔註113〕

說明：《廣韻》、《集韻》分別於上聲「旱」韻與「緩」韻同收「散」字，《廣韻》注云：「散誕。《說文》作㪔攴，分離也。雜肉也。今通作散。又姓，《史記》文王四友散宜生。」《集韻》注云：「雜肉也。」此當為「散」字之本音；《集韻》於「寒」韻新增收「相干切」一音，字義雖為「蹣跚，行不進貌。」但從曹植〈洛神賦〉中「散」與「觀」二字相叶，「觀」為平聲「桓」韻；元稹詩中「難」與「散」二字相叶，「難」為平聲「寒」韻，此處「散」字均與平聲字押韻，故可推知「散」之「相干切」為《集韻》增收之叶韻音。

寒韻「幝」字

本音：齒善切

新增叶音：他干切

音證：《詩・杕杜》：「檀車幝幝，四牡痯痯，征夫不遠。」〔註114〕

說明：《廣韻》、《集韻》上聲「獮」韻「齒善切」下同收「幝」字，《廣韻》注云：「車蔽。《詩》曰：檀車幝幝。」《集韻》注云：「《說文》：車弊貌。引《詩》：檀車幝幝。」此當為「幝」字之本音；《集韻》於「寒」韻新增收「他干切」一音，字義雖為「敝貌。《詩》：檀車幝幝。」但由《詩經・杕杜》之例證，可知「幝、痯、遠」三字相叶，又朱熹《詩經集傳》於「幝」字下注：「音宗」，未以叶音注之，唯依據《集韻》於平聲「寒」韻收「他干切」一音，承襲韻書收錄之音，因此不註明「叶音」，而是沿用之，故可推知「幝」之「他干切」為《集韻》增收之叶韻音。

〔註112〕蕭統編、李善注：《文選》（台北市：五南圖書出版有限公司，1991年），頁482。
〔註113〕曹寅等編《全唐詩》（台北市：復興書局，1961年），頁2462。
〔註114〕王靜芝：《詩經通釋》（台北市：輔仁大學文學院，1968年），頁355。

寒韻「幹」字

本音：居案切

新增叶音：居寒切

音證：楊戲〈季漢輔臣贊｜黃漢升〉：「將軍敦壯，摧鋒登難；立功立事，于時之幹。」〔註115〕

說明：《廣韻》、《集韻》去聲「翰」韻「居案切」下同收「幹」字，《廣韻》注云：「莖幹。又強也。又姓。」《集韻》注云：「能事也。一曰艸木莖。一曰助也。亦姓。」此當為「幹」字之本音；《集韻》於「寒」韻新增收「居寒切」一音，字義雖為「正也。」但從三國時代的楊戲〈季漢輔臣黃漢升贊〉之內容可知，「難」與「幹」二字押韻〔註116〕，「難」為平聲「寒」韻，與平聲「幹」字相叶，故可推知「幹」之「居寒切」為《集韻》增收之叶韻音。

桓韻「揣」字

本音：楚委切

新增叶音：徒官切

音證：賈誼〈鵩鳥賦〉：「忽然為人兮，何足控揣。化為異物兮，又何足患。」
〔註117〕

說明：《廣韻》、《集韻》上聲「紙」韻「楚委切」下同收「揣」字，《廣韻》注云：「度也。試也。量也。除也。」《集韻》注云：「《說文》：量也。度高曰揣，一曰捶之。」此當為「揣」字之本音；《集韻》於「桓」韻新增收「徒官切」一音，字義雖為「聚貌。」但從李善《文選》注卷十三賈誼〈鵩鳥賦〉之引文「患」字下云：「師古曰：患音還。」，「揣」為平聲「桓」韻，「還」為平聲「刪」韻，由此可知「揣」與「患」相叶，故可推知「揣」之「徒官切」為《集韻》增收之叶韻音。

桓韻「漫」字

本音：莫半切

〔註115〕陳壽撰、裴松之注：《三國志｜蜀志》卷35（台北市：世界書局，1972年），頁1470。
〔註116〕周祖謨：《魏晉南北朝韻部之演變》（台北市：東大圖書公司，1996年），頁469。
〔註117〕蕭統編、李善注：《文選》（台北市：五南圖書出版有限公司，1991年），頁334。

新增叶音：謨官切

音證：

    （1）《韻補》「先」韻「民堅切」下收「漫」字，注云：「水貌。《釋名》：回漫也。魏文帝〈寡婦賦〉：歷夏日兮苦長，涉秋夜兮漫漫；微霜隕兮集庭，燕雀飛兮我前。」〔註118〕

    （2）揚雄〈大鴻臚箴〉：「人失其材，職反其官；采寮荒耄，國政如漫。」

        〔註119〕

說明：《廣韻》、《集韻》去聲「換」韻「莫半切」下同收「漫」字，《廣韻》注云：「大水。」《集韻》注云：「水敗物也。一曰大水貌。一曰徧也。」此當為「漫」字之本音；《集韻》於「桓」韻新增收「謨官切」一音，字義雖為「水廣大貌。」但從《韻補》引用魏文帝〈寡婦賦〉之內容可知，「漫」與「前」二字相叶，「前」為平聲「先」韻；又揚雄〈大鴻臚箴〉中「官」與「漫」二字相叶，「官」為平聲「桓」韻，與平聲「漫」字押韻，且此音使用時的字義與去聲「換」韻相同，故可推知「漫」之「謨官切」為《集韻》增收之叶韻音。

桓韻「皤」字

本音：蒲波切

新增叶音：蒲官切

音證：《易·賁》：「賁如皤如，白馬翰如。」〔註120〕

說明：《廣韻》、《集韻》平聲「戈」韻「蒲波切」下同收「皤」字，《廣韻》注云：「老人白也。」《集韻》注云：「《說文》：老人白也。引《易》：賁如皤如。」此當為「皤」字之本音；《集韻》於「桓」韻新增收「蒲官切」一音，字義雖為「馬作足橫行曰皤。《易》：賁如皤如。董遇說。」從陸德明《經典釋文·周易音義》於「皤」字下注：「白波反。《說文》云：老人貌。董音槃，云馬作足橫行曰皤。」董遇音「皤」為「槃」，讀成平聲「桓」韻，與引文下句「翰」字相叶，「翰」為平聲「寒」韻，故可推知「皤」之「蒲官切」為《集韻》增收之叶韻音。

〔註118〕吳棫：《韻補》（北京：中華書局，1987年），頁29。

〔註119〕揚雄著、張震澤校注：《揚雄集》（上海：上海古籍出版社，1993年），頁360。

〔註120〕程頤：《易程傳》卷3（台北市：文津出版社，1987年），頁201。

刪韻「犴」字

本音：俄干切

新增叶音：牛姦切

音證：

（1）《韻補》「先」韻「經天切」下收「犴」字，注云：「犴一作犴。司馬相如〈子虛賦〉：白虎玄豹，蟃蜒貙犴；兕象野犀，窮奇獌狿。」

〔註121〕

（2）《史記‧司馬相如列傳》：「白虎元豹，蟃蜒貙犴；兕象野犀，窮奇獌狿。」其「犴」字下注：「集解郭璞曰：蟃蜒大獸，長百尋貙，似貍而大。駰案：《漢書音義》曰：犴胡地野犬似狐而小也。索隱應劭云：犴音顏。韋昭一音岸。鄒誕生音苦姦反，協音。是。」〔註122〕

說明：《廣韻》、《集韻》分別在平聲「痕」韻與「寒」韻同收「犴」字，《廣韻》注云：「胡地野狗似狐而小，又音岸。」《集韻》注云：「胡地野犬。」此當為「犴」字之本音；《集韻》於「刪」韻新增收「牛姦切」一音，字義雖為「胡地野犬。」但從《韻補》引用司馬相如〈子虛賦〉之內容，可知「犴」與「狿」二字相叶，「狿」為平聲「仙」韻，又《史記三家注》中司馬貞索隱引應劭云：「犴」音「顏」，「顏」為平聲「刪」韻，故可推知「犴」之「牛姦切」為《集韻》增收之叶韻音。

（二）下平聲

先韻「臻」字

本音：緇詵切

新增叶音：將先切

音證：

（1）班固〈終南山賦〉：「彭祖宅以蟬蛻，安期饗以延年。唯至德之為美，我皇應福以來臻。」〔註123〕

〔註121〕吳棫：《韻補》（北京：中華書局，1987年），頁25。

〔註122〕司馬遷著，張守節正義、司馬貞索隱、裴駰集解：《史記》（台北市：七略出版社，1991年），頁1232。

〔註123〕張溥編：《漢魏六朝百三家集》（台北市：新興書局，1963年），頁436。

（2）晉・傅玄〈天命篇〉：「羣凶受誅殛，百祿咸來臻。黃華應福始，王凌為禍先。」〔註124〕

（3）陸機〈弔魏武帝文〉：「彼人事之大造，夫何往而不臻。將覆簣於浚谷，擠為山乎九天。」〔註125〕

（4）陸雲〈大將軍讌會被命作詩〉：「陵風協紀，絕輝照淵。肅雍往播，福祿來臻。」〔註126〕

說明：《廣韻》、《集韻》平聲「臻」韻「緇詵切」下同收「臻」字，《廣韻》注云：「至也。乃也。」《集韻》注云：「《說文》：至也。」此當為「臻」字之本音；《集韻》於「先」韻新增收「將先切」一音，字義雖為「至也。」然而從班固〈終南山賦〉之引文中，可知「年」與「臻」二字相叶，「年」為平聲「先」韻；晉樂章中「臻」與「先」二字相叶；陸機〈弔魏武帝文〉中「臻」與「天」二字相叶，「天」為平聲「先」韻；陸雲詩中「淵」與「臻」二字相叶；以上各例證「臻」字均與「先」韻字押韻，且使用時的字義與「臻」韻相同，故可推知「臻」之「將先切」為《集韻》增收之叶韻音。

先韻「狷」字

本音：規掾切

新增叶音：圭懸切

音證：張協〈七命〉：「鄙夫固陋，守此狂狷。蓋理有毀之，而爭寶之訟解；言有怒之，而齊王之疾痊。」〔註127〕

說明：《廣韻》、《集韻》去聲「線」韻「規掾切」下同收「狷」字，《廣韻》注云：「急也。又音絹。」《集韻》注云：「有所不為也。」此當為「狷」字之本音；《集韻》於「先」韻新增收「圭懸切」一音，字義雖為「有所不為也。」然而從張協〈七命〉之引文可知，「狷」與「痊」二字相叶，「痊」為平聲「先」韻，又唐代六臣《文選》注於「狷」字下云：「苦縣切。」讀成平聲「先」韻，故可推知「狷」之「圭懸切」為《集

〔註124〕郭茂倩：《樂府詩集》（上海：上海古籍出版社，1998 年），頁 600。
〔註125〕蕭統編、李善注：《文選》（台北市：五南圖書出版有限公司，1991 年），頁 1478。
〔註126〕蕭統編、李善注：《文選》（台北市：五南圖書出版有限公司，1991 年），頁 511。
〔註127〕蕭統編、李善注：《文選》（台北市：五南圖書出版有限公司，1991 年），頁 900。

・74・

韻》增收之叶韻音。

先韻「西」字

本音：先齊切

新增叶音：蕭前切

音證：

（1）《韻補》「真」韻「斯人切」下收「西」字，注云：「金方也。《尚書大傳》：西方者何鮮方也。或曰：鮮方，訊訊之方也。訊者，訊人之貌。王延壽〈靈光殿賦〉：玄醴騰涌於陰溝，甘露被宇而下臻；朱桂黝儵於南北，蘭芝阿那於東西。」〔註128〕

（2）《易林》「否」之「家人」：「俱為天民，雲過我西；風伯疾雨，與我無恩。」〔註129〕

（3）《楚辭・九歎遠逝》：「水波遠以冥冥兮，眇不覩其東西；順風波以南北兮，霧宵晦以紛紛。」〔註130〕

說明：《廣韻》、《集韻》平聲「齊」韻「先齊切」下同收「西」字，《廣韻》注云：「秋方。《說文》曰：鳥在巢上也。日在西方而鳥棲，故因以為東西之西。」《集韻》注云：「《說文》：鳥在巢上，象形日在西方而鳥棲，故因以為東西之西。」此當為「西」字之本音；《集韻》於「先」韻新增收「蕭前切」一音，字義雖為「金方也。」但從《韻補》引用王延壽〈靈光殿賦〉之內容可知，「臻」與「西」二字相叶，「臻」為平聲「臻」韻；又《易林》中「西」與「恩」二字相叶，「恩」為平聲「痕」韻；王逸〈遠逝〉中「西」與「紛」二字相叶，「紛」為平聲「文」韻，均與「西」字音近相叶，故可推知「西」之「蕭前切」為《集韻》增收之叶韻音。

先韻「佃」字

本音：堂練切

新增叶音：亭年切

音證：

〔註128〕吳棫：《韻補》（北京：中華書局，1987年），頁20。
〔註129〕焦延壽：《易林》卷3（台北市：藝文印書館，1970年），頁82。
〔註130〕洪興祖著：《楚辭補注》（台北市：大安出版社，1999年），頁485。

（1）《韻補》「真」韻「池鄰切」下收「甸」字，注云：「丘甸也。周官掌
令丘、乘田之政。令注云：四丘為甸，讀與維禹甸之、之陳同。又劉
劭〈瑞龍賦〉：有蜿之龍，來遊郊甸；應節合義，象德效仁。」〔註131〕

（2）《詩·信南山》：「信彼南山，維禹甸之。畇畇原隰，曾孫田之。」
〔註132〕

說明：《廣韻》、《集韻》去聲「霰」韻「堂練切」下同收「甸」字，《廣韻》注
云：「郊甸，《書》曰：五百里甸服。」《集韻》注云：「《說文》：天子五
百里地。」此當為「甸」字之本音；《集韻》於「先」韻新增收「亭年
切」一音，字義雖為「《說文》：平田也。引《周書》：畋爾田。」但從
《韻補》引用劉劭〈瑞龍賦〉之內容可知，「甸」與「仁」二字相叶，
「仁」為平聲「真」韻；又《詩經·信南山》中「甸」與「田」二字相
叶，「田」為平聲「先」韻，故可推知「甸」之「亭年切」為《集韻》
增收之叶韻音。

仙韻「筋」字

本音：舉欣切

新增叶音：渠焉切

音證：《易林》「蒙」之「離」：「抱關傳言，聾跛摧筋。」〔註133〕

說明：《廣韻》、《集韻》平聲「欣」韻「舉欣切」下同收「筋」字，《廣韻》注
云：「筋骨也。《說文》曰：肉之力也。從力肉竹，竹物之多筋者，又姓。
出《姓苑》。」《集韻》注云：「《說文》：肉之力也。从竹，竹物之多筋
者。又姓。」此當為「筋」字之本音；《集韻》於「仙」韻新增收「渠
焉切」一音，字義雖為「大腱也。」但從《易林》之引證內容可知，「言」
與「筋」二字相叶，故可推知「筋」之「渠焉切」為《集韻》增收之叶
韻音。

仙韻「衍」字

本音：以淺切

〔註131〕吳棫：《韻補》（北京：中華書局，1987年），頁17。
〔註132〕王靜芝：《詩經通釋》（台北市：輔仁大學文學院，1968年），頁458。
〔註133〕焦延壽：《易林》卷1（台北市：藝文印書館，1970年），頁30。

新增叶音：夷然切

音證：

  （1）《韻補》「先」韻「夷然切」下收「衍」字，注云：「夷然切。遠也。劉

    歆〈甘泉賦〉：高巒峻阻，臨眺曠衍；深林蒲葦，涌水清泉。」〔註134〕

  （2）揚雄《太玄》：「井無幹，水直衍。匪谿匪谷，終于惌。」〔註135〕

說明：《廣韻》、《集韻》上聲「獮」韻「以淺切」下同收「衍」字，《廣韻》注

  云：「達也。亦姓。字統云：水朝宗於海，故從水行。」《集韻》注云：

  「《說文》：水朝宗于海也。一曰廣也。達也。樂也。散也。通作演。」

  此當為「衍」字之本音；《集韻》於「仙」韻新增收「夷然切」一音，字

  義雖為「進也。《周禮》：望祀，望衍。鄭氏讀。」但從《韻補》所引證

  劉歆〈甘泉賦〉之內容，可知「衍」與「泉」二字相叶，「泉」為平聲「仙」

  韻；揚雄《太玄》之引文中，「衍」與「惌」二字相叶，「惌」為平聲「仙」

  韻，故可推知「衍」之「夷然切」為《集韻》增收之叶韻音。

蕭韻「窕」字

本音：徒了切

新增叶音：他彫切

音證：《淮南子》：「處小而不逼，處大而不窕。其魂不躁，其神不嬈。湫漻寂寞，

  為天下梟。」〔註136〕

說明：《廣韻》、《集韻》上聲「篠」韻「徒了切」下同收「窕」字，《廣韻》注云：

  「美色曰窕。詩注云：窈窕，幽閒也。」《集韻》注云：「《說文》：深肆極

  也。一曰閑也。」此當為「窕」字之本音；《集韻》於「蕭」韻新增收「他

  彫切」一音，字義雖為「《說文》：愉也。引《詩》：視民不佻。」但從陸

  德明《經典釋文・春秋左傳音義》之「窕」字云：「勑彫反。」讀成平聲

  「蕭」韻；又《淮南子》之例證，可知「窕、嬈、梟」三字相叶，同押平

  聲「蕭」韻，故可推知「窕」之「他彫切」為《集韻》增收之叶韻音。

〔註134〕吳棫：《韻補》（北京：中華書局，1987年），頁33。

〔註135〕揚雄撰、（晉）范望注：《太玄經》（台北市：中國子學名著集成編印，1978年），
    頁156。

〔註136〕劉安撰、（東漢）高誘注：《淮南子》（台北市：中國子學名著集成編印，1978年），
    頁41。

爻韻「昴」字

本音：莫飽切

新增叶音：謨交切

音證：《詩·小星》：「嘒彼小星，維參與昴。肅肅宵征，抱衾與裯。寔命不猶。」
〔註137〕

說明：《廣韻》、《集韻》上聲「巧」韻「莫飽切」下同收「昴」字，《廣韻》注
云：「星名。」《集韻》注云：「《說文》曰：虎宿星。」此當為「昴」字
之本音；《集韻》於「爻」韻新增收「謨交切」一音，字義雖為「西方宿
也。《詩》：維參與昴。徐邈讀。」但由《集韻》引用《詩·小星》之例
證，可知「昴、裯、猶」三字相叶，而徐邈讀成「爻」韻，故可推知「昴」
之「謨交切」為《集韻》增收之叶韻音。

歌韻「訛」字

本音：吾禾切

新增叶音：牛何切

音證：《詩·無羊》：「或降于阿，或飲于池，或寢或訛。」〔註138〕

說明：《廣韻》、《集韻》平聲「戈」韻「吾禾切」下同收「訛」字，《廣韻》注
云：「謬也。化也。動也。」《集韻》注云：「《說文》：譌言也。引《詩》：
民之譌言。」此當為「訛」字之本音；《集韻》於「歌」韻新增收「牛何
切」一音，字義雖為「動也。《詩》：或寢或訛。徐邈讀。」但由《詩經·
無羊》之例證，可知「阿、池、訛」三字相叶，王力於《詩經韻讀楚辭
韻讀》認為此三字同押歌韻；〔註139〕又陸德明《經典釋文·毛詩音義》
於「訛」字下注：「五戈反。徐又五何反。」徐邈讀「訛」音為「五何反」，
屬於平聲「歌」部，此處《集韻》收錄此音，可能參考《經典釋文》引
徐邈的見解，並引《詩經》為證，故可推知「訛」之「牛何切」為《集
韻》增收之叶韻音。

戈韻「麼」字

本音：母被切

〔註137〕王靜芝：《詩經通釋》（台北市：輔仁大學文學院，1968年），頁71。
〔註138〕王靜芝：《詩經通釋》（台北市：輔仁大學文學院，1968年），頁395。
〔註139〕王力：《詩經韻讀楚辭韻讀》（北京：中國人民大學出版社，2004年），頁257。

新增叶音：眉波切

音證：《易・中孚》：「鳴鶴在陰，其子和之。我有好爵，吾與爾靡之。」〔註140〕

說明：《廣韻》、《集韻》上聲「紙」韻「母被切」下同收「靡」字，《廣韻》注
　　　云：「無也。偃也。又靡曼美色也。《說文》曰：披靡也。」《集韻》注云：
　　　「《說文》：披靡也。一曰靡曼美也。一曰無也。」此當為「靡」字之本
　　　音；《集韻》於「戈」韻新增收「眉波切」一音，字義雖為「散也。」從
　　　引用《易》之例證，可知「和」與「靡」二字相叶，「和」為平聲「戈」
　　　韻，且陸德明《經典釋文・周易音義》之「靡」字，其下云：「靡，本又
　　　作糜，同亡池反，散也。」讀成平聲「歌」韻，故可推知「靡」之「眉
　　　波切」為《集韻》增收之叶韻音。

戈韻「播」字

本音：補過切

新增叶音：逋禾切

音證：

（1）《韻補》「歌」韻「逋禾切」下收「播」字，注云：「散也。劉琨〈答盧
　　　諶詩〉：威之不建，禍延凶播；斯皇之積，如彼山河。」〔註141〕

（2）曹毗〈歌顯宗成皇帝〉：「於休顯宗，道澤玄播。式宣德音，暢物以
　　　和。」〔註142〕

（3）郭璞《山海經圖讚》之海內西經圖讚〈木禾〉：「崑崙之陽，鴻鷺之阿；
　　　爰有嘉穀，號曰木禾；匪植匪藝，自然靈播。」〔註143〕

（4）張纘〈瓜賦〉：「蒼春發歲，天地交和。乃啟沃壤，是殖是播。」〔註144〕

說明：《廣韻》、《集韻》去聲「過」韻「補過切」下同收「播」字，《廣韻》注
　　　云：「揚也。放也。弃也。《說文》曰：種也。一曰布也。又姓。播武，
　　　殷賢人。」《集韻》注云：「《說文》：穜也。一曰布也。亦姓。」此當為
　　　「播」字之本音；《集韻》於「戈」韻新增收「逋禾切」一音，字義雖為

〔註140〕程頤：《易程傳》卷6（台北市：文津出版社，1987年），頁542。
〔註141〕吳棫：《韻補》（北京：中華書局，1987年），頁38。
〔註142〕郭茂倩：《樂府詩集》（上海：上海古籍出版社，1998年），頁102。
〔註143〕張溥編：《漢魏六朝百三家集》（台北市：新興書局，1963年），頁2221。
〔註144〕永瑢等撰：《欽定四庫全書總目》景印文淵閣本卷127（台北市：台灣商務印書館，
　　　　1939年），頁1421-752。

「水名。在豫州域。」從《韻補》引用劉琨〈答盧諶詩〉之內容，並考李善《文選》注云：「播協韻，補何切。聲類曰：播，散也。」且《六臣註文選》亦云：「音波，協韻。」可知「播」曾被視為協韻音，當讀成「歌」韻音；又曹毗〈歌顯宗成皇帝〉曾將「播」字與「和」字相叶，「和」為「歌」韻，故「播」當讀為「歌」韻。另郭璞〈木禾〉內容之「阿」、「禾」二字與「播」字相叶，張纘〈瓜賦〉中「和」與「播」二字相叶等，故可推知「播」之「逋禾切」為《集韻》增收之叶韻音。

麻韻「烏」字

本音：汪胡切

新增叶音：於加切

音證：《易林》「臨」之「震」：「震，折若蔽目，不見稚叔；三足孤烏，遠離室家。」〔註 145〕

說明：《廣韻》、《集韻》平聲「模」韻「汪胡切」下同收「烏」字，《廣韻》注云：「安也。語辭也。《說文》曰：孝烏也。《爾雅》曰：純黑而返哺者謂之烏。小而不返哺者謂之鴉。又姓。」《集韻》注云：「《說文》：孝烏也。孔子曰：烏肟呼也。取其助氣，故以為烏呼。亦姓。」此當為「烏」字之本音；《集韻》於「麻」韻新增收「於加切」一音，字義雖為「烏秅，西域國名。去長安九千九百五十里。」從《易林》之引文內容可知，「烏」與「家」二字相叶，「家」為平聲「麻」韻，故可推知「烏」之「於加切」為《集韻》增收之叶韻音。

麻韻「齟」字

本音：壯所切

新增叶音：莊加切

音證：《漢書·東方朔傳》：「令壺齟，老柏塗。伊優亞，狋吽牙。」顏師古注：「塗，丈加反。亞，烏加反。」〔註 146〕

說明：《廣韻》、《集韻》上聲「語」韻「壯所切」下同收「齟」字，《廣韻》注云：「齟齬。」《集韻》注云：「齟齬，齒不正。」此當為「齟」字之本音；

〔註 145〕焦延壽：《易林》卷 5（台北市：藝文印書館，1970 年），頁 127。
〔註 146〕班固撰、顏師古注：《漢書》（台北市：宏業書局，1992 年），頁 2844。

《集韻》於「麻」韻新增收「莊加切」一音，字義雖為「《說文》：鼩齒也。或从且。」從《漢書・東方朔傳》之引文中，可知「鼩、塗、牙」三字相叶，均押平聲「麻」韻，故可推知「鼩」之「莊加切」為《集韻》增收之叶韻音。

麻韻「呶」字

本音：尼交切

新增叶音：女加切

音證：王褒〈僮約〉：「出入不得，騎馬載車；跣生大呶，下牀振頭；垂釣刈芻，結葦獵纑。」「頭」字音「徒」。〔註147〕

說明：《廣韻》、《集韻》平聲「肴」韻「尼交切」下同收「呶」字，《廣韻》注云：「喧呶。」《集韻》注云：「《說文》：讙聲也。引《詩》：載號載呶。」此當為「呶」字之本音；《集韻》於「麻」韻新增收「女加切」一音，字義亦為「嘮呶詆也。」由王褒〈僮約〉之內容可知，「車、呶、頭、芻、纑」五字相叶〔註148〕，「車」為平聲「麻」韻，「頭」字音「徒」，為平聲「模」韻，「芻」為平聲「虞」韻，「纑」為平聲「模」韻，與麻韻「呶」字押韻，故可推知「呶」之「女加切」為《集韻》增收之叶韻音。

陽韻「放」字

本音：甫丙切

新增叶音：分房切

音證：《韻補》「陽」韻「分房切」下收「放」字，注云：「去也。《史記》瓠子歌：蛟龍騁兮遠放。《漢・樂志》：神裴裹，若留放。殫冀親，以肆章。」〔註149〕

說明：《廣韻》、《集韻》上聲「養」韻「甫丙切」下同收「放」字，《廣韻》注云：「明也，學也。」《集韻》注云：「效也。或从人。」此當為「放」字之本音；《集韻》於「陽」韻新增收「分房切」一音，字義雖為「《說文》：併船也。象兩舟，或从水，亦作放、舫、方。一曰榘也。道也。類也。

〔註147〕歐陽詢等撰：《藝文類聚》（台北市：新興書局，1996年），頁977。

〔註148〕羅常培、周祖謨：《漢魏晉南北朝韻部演變研究》（台北市：科學出版社，1958年），頁141。

〔註149〕吳棫：《韻補》（北京：中華書局，1987年），頁44。

且也。亦姓。」但是從《韻補》所引用《漢書・禮樂志》之內容，可知「放」與「章」二字相叶，「章」為平聲「陽」韻，故可推知「放」之「分房切」為《集韻》增收之叶韻音。

陽韻「亯」字

本音：許兩切

新增叶音：虛良切

音證：

(1)《韻補》「陽」韻「虛良切」下收「亯」字，注云：「饗或作亯。漢郊祀歌：嘉薦列陳，庶幾宴亯；滅除凶災，列騰八荒。」〔註150〕

(2)《詩・天保》：「吉蠲為饎，是用孝亯；禴祠烝嘗，于公先王。」〔註151〕

(3)揚雄〈并州牧箴〉：「自昔何為，莫敢不來貢，莫敢不來王；周穆遐征，犬戎不亯。」〔註152〕

說明：《廣韻》、《集韻》上聲「養」韻「許兩切」下同收「亯」字，《廣韻》注云：「獻也。祭也。臨也。向也。歆也。《書》傳：云奉上謂之亯。」《集韻》注云：「《說文》：獻也。」此當為「亯」字之本音；《集韻》於「陽」韻新增收「虛良切」一音，字義雖為「亯也。」但從《韻補》所引郊祀歌之內容可知，「亯」與「荒」二字相叶，「荒」為平聲「陽」韻；《詩經・天保》中「亯、嘗、王」三字相叶，均為平聲「陽」韻，且朱熹《詩經集傳》於「亯」下云：「叶虛良反」，認為此處用韻並讀成平聲；揚雄〈并州牧箴〉中「王」與「亯」二字相叶，均押平聲「陽」韻，故可推知「亯」之「虛良切」為《集韻》增收之叶韻音。

陽韻「饗」字

本音：許兩切

新增叶音：虛良切

音證：

(1)《韻補》「陽」韻「虛良切」下收「饗」字，注云：「獻也。漢〈房中

〔註150〕吳棫：《韻補》（北京：中華書局，1987年），頁47。

〔註151〕王靜芝：《詩經通釋》（台北市：輔仁大學文學院，1968年），頁346。

〔註152〕揚雄著、張震澤校注：《揚雄集》（上海：上海古籍出版社，1993年），頁342。

歌〉：嘉薦芳矣，告靈饗矣；告靈既饗，德音孔臧。」〔註153〕

（2）《詩‧七月》：「九月肅霜，十月滌場。朋酒斯饗，曰殺羔羊。」〔註154〕

（3）《楚辭‧天問》：「彭鏗斟雉，帝何饗？壽命永多，夫何久長。」〔註155〕

說明：《廣韻》、《集韻》上聲「養」韻「許兩切」下同收「饗」字，《廣韻》注
　　　云：「歆饗。」《集韻》注云：「《說文》：鄉人飲酒也。」此當為「饗」字
　　　之本音；《集韻》於「陽」韻新增收「虛良切」一音，字義雖為「享也。」
　　　但從《韻補》所引〈房中歌〉之內容可知，「芳、饗、臧」三字相叶，均
　　　押平聲「陽」韻；《詩經‧七月》詩中「霜、饗、羊」三字相叶，「霜」
　　　與「羊」二字為平聲，又朱熹《詩經集傳》於「饗」下云：「叶虛良反」，
　　　認為此處用韻且讀為平聲；另〈天問〉中「饗」與「長」二字相叶，「長」
　　　為平聲「陽」韻，且朱熹《楚辭集注》於「饗」字下云：「叶虛良反」，
　　　故可推知「饗」之「虛良切」為《集韻》增收之叶韻音。

陽韻「愴」字

本音：楚亮切

新增叶音：初良切

音證：《韻補》「陽」韻「初良切」下收「愴」字，注云：「悲也。王逸〈九思〉：
　　　虫尹蚗兮嘯唬，唧蛆兮穰穰；歲月忽兮惟暮，余感時悽愴。」〔註156〕

說明：《廣韻》、《集韻》去聲「漾」韻「楚亮切」下同收「愴」字，《廣韻》注
　　　云：「悽愴。」《集韻》注云：「《說文》：傷也。」此當為「愴」字之本音；
　　　《集韻》於「陽」韻新增收「初良切」一音，字義雖為「悲也。」但從
　　　《韻補》所引用〈九思〉之內容可知，「穰」與「愴」二字相叶，「穰」
　　　為平聲「陽」韻，故可推知「愴」之「初良切」為《集韻》增收之叶韻
　　　音。

陽韻「悵」字

本音：丑亮切

新增叶音：仲良切

〔註153〕吳棫：《韻補》（北京：中華書局，1987年），頁47。

〔註154〕王靜芝：《詩經通釋》（台北市：輔仁大學文學院，1968年），頁318。

〔註155〕洪興祖著：《楚辭補注》（台北市：大安出版社，1999年），頁166。

〔註156〕吳棫：《韻補》（北京：中華書局，1987年），頁45。

音證：漢武帝〈悼李夫人賦〉：「方時隆盛，年夭傷兮；弟子增欷，洿沫悵兮。」
〔註157〕

說明：《廣韻》、《集韻》去聲「漾」韻「丑亮切」下同收「悵」字，《廣韻》注
云：「失志。」《集韻》注云：「《說文》：望恨也。」此當為「悵」字之本
音；《集韻》於「陽」韻新增收「仲良切」一音，字義雖為「恨也。」但
從漢武帝〈悼李夫人賦〉之內容可知，「傷」與「悵」二字相叶〔註158〕，
「傷」為平聲「陽」韻，故可推知「悵」之「仲良切」為《集韻》增收
之叶韻音。

陽韻「爽」字

本音：所兩切

新增叶音：師莊切

音證：

（1）《韻補》「陽」韻「師莊切」下收「爽」字，注云：「差也。宋玉〈招
魂〉：鵠酸臇鳧煎鴻鶬，露雞臛蠵厲而不爽，粔籹蜜餌有餦餭。」
〔註159〕

（2）《詩·蓼蕭》：「蓼彼蕭斯，零露瀼瀼；既見君子，為龍為光；其德不
爽，壽考不忘。」〔註160〕

（3）韓愈〈劉統軍墓誌銘〉：「提將之符，戶我一方；配古公侯，維德不
爽。」〔註161〕

說明：《廣韻》、《集韻》上聲「養」韻「所兩切」下同收「爽」字，《廣韻》注
云：「明也。差也。烈也。猛也。貴也。」《集韻》注云：「《說文》：明
也。一曰差也。」此當為「爽」字之本音；《集韻》於「陽」韻新增收
「師莊切」一音，字義雖為「差也。明也。」但從漢武帝〈悼李夫人賦〉
之內容可知，「傷」與「悵」二字相叶，「傷」為平聲「陽」韻；另時代
略比《集韻》成書稍早的宋人王禹偁，沿用兩漢韻文的押韻方式，於

〔註157〕班固撰、顏師古注：《漢書》（台北市：宏業書局，1992年），頁3955。

〔註158〕羅常培、周祖謨合著：《漢魏晉南北朝韻部演變研究》（台北市：科學出版社，1958年），頁183。

〔註159〕吳棫：《韻補》（北京：中華書局，1987年），頁46。

〔註160〕王靜芝：《詩經通釋》（台北市：輔仁大學文學院，1968年），頁363。

〔註161〕韓愈：《韓昌黎集》卷29（上海：商務印書館，1930），頁40。

〈聞鶬〉詩作中「旁、悵、光」三字相叶，同屬平聲「陽」韻，故可推知「爽」之「師莊切」為《集韻》增收之叶韻音。

陽韻「亮」字

本音：力讓切

新增叶音：呂張切

音證：晉‧嵇康〈琴賦〉：「伶倫比律，田連操張。進御君子，新聲慘亮。」〔註162〕

說明：《廣韻》、《集韻》去聲「漾」韻「力讓切」下同收「亮」字，《廣韻》注云：「朗也。導也。亦姓。出《姓苑》。」《集韻》注云：「《說文》：信也。亦姓。」此當為「亮」字之本音；《集韻》於「陽」韻新增收「呂張切」一音，字義雖為「信也。」但從晉‧嵇康〈琴賦〉之內容可知，「張」與「亮」二字押韻，「張」一音為平聲「陽」韻，一音為去聲「漾」韻，周祖謨《魏晉南北朝韻部之演變》認為此處「張」字當讀成平聲，並與平聲「亮」字相叶〔註163〕，故可推知「亮」之「呂張切」為《集韻》增收之叶韻音。

陽韻「慶」字

本音：丘正切

新增叶音：墟羊切

音證：

（1）《韻補》「陽」韻「墟羊切」下收「慶」字，注云：「賀也。福也。蕭該《漢書音義》曰：慶音羌。今漢書亦有作羌者。《詩》與《易》，凡慶皆當讀如羌。《急就章》：所不侵龍未央，伊嬰齊翟回慶。」〔註164〕

（2）《詩經‧閟宮》：「毛炰胾羹，籩豆大房；萬舞洋洋，孝孫有慶。俾爾熾而昌，俾爾壽而臧。保彼東方，魯邦是常。」〔註165〕

（3）《易‧坤》：「彖曰：至哉坤元，萬物資生，乃順承天。坤厚載物，德合無疆。含弘光大，品物咸亨。牝馬地類，行地無疆，柔順利貞。君子

〔註162〕蕭統編、李善注：《文選》（台北市：五南圖書出版有限公司，1991年），頁455。

〔註163〕周祖謨：《魏晉南北朝韻部之演變》（台北市：東大圖書公司，1996年），頁306。

〔註164〕吳棫：《韻補》（北京：中華書局，1987年），頁42。

〔註165〕王靜芝：《詩經通釋》（台北市：輔仁大學文學院，1968年），頁651。

攸行，先迷失道，後順得常。西南得朋，乃與類行；東北喪朋，乃終有慶。安貞之吉，應地無疆。」〔註166〕

說明：《廣韻》、《集韻》去聲「映」韻「丘正切」下同收「慶」字，《廣韻》注云：「賀也。福也。」《集韻》注云：「《說文》：行賀人也。」此當為「慶」字之本音；《集韻》於「陽」韻新增收「墟羊切」一音，字義雖為「亂也。通作羌。」從《韻補》明白指出蕭該《漢書音義》、《詩》、《易》與《急就章》四者為其用韻例證，而《急就章》中「央」與「慶」二字相叶，「央」為平聲「陽」韻；朱熹《詩經集傳》於「慶」字下注：「叶袪羊反」，讀成平聲「陽」韻，並與「房、臧、常」三字押韻；又段玉裁《說文解字注》所附之〈群經韵分十七部表──六書音韵表五〉提到，《周易‧象上傳坤》之「疆、亨、疆、行、常、行、慶、疆」八字同押第十部韻，考「疆、常」為平聲「陽」韻，「亨」為平聲「庚」韻，「行」為平聲「唐」韻，此處「慶」當讀為平聲，故可推知「慶」之「墟羊切」為《集韻》增收之叶韻音。〔註167〕

唐韻「伉」字

本音：口浪切

新增叶音：居郎切

音證：

(1)《韻補》「陽」韻「丘岡切」下收「伉」字，注云：「抗，一作伉。蔡邕〈釋誨〉：九河盈溢，非一曲所防；帶甲百萬，非一勇所伉。」〔註168〕

(2)《詩‧緜》：「迺立皋門，皋門有伉。迺立應門，應門將將。」〔註169〕

(3)張衡〈西京賦〉：「及其猛毅髬髵，隅目高眶。威懾兕虎，莫之敢伉。」〔註170〕

說明：《廣韻》、《集韻》去聲「宕」韻「口浪切」下同收「伉」字，《廣韻》注云：「儷敵也。又姓。漢有伉喜，為漢中大夫。出《風俗通》。」《集韻》

〔註166〕程頤：《易程傳》卷6（台北市：文津出版社，1987年），頁23。
〔註167〕張民權：《清代前期古音學研究（上）》（北京市：廣播學院出版社，2002年），頁16曾云：「陽韻羌紐墟羊切下收『慶』字」。
〔註168〕吳棫：《韻補》（北京：中華書局，1987年），頁42。
〔註169〕王靜芝：《詩經通釋》（台北市：輔仁大學文學院，1968年），頁513。
〔註170〕蕭統編、李善注：《文選》（台北市：五南圖書出版有限公司，1991年），頁46。

注云：「《說文》：人名。《論語》：有陳亢。一曰匹也。健也。亦姓。」此當為「亢」字之本音；《集韻》於「唐」韻新增收「居郎切」一音，字義雖為「剛正貌。《後漢書》：難經亢亢劉太常。」但是從《韻補》陽韻所引用漢人蔡邕〈釋誨〉之內容，可知其中「防」與「亢」二字相叶，而「防」為平聲「陽」韻；《詩經·大明》之例，可知「亢」與「將」二字相叶，「將」為平聲「陽」韻；又李善於《文選》注解張衡〈西京賦〉，於「亢」字下云：「亢，古郎切」讀成「陽」韻，而《六臣註文選》其下云：「五臣作亢，音岡。」亦為「陽」韻，故可推知「亢」之「居郎切」為《集韻》增收之叶韻音。

唐韻「瀼」字

本音：如陽切

新增叶音：奴當切

音證：

(1)《詩·野有蔓草》：「野有蔓草，零露瀼瀼。有美一人，婉如清揚。邂逅相遇，與子偕臧。」[註171]

(2)《詩·蓼蕭》：「蓼彼蕭斯，零露瀼瀼。既見君子，為龍為光。其德不爽，壽考不忘。」[註172]

說明：《廣韻》、《集韻》平聲「陽」韻「如陽切」下同收「瀼」字，《廣韻》注云：「露濃也。」《集韻》注云：「瀼瀼露也。」此當為「瀼」字之本音；《集韻》於「唐」韻新增收「奴當切」一音，字義雖為「露盛貌。《詩》：零露瀼瀼。徐邈讀。」但是由《詩經·野有蔓草》之例證，可知「瀼、揚、臧」三字相叶，王力《詩經韻讀》認為此三字同押陽韻[註173]；另《詩經·蓼蕭》之例證，可知「瀼、光、爽、忘」四字相叶，同屬「陽」韻[註174]，故可推知「瀼」之「奴當切」為《集韻》增收之叶韻音。

唐韻「彭」字

本音：蒲庚切

〔註171〕王靜芝：《詩經通釋》（台北市：輔仁大學文學院，1968年），頁205。

〔註172〕王靜芝：《詩經通釋》（台北市：輔仁大學文學院，1968年），頁363。

〔註173〕王力：《詩經韻讀楚辭韻讀》（北京：中國人民大學出版社，2004年），頁188。

〔註174〕王力：《詩經韻讀楚辭韻讀》（北京：中國人民大學出版社，2004年），頁243。

新增叶音：逋旁切

音證：《詩・載驅》：「汶水湯湯。行人彭彭。魯道有蕩。齊子翱翔。」〔註175〕

說明：《廣韻》、《集韻》平聲「庚」韻「蒲庚切」下同收「彭」字，《廣韻》注
云：「行也。道也。盛也。《說文》曰：鼓聲也。又姓。」《集韻》注云：
「《說文》：鼓聲也。一曰水名，在衛地。一曰國名。」此當為「彭」字
之本音；《集韻》於「唐」韻新增收「逋旁切」一音，字義雖為「多貌。
《詩》：行人彭彭。」但是由《詩經・載驅》之例證，可知「湯、彭、蕩、
翔」四字相叶，王力《詩經韻讀》亦認為此四字同押「陽」韻〔註176〕；
陸德明《經典釋文・毛詩音義》於「彭」字：「必旁反。」讀成「陽」韻，
故可推知「彭」之「逋旁切」為《集韻》增收之叶韻音。

唐韻「莽」字

本音：母朗切

新增叶音：謨郎切

音證：《楚辭・遠遊》：「時曖曃其矓莽兮，召玄武而奔屬；後文昌使掌行兮，選
署眾神以並轂。」朱熹《楚辭集注》：「莽，莫郎反。」〔註177〕

說明：《廣韻》、《集韻》上聲「蕩」韻「母朗切」下同收「莽」字，《廣韻》注
云：「草莽。《說文》曰：南昌謂犬善逐菟於草中為莽。又姓。」《集韻》
注云：「《說文》：南昌謂犬善逐菟艸中為莽。」此當為「莽」字之本音；
《集韻》於「唐」韻新增收「謨郎切」一音，字義雖為「莽蒼艸野之色。」
但是從〈遠遊〉之引文內容，可知「莽」與「行」二字相叶，「行」為平
聲「唐」韻，且朱熹《楚辭集注》於「莽」字下注：「莫郎反」，讀平聲
「唐」韻，故可推知「莽」之「謨郎切」為《集韻》增收之叶韻音。

唐韻「葬」字

本音：則浪切

新增叶音：慈郎切、茲郎切

音證：

（1）《韻補》「陽」韻「茲郎切」下收「葬」字，注云：「藏也。荀卿〈賦

〔註175〕王靜芝：《詩經通釋》（台北市：輔仁大學文學院，1968年），頁224。

〔註176〕王力：《詩經韻讀楚辭韻讀》（北京：中國人民大學出版社，2004年），頁243。

〔註177〕朱熹：《楚辭集傳》卷14（台北市：河洛出版社，1980年），頁110。

篇〉：生者以壽，死者以葬；城郭以固，三軍以強。」〔註178〕

（2）《莊子‧山木》：「不知義之所適，不知禮之所將；猖狂妄行，乃蹈乎

　　大方，其生可樂，其死可葬。」〔註179〕

說明：《廣韻》、《集韻》去聲「宕」韻「則浪切」下同收「葬」字，《廣韻》注

　　　云：「葬蔵也。」《集韻》注云：「《說文》：藏也。」此當為「葬」字之本

　　　音；《集韻》於「唐」韻新增收「慈郎切、茲郎切」二音，字義分別為「瘞

　　　也。《周禮》：以相葬埋。劉昌宗讀。」與「瘞也。」但從《韻補》引荀

　　　卿〈賦篇〉之內容可知，「葬」與「強」二字押韻，「強」為平聲「陽」

　　　韻；又《莊子‧山木》中「將、行、方、葬」四字押韻，「將、方」同為

　　　平聲「陽」韻，「行」為平聲「唐」韻；以上二例均與平聲「葬」字音近

　　　相叶，故可推知「葬」之「慈郎切、茲郎切」為《集韻》增收之叶韻音。

庚韻「央」字

本音：於良切

新增叶音：於驚切

音證：

（1）《詩‧出車》：「王命南仲，往城于方；出車彭彭，旂旐央央。天子命

　　　我，城彼朔方。赫赫南仲，玁狁于襄。」〔註180〕

（2）《詩‧采芑》：「方叔涖止，其車三千，旂旐央央。方叔率止，約軧錯

　　　衡，八鸞瑲瑲。服其命服，朱芾斯皇，有瑲蔥珩。」〔註181〕

說明：《廣韻》、《集韻》平聲「陽」韻「於良切」下同收「央」字，《廣韻》注

　　　云：「中央。一曰久也。」《集韻》注云：「《說文》：中央也。一曰久也。」

　　　此當為「央」字之本音；《集韻》於「庚」韻新增收「於驚切」一音，字

　　　義雖為「鮮明貌。《詩》：旂旐央央。」但由《詩經‧出車》之例證，可

　　　知「方、彭、央、方、襄」五字相叶〔註182〕；從《詩經‧采芑》之例證，

　　　可知「央、衡、瑲、皇、珩」五字相叶；〔註183〕又陸德明《經典釋文‧

〔註178〕吳棫：《韻補》（北京：中華書局，1987年），頁45。

〔註179〕王先謙著：《莊子集解》卷9（台北市：三民書局，1974年），頁112。

〔註180〕王靜芝：《詩經通釋》（台北市：輔仁大學文學院，1968年），頁351。

〔註181〕王靜芝：《詩經通釋》（台北市：輔仁大學文學院，1968年），頁373。

〔註182〕王力：《詩經韻讀楚辭韻讀》（北京：中國人民大學出版社，2004年），頁238。

〔註183〕王力：《詩經韻讀楚辭韻讀》（北京：中國人民大學出版社，2004年），頁247。

毛詩音義》於「央央」字下注：「本亦作英。同於京反。又於良反。」與「音英。鮮明也。或於良反。」〔註184〕，「央」音同「於京反」與音「英」，韻均屬平聲「庚」部，此處《集韻》收錄此音，可能參考《經典釋文》的注解，並引《詩經·出車》、《詩經·采芑》為證，故可推知「央」之「於驚切」為《集韻》增收之叶韻音。

庚韻「慶」字

本音：丘正切

新增叶音：丘京切

音證：

（1）《韻補》「真」韻「丘京切」下收「慶」字，注云：「福也。班固〈白雉詩〉：容潔朗兮於純精，彰皇德兮侔周成，永延長兮膺天慶。」〔註185〕

（2）揚雄《太玄經》：「次五、蒙柴求兒其德不美。測曰：蒙柴求兒得不慶也。次六、大開帷幕以引方客。測曰：大開帷幕覽眾明也。」〔註186〕

（3）《易林》「夬」之「損」：「畏昏不行，候待旦明；燎獵受福，老賴其慶。」〔註187〕

說明：《廣韻》、《集韻》去聲「映」韻「丘正切」下同收「慶」字，《廣韻》注云：「賀也。福也。」《集韻》注云：「《說文》：行賀人也。」此當為「慶」字之本音；《集韻》於「庚」韻新增收「丘京切」一音，字義雖為「賀也。」但從《韻補》所引用〈白雉詩〉之內容可知，「精、成、慶」三字相叶，均為平聲「庚」韻；又揚雄〈太玄經〉與《易林》之引證中，「慶」與「明」二字相叶，均為平聲「庚」韻，故可推知「慶」之「丘京切」為《集韻》增收之叶韻音。

耕韻「甍」字

本音：呼肱切

新增叶音：呼宏切

〔註184〕前者為〈出車〉篇下注「央」字；後者為〈采芑〉篇注「央」字。

〔註185〕吳棫：《韻補》（北京：中華書局，1987年），頁15。

〔註186〕揚雄撰、（晉）范望注：《太玄經》（台北市：中國子學名著集成編印，1978年），頁59。

〔註187〕焦延壽：《易林》卷11（台北市：藝文印書館，1970年），頁284。

音證：《詩·緜》：「捄之陾陾，度之薨薨，築之登登，削屢馮馮。百堵皆興，鼛鼓弗勝。」〔註188〕

說明：《廣韻》、《集韻》平聲「登」韻「呼肱切」下同收「薨」字，《廣韻》注云：「《說文》云：公侯卒也。」《集韻》注云：「《說文》：公侯薨卒也。一曰壞聲。」此當為「薨」字之本音；《集韻》於「耕」韻新增收「呼宏切」一音，字義雖為「眾也。疾也。《詩》：度之薨薨。沈重說。」但由《詩經·緜》之例證，可知「陾、薨、登、馮、興、勝」六字相叶〔註189〕，又朱熹《詩經集傳》於「薨」字下注：「音宗」，可能參考《集韻》所收錄的「呼宏切」一音，並承襲之，故可推知「薨」之「呼宏切」為《集韻》增收之叶韻音。

耕韻「諍」字

本音：側迸切

新增叶音：甾莖切

音證：王沈〈釋時論〉：「拉答者有沈重之譽，嗛閃者得清勤之聲。嗆嚀怯畏于謙讓，闒茸勇敢于饕諍。斯皆寒素之死病，榮達之嘉名。」〔註190〕

說明：《廣韻》、《集韻》去聲「諍」韻「側迸切」下同收「諍」字，《廣韻》注云：「諫諍也。止也。」《集韻》注云：「《說文》：止也。通作爭。」此當為「諍」字之本音；《集韻》於「耕」韻新增收「甾莖切」一音，字義雖為「訟也。」但由王沈〈釋時論〉之例證，可知「聲、諍、名」三字相叶，「聲」與「名」均為平聲「清」韻，與平聲「諍」字押韻，故可推知「諍」之「甾莖切」為《集韻》增收之叶韻音。

清韻「逞」字

本音：丑郢切

新增叶音：癡真切

音證：

（1）《韻補》「真」韻「癡真切」下收「逞」字，注云：「盡也。張衡〈思玄

〔註188〕王靜芝：《詩經通釋》（台北市：輔仁大學文學院，1968 年），頁 513。

〔註189〕王力：《詩經韻讀楚辭韻讀》（北京：中國人民大學出版社，2004 年），頁 309。

〔註190〕永瑢等撰：《欽定四庫全書總目》景印文淵閣本卷 92（台北市：台灣商務印書館，1939 年），頁 256～494。

賦〉：遇九皋之介鳥兮，怨素意之不逞；遊塵外而瞥天兮，據冥翳而哀鳴。太子賢讀。」〔註191〕

（2）《楚辭·哀時命》：「伯夷死于首陽兮，卒夭隱而不榮；太公不遇文王兮，身至死而不得逞。」〔註192〕

（3）魏·王粲〈思親詩〉：「嗟我懷歸，弗克弗逞；聖善獨勞，莫慰其情；春秋代逝，于茲九齡。」〔註193〕

說明：《廣韻》、《集韻》上聲「靜」韻「丑郢切」下同收「逞」字，《廣韻》注云：「通也。疾也。盡也。」《集韻》注云：「《說文》：通也。楚謂疾行為逞。」此當為「逞」字之本音；《集韻》於「清」韻新增收「癡真切」一音，字義雖為「縱也。」但從《韻補》所引用張衡〈思玄賦〉之內容可知，「逞」與「鳴」二字相叶，「鳴」為平聲「庚」韻，又李賢《後漢書》注於「逞」字下注：「協韻，音丑貞反」，讀作平聲；《楚辭·哀時命》中「榮」與「逞」二字相叶，「榮」為平聲「庚」韻，宋人洪興祖《楚辭補注》於「逞」字下云：「丑京切」，認為此處讀作平聲；又王粲〈思親詩〉中「逞、情、齡」三字相叶，「情」為平聲「清」韻，「齡」為平聲「青」韻，與平聲「逞」字押韻，故可推知「逞」之「癡真切」為《集韻》增收之叶韻音。

青韻「定」字

本音：徒徑切

新增叶音：唐丁切

音證：

（1）《韻補》「真」韻「唐丁切」下收「定」字，注云：「止也。《毛詩》：不弔昊天，亂靡有定；式月斯生，俾民不寧。」〔註194〕

（2）《詩·江漢》：「四方既平，王國庶定；時靡有爭，王心載寧。」〔註195〕

（3）《易林》「履」之「大畜」：「兩人俱爭，莫能有定。」〔註196〕

〔註191〕吳棫：《韻補》（北京：中華書局，1987年），頁17。

〔註192〕洪興祖著：《楚辭補注》卷16（台北市：大安出版社，1999年），頁430。

〔註193〕張溥編：《漢魏六朝百三家集》（台北市：新興書局，1963年），頁1216。

〔註194〕吳棫：《韻補》（北京：中華書局，1987年），頁16。

〔註195〕王靜芝：《詩經通釋》（台北市：輔仁大學文學院，1968年），頁597。

〔註196〕焦延壽：《易林》卷3（台北市：藝文印書館，1970年），頁69。

說明：《廣韻》、《集韻》去聲「徑」韻「徒徑切」下同收「定」字，《廣韻》注云：「安也。亦州名。」《集韻》注云：「《說文》：安也。」此當為「定」字之本音；《集韻》於「青」韻新增收「唐丁切」一音，字義雖為「止也。」但從《韻補》引用《詩經・節南山》之內容可知，「定」與「寧」二字相叶，「寧」為平聲「青」韻，朱熹《詩經集傳》於「定」字下注：「叶唐丁反」；而《詩經・江漢》之引文中，「平、定、爭、寧」四字相叶，「平」為平聲「庚」韻，「爭」為平聲「耕」韻，「寧」為平聲「青」韻，朱熹《詩經集傳》於「定」字下云：「叶唐丁反」，讀作平聲；又《易林》中「爭」與「定」二字相叶，與平聲「定」字押韻，故可推知「定」之「唐丁切」為《集韻》增收之叶韻音。

青韻「徑」字

本音：吉定切

新增叶音：堅靈切

音證：

（1）《韻補》「真」韻「堅靈切」下收「徑」字，注云：「小路也。孫楚〈韓王臺賦〉：卉木鬱以成行兮，屯羽嘈以成羣；翦榛栖以投跡兮，披籠叢以為徑。」〔註197〕

（2）班固〈竇車騎北征頌〉：「謨神明，規卓遠，圖幽冥；親率戎士，巡撫疆城；勒邊御之永設，奮轒櫓之遠徑；閔遐黎之騷狄，念荒服之不庭。」〔註198〕

說明：《廣韻》、《集韻》去聲「徑」韻「吉定切」下同收「徑」字，《廣韻》注云：「步道。」《集韻》注云：「《說文》：步道。一曰直也。」此當為「徑」字之本音；《集韻》於「青」韻新增收「堅靈切」一音，字義雖為「行過也。」但從《韻補》所引西晉・孫楚〈韓王臺賦〉之內容可知，「行、羣、徑」三字相叶，「行」為平聲「庚」韻，「羣」為平聲「文」韻；又班固〈竇將軍北征頌〉中「明、冥、城、徑、庭」五字相叶〔註199〕，「明」為

〔註197〕吳棫：《韻補》（北京：中華書局，1987 年），頁 14。

〔註198〕張溥編：《漢魏六朝百三家集》（臺北市：新興書局，1963 年），頁 451。

〔註199〕羅常培、周祖謨合著：《漢魏晉南北朝韻部演變研究》（臺北市：科學出版社，1958 年），頁 194。

平聲「庚」韻,「冥、庭」為平聲「青」韻,「城」為平聲「清」韻,均與平聲「徑」字押韻,故可推知「徑」之「堅靈切」為《集韻》增收之叶韻音。

青韻「甯」字

本音:乃定切

新增叶音:囊丁切

音證:《漢書・禮樂志》:「空桑琴瑟結信成。四興遞代八風生。殷殷鐘石羽籥鳴。河龍供鯉醇犧牲。百末旨酒布蘭生。泰尊柘漿析朝醒。微感心攸通修名。周流常羊思所并。穰穰復正直往甯。馮蠵切和疏寫平。上天布施後土成。穰穰豐年四時榮。」顏師古「甯」下注:「甯,合韻音寧」。〔註200〕

說明:《廣韻》、《集韻》去聲「徑」韻「乃定切」下同收「甯」字,《廣韻》注云:「邑名。亦姓。《說文》:作甯,所願也。」《集韻》注云:「《說文》:所願也。又邑名。亦姓。」此當為「甯」字之本音;《集韻》於「青」韻新增收「囊丁切」一音,字義亦為「願也。」但從《漢書・禮樂志》之引證內容可知,「成、生、鳴、牲、生、醒、名、并、甯、平、成、榮」十二字押韻,其中「成、名、醒」屬平聲「清」韻,「并」屬上聲「迥」韻,「生、鳴、牲、平、榮」屬平聲「庚」韻,與平聲「甯」字相叶,故可推知「甯」之「囊丁切」為《集韻》增收之叶韻音。

尤韻「皺」字

本音:側救切

新增叶音:甾尤切

音證:唐・釋貫休〈湖頭別墅〉:「梨栗鳥啾啾,高歌若自由。人誰知此意,舊業在湖頭。饑鼠掀菱殼,新蟬避栗皺。不知江海上,戈甲幾時休。」

〔註201〕

說明:《廣韻》、《集韻》去聲「宥」韻「側救切」下同收「皺」字,《廣韻》注云:「面皺,俗作皺。」《集韻》注云:「皵也。」此當為「皺」字之本音;

〔註200〕班固撰、顏師古注:《漢書》(台北市:宏業書局,1992年),頁1063～1064。
〔註201〕永瑢等撰:《欽定四庫全書總目》景印文淵閣本卷14(台北市:台灣商務印書館,1939年),頁1084～482。

《集韻》於「尤」韻新增收「甾尤切」一音，字義亦為「革文殘也。或作皺。」但從《全唐詩》收錄貫休詩之內容，可知「由、頭、皺、休」四字相叶，「由、頭、休」三字均為平聲「尤」韻，與平聲「皺」字押韻，故可推知「皺」之「甾尤切」為《集韻》增收之叶韻音。

尤韻「昴」字

本音：莫飽切

新增叶音：力求切

音證：《詩・小星》：「嘒彼小星，維參與昴。肅肅宵征，抱衾與裯。寔命不猶。」〔註202〕

說明：《廣韻》、《集韻》上聲「巧」韻「莫飽切」下同收「昴」字，《廣韻》注云：「星名。」《集韻》注云：「《說文》曰：白虎宿星。」此當為「昴」字之本音；《集韻》於「尤」韻新增收「力求切」一音，字義亦為「星名。《詩》：維參與昴。」但由《詩・小星》之例證，可知「昴、裯、猶」三字相叶，又朱熹《詩經集傳》於「昴」字下注：「叶力求反」，視此字為配合上下文用韻的改讀音，其實《集韻》已於平聲「尤」韻「昴」字收錄「力求切」一音，並以《詩經》之例為佐證，故可推知「昴」之「力求切」為《集韻》增收之叶韻音。

侯韻「髦」字

本音：謨袍切

新增叶音：迷浮切

音證：《詩・角弓》：「雨雪浮浮。見晛曰流。如蠻如髦。我是用憂。」〔註203〕

說明：《廣韻》、《集韻》平聲「豪」韻「謨袍切」下同收「髦」字，《廣韻》注云：「髦鬚也。髦，俊也。」《集韻》注云：「《說文》：髮也。《爾雅》：髦，士官也。」此當為「髦」字之本音；《集韻》於「侯」韻新增收「迷浮切」一音，字義雖為「髮至眉也。或省。亦作髦。」但從《詩經・角弓》之例證可知，「浮、流、髦、憂」四字相叶，「浮、流、憂」三字均為平聲「尤」韻，故可推知「髦」之「迷浮切」為《集韻》增收之叶韻音。

〔註202〕王靜芝：《詩經通釋》（台北市：輔仁大學文學院，1968年），頁71。

〔註203〕王靜芝：《詩經通釋》（台北市：輔仁大學文學院，1968年），頁486。

侵韻「僭」字

本音：子念切

新增叶音：千尋切

音證：《詩‧鼓鐘》：「鼓鐘欽欽，鼓瑟鼓琴，笙磬同音。以雅以南，以籥不僭。」

〔註204〕

說明：《廣韻》、《集韻》去聲「㮇」韻「子念切」下同收「僭」字，《廣韻》注
云：「擬也。差也。」《集韻》注云：「《說文》：假也。」此當為「僭」字
之本音；《集韻》於「侵」韻新增收「千尋切」一音，字義雖為「侵也。
《詩》：以籥不僭。」但由《詩經‧鼓鐘》之例證，可知「欽、琴、音、
南、僭」五字相叶〔註205〕，且陸德明《經典釋文‧毛詩音義》於「僭」
字下注：「七念反。沈又子念反，又楚林反。」，「僭」又音「楚林反」，
韻屬於平聲「侵」部，此處《集韻》收錄此音，可能參考《經典釋文》
引沈重的見解，故可推知「僭」之「千尋切」為《集韻》增收之叶韻音。

侵韻「僭」字

本音：子念切

新增叶音：咨林切

音證：《詩‧鼓鐘》：「鼓鐘欽欽，鼓瑟鼓琴，笙磬同音。以雅以南，以籥不僭。」

〔註206〕

說明：《廣韻》、《集韻》去聲「㮇」韻「子念切」下同收「僭」字，《廣韻》注
云：「擬也。差也。」《集韻》注云：「《說文》：假也。」此當為「僭」字
之本音；《集韻》於「侵」韻新增收「咨林切」一音，字義雖為「侵也。
《詩》：以籥不僭。」但由《詩經‧鼓鐘》之例證，可知「欽、琴、音、
南、僭」五字相叶〔註207〕，且陸德明《經典釋文‧毛詩音義》於「僭」
字下注：「七念反。沈又子念反，又楚林反。」，「僭」又音「楚林反」，
韻屬於平聲「侵」部，此處《集韻》收錄此音，可能參考《經典釋文》
引沈重的見解，故可推知「僭」之「咨林切」為《集韻》增收之叶韻音。

〔註204〕王靜芝：《詩經通釋》（台北市：輔仁大學文學院，1968年），頁453。
〔註205〕王力：《詩經韻讀楚辭韻讀》（北京：中國人民大學出版社，2004年），頁281。
〔註206〕王靜芝：《詩經通釋》（台北市：輔仁大學文學院，1968年），頁453。
〔註207〕王力：《詩經韻讀楚辭韻讀》（北京：中國人民大學出版社，2004年），頁281。

知「尨」之「母項切」為《集韻》增收之叶韻音。

紙韻「埤」字

本音：賓彌切

新增叶音：部靡切

音證：潘岳〈射雉賦〉：「如車靐如軒，不高不埤。當咮值胸，裂膆破觜。」

〔註215〕

說明：《廣韻》、《集韻》平聲「支」韻「賓彌切」下同收「埤」字，《廣韻》注云：「附也。增也。又音婢。」《集韻》注云：「增也。」此當為「埤」字之本音；《集韻》於「紙」韻新增收「部靡切」一音，字義雖為「下濕也。《春秋》、《國語》：松柏不生埤。」但從潘岳〈射雉賦〉之引文內容，可知「埤」與「觜」二字相叶，「觜」為上聲「紙」韻，故可推知「埤」之「部靡切」為《集韻》增收之叶韻音。

旨韻「餌」字

本音：仍吏切

新增叶音：忍止切

音證：《易林》「噬嗑」之「大畜」：「鳧遊江海，甘樂其餌。既不近人，雖驚不駭。」〔註216〕

說明：《廣韻》、《集韻》去聲「志」韻「仍吏切」下同收「餌」字，《廣韻》注云：「食也。《說文》：粉餅也。」《集韻》注云：「《說文》：粉餅也。」此當為「餌」字之本音；《集韻》於「旨」韻新增收「忍止切」一音，字義亦為「米餅。」但從《易林》之例證，可知「餌」與「駭」二字相叶，「駭」為上聲「駭」韻，與上聲「餌」字押韻，故可推知「餌」之「忍止切」為《集韻》增收之叶韻音。

旨韻「緇」字

本音：莊持切

新增叶音：側几切

音證：

〔註215〕蕭統編、李善注：《文選》（台北市：五南圖書出版有限公司，1991年），頁230。
〔註216〕焦延壽：《易林》卷6（台北市：藝文印書館，1970年），頁137。

（1）《漢書‧敘傳》：「吉困于賀，湼而不緇；禹既黃髮，以德來仕。」
〔註217〕

（2）張衡〈東京賦〉：「溫液湯泉，黑丹石緇；王鮪岫居，能鼈三趾。」
〔註218〕

（3）陸機〈為顧彥先贈婦〉二首之一：「辭家遠行遊，悠悠三千里；京洛多風塵，素衣化為緇。」〔註219〕

說明：《廣韻》、《集韻》平聲「之」韻「莊持切」下同收「緇」字，《廣韻》注云：「黑也。繒也。」《集韻》注云：「《說文》：帛黑也。《周禮》：七入為緇。」此當為「緇」字之本音；《集韻》於「旨」韻新增收「側几切」一音，字義亦為「黑色。」但由《漢書‧敘傳》之內容可知，「緇」與「仕」二字相叶，「仕」為上聲「止」韻；又張衡〈東京賦〉之引文中，「緇」與「趾」二字相叶，「趾」為上聲「止」韻；陸機詩中「里」與「緇」二字相叶，「里」為上聲「止」韻，以上各例證呈現「緇」字分別與止韻「仕」、「趾」、「里」三字押韻，故可推知「緇」之「側几切」為《集韻》增收之叶韻音。

旨韻「敏」字

本音：美隕切

新增叶音：母鄙切

音證：

（1）《韻補》「紙」韻「母鄙切」下收「敏」字，注云：「疾也。《毛詩》：農夫克敏。《漢書‧敘傳》：宣之四子，淮陽聰敏；舅氏鎯簎，幾陷大理。」〔註220〕

（2）《易林》「井」之「噬嗑」：「延陵聰敏，聽樂太史。」〔註221〕

（3）何晏〈景福殿賦〉：「其祜伊何，宜爾子孫；克明克哲，克聰克敏；永錫難老，兆民賴止。」〔註222〕

〔註217〕班固撰、顏師古注：《漢書》（台北市：宏業書局，1992年），頁4260。
〔註218〕蕭統編、李善注：《文選》（台北市：五南圖書出版有限公司，1991年），頁60。
〔註219〕蕭統編、李善注：《文選》（台北市：五南圖書出版有限公司，1991年），頁630。
〔註220〕吳棫：《韻補》（北京：中華書局，1987年），頁56。
〔註221〕焦延壽：《易林》卷11（台北市：藝文印書館，1970年），頁312。
〔註222〕蕭統編、李善注：《文選》（台北市：五南圖書出版有限公司，1991年），頁293。

說明：《廣韻》、《集韻》分別在上聲「軫」韻與「準」韻下同收「敏」字，《廣韻》注云：「疾也。敬也。聰也。達也。」《集韻》注云：「《說文》：疾也。一曰足，大指名。」此當為「敏」字之本音；《集韻》於「旨」韻新增收「母鄙切」一音，字義亦為「疾也。」但從《韻補》所引用《詩·甫田》之內容可知，「有」與「敏」二字相叶，朱熹《詩經集傳》於「有」字下注：「叶羽已反」，讀成上聲「止」韻，「敏」字下注：「叶母鄙反」，讀成上聲「旨」韻，而《韻補》「旨」韻與「止」韻下云：「古通紙」，吳棫以通轉方式分類古韻部，故此例證歸於「紙」韻；另引《漢書·敘傳》之內容，可知「子、敏、理」三字押韻，「子、理」二字為上聲「止」韻；《易林》中「敏」與「史」相叶，「史」為上聲「止」韻；何晏〈景福殿賦〉中「子、敏、止」三字相叶，「子、止」二字為上聲「止」韻，故可推知「敏」之「母鄙切」為《集韻》增收之叶韻音。

語韻「且」字

本音：子余切

新增叶音：此與切

音證：《詩·韓奕》：「韓侯出祖，出宿于屠。顯父餞之，清酒百壺。其殽維何？炰鱉鮮魚。其蔌維何？維筍及蒲。其贈維何？乘馬路車。籩豆有且，侯氏燕胥。」〔註223〕

說明：《廣韻》、《集韻》平聲「魚」韻「子余切」下同收「且」字，《廣韻》注云：「語辭也。《說文》：薦也。又七也切。」《集韻》注云：「《說文》：薦也。从几足，有二橫，一其下地也。一曰此也。語辭也。」此當為「且」字之本音；《集韻》於「語」韻新增收「此與切」一音，字義亦雖為「多貌。一曰恭慎。《詩》：籩豆有且。」但由《詩經·韓奕》之例證，可知「祖、屠、壺、魚、蒲、車、且、胥」八字相叶〔註224〕，此處《集韻》引《詩經》為證，故可推知「且」之「此與切」為《集韻》增收之叶韻音。

語韻「野」字

本音：以者切

〔註223〕王靜芝：《詩經通釋》（台北市：輔仁大學文學院，1968年），頁593。
〔註224〕王力：《詩經韻讀楚辭韻讀》（北京：中國人民大學出版社，2004年），頁349。

新增叶音：上與切

音證：

（1）《韻補》「語」韻「上與切」下收「野」字，注云：「郊外也。徐鍇曰：埜，經典只用野。司馬相如賦：出乎椒丘之闕，行乎洲淤之浦；經乎桂林之中，過乎泱漭之野。」〔註225〕

（2）《詩・燕燕》「燕燕于飛，差池其羽。之子于歸，遠送于野。瞻望弗及，泣涕如雨。」〔註226〕

說明：《廣韻》、《集韻》上聲「馬」韻「以者切」下同收「野」字，《廣韻》注云：「田野。《說文》云：郊外也。」《集韻》注云：「《說文》：郊外也。」此當為「野」字之本音；《集韻》於「語」韻新增收「上與切」一音，字義雖為「廬也。」但從《韻補》引司馬相如〈上林賦〉之內容可知，「浦」與「野」相叶，「浦」為上聲「姥」韻；又〈燕燕〉一詩中，「羽、野、雨」三字相叶，「羽、雨」二字均為上聲「麌」韻，陸德明《經典釋文・毛詩音義》於「野」字下云：「協韻羊汝反。沈云協句、宜音時預反」，此處當讀成上聲，故可推知「野」之「上與切」為《集韻》增收之叶韻音。

麌韻「斗」字

本音：當口切

新增叶音：腫庾切

音證：

（1）《韻補》「語」韻「腫庾切」下收「斗」字，注云：「十升也。毛詩：酌以大斗。《漢書・律曆志》：聚於斗。〈溝洫志〉：白渠之歌：涇水一石，其泥數斗，且溉且糞，長我禾黍。」〔註227〕

（2）漢・劉安〈八公操〉：「公將與余生毛羽兮，超騰青雲蹈梁甫兮，觀見瑤光過北斗兮，馳乘風雲使玉女兮。」〔註228〕

（3）《易林》「井」下之「坎」：「炙魚銅斗，張伺夜鼠。」〔註229〕

〔註225〕吳棫：《韻補》（北京：中華書局，1987年），頁63。

〔註226〕王靜芝：《詩經通釋》（台北市：輔仁大學文學院，1968年），頁82。

〔註227〕吳棫：《韻補》（北京：中華書局，1987年），頁62。

〔註228〕郭茂倩：《樂府詩集》（上海：上海古籍出版社，1998年），頁654。

〔註229〕焦延壽：《易林》卷11（台北市：藝文印書館，1970年），頁313。

（4）《漢書・王莽傳》：「五將乘乾文車，駕坤六馬；左蒼龍，右白虎；前
朱鳥，後玄武；左杖威節，右負威斗。」〔註230〕

說明：《廣韻》、《集韻》上聲「厚」韻「當口切」下同收「斗」字，《廣韻》注
云：「《說文》：十升也。有柄，象形。石經作斗。」《集韻》注云：「《說
文》：十升也。象形，有柄。」此當為「斗」字之本音；《集韻》於「麌」
韻新增收「腫庾切」一音，字義雖為「《說文》：勺也。」但從《韻補》
所補之內容可知，上聲「麌」韻字「古通語」，收錄在「語」韻中，故「斗」
字於《韻補》歸在「語」韻，而《詩・行葦》：「曾孫維主，酒醴維醹；
酌以大斗，以祈黃耇。」其中「主、醹、斗、耇」四字相叶，「耇」讀為
「果五反」，均為上聲「麌」韻；宋代朱熹於《詩經集傳》於「斗」字下
云：「叶腫庾反」，以「叶」字說明此處用韻，讀作「腫庾反」，與《集韻》、
《韻補》收錄之音同。而《漢書・溝洫志》之例證，其中「斗」與「黍」
二字相叶，「黍」為上聲「語」韻；淮南王劉安〈八公操〉中「羽、甫、
斗、女」四字相叶，「羽、甫、斗」均為上聲「麌」韻，「女」為上聲「語」
韻；另《易林》中「斗」與「鼠」二字相叶，「鼠」為上聲「語」韻；《漢
書・王莽傳》中「馬、虎、武、斗」四字相叶，「馬」讀為「滿補切」，
與「虎」字同屬上聲「姥」韻，「武」與「斗」二字為上聲「麌」韻，故
可推知「斗」之「腫庾切」為《集韻》增收之叶韻音。

姥韻「黼」字

本音：匪父切

新增叶音：彼五切

音證：《詩・采菽》：「采菽采菽，筐之筥之。君子來朝，何錫予之？雖無予之，
路車乘馬；又何予之？玄袞及黼。」〔註231〕

說明：《廣韻》、《集韻》上聲「麌」韻「匪父切」下同收「黼」字，《廣韻》注
云：「白黑文也。《爾雅》曰：斧謂之黼，謂畫斧形，因名云。」《集韻》
注云：「《說文》：白與黑相次文。」此當為「黼」字之本音；《集韻》於
「姥」韻新增收「彼五切」一音，字義雖為「白黑文也。《詩》：方袞及

〔註230〕班固撰、顏師古注：《漢書》（台北市：宏業書局，1992年），頁4115。
〔註231〕王靜芝：《詩經通釋》（台北市：輔仁大學文學院，1968年），頁481。

黼。徐邈讀。」但由《詩經・采菽》之例證，可知「筥、予、予、馬、予、黼」六字相叶〔註232〕，又陸德明《經典釋文・毛詩音義》於「黼」字下注：「音斧。徐又音補。」，「黼」音「斧」，徐邈又音「補」，均屬於上聲「麌」韻，故可推知「黼」之「彼五切」為《集韻》增收之叶韻音。

姥韻「顧」字

本音：古慕切

新增叶音：果五切

音證：

（1）《韻補》「語」韻「果一切」下收「顧」字，注云：「回視也。《詩》：寧不我顧。徐邈讀。韋孟諷諫詩：穆穆天子，照臨下土；明明羣司，執憲靡顧。」〔註233〕

（2）潘岳〈西征賦〉：「探隱伏於難明，委讒賊之趙虜；加顯戮於儲貳，絕肌膚而不顧。」〔註234〕

說明：《廣韻》、《集韻》去聲「暮」韻「古慕切」下同收「顧」字，《廣韻》注云：「迴視也。春也。」《集韻》注云：「《說文》：還視也。」此當為「顧」字之本音；《集韻》於「姥」韻新增收「果五切」一音，字義雖為「視也。《書》：我不顧行遯。徐邈讀。」但從《韻補》所補之內容可知，上聲「姥」韻「古通語韻」，收錄在「語」韻中，故「顧」字於《韻補》歸在「語」韻；而《詩經・日月》原文：「日居月諸，照臨下土。乃如之人兮，逝不古處。胡能有定，寧不我顧。」其中「土、處、顧」三字相叶，「土」為上聲「姥」韻，「處」為上聲「語」韻；又漢人韋孟〈諷諫詩〉中，「土」與「顧」二字相叶；又潘岳〈西征賦〉中「虜」與「顧」二字相叶，「虜」為上聲「姥」韻，故可推知「顧」之「果五切」為《集韻》增收之叶韻音。

姥韻「下」字

本音：亥駕切

〔註232〕王力：《詩經韻讀楚辭韻讀》（北京：中國人民大學出版社，2004年），頁295。

〔註233〕吳棫：《韻補》（北京：中華書局，1987年），頁59。

〔註234〕蕭統編、李善注：《文選》（台北市：五南圖書出版有限公司，1991年），頁249。

新增叶音：後五切

音證：

 （1）《韻補》「語」韻「後五切」下收「下」字，注云：「上下也。《毛詩》『下』十有七，陸德明云：叶韻，皆當讀如戶。屈原〈騷經〉：覽相觀於四極兮，周流乎天予乃下；望瑤臺之偃蹇兮，見有娀之佚女。」

  〔註235〕

 （2）《詩・采蘋》「于以奠之，宗室牖下。誰其尸之，有齊季女。」〔註236〕

說明：《廣韻》、《集韻》去聲「禡」韻「亥駕切」下同收「下」字，《廣韻》注云：「行下。又胡雅切。」《集韻》注云：「降也。」此當為「下」字之本音；《集韻》於「姥」韻新增收「後五切」一音，字義雖為「下也。」但從《韻補》引屈原〈離騷〉之內容可知，「下」與「女」二字相叶，「女」為上聲「語」韻，又陸德明認為《詩經》內容之「下」字，叶韻多讀成「戶」音，例如〈采蘋〉中「下」與「女」二字押韻，《經典釋文・毛詩音義》於「下」字云：「協韻則音戶」，讀成「後五切」，故可推知「下」之「後五切」為《集韻》增收之叶韻音。

賄韻「洒」字

本音：小禮切

新增叶音：取猥切

音證：《詩・新臺》：「新臺有洒，河水浼浼。燕婉之求，籧篨不殄。」〔註237〕

說明：《廣韻》、《集韻》上聲「薺」韻「小禮切」下同收「洒」字，《廣韻》注云：「洗浴。又所買切。」《集韻》注云：「《說文》：滌也。古為灑埽字。或作洗。」此當為「洒」字之本音；《集韻》於「賄」韻新增收「取猥切」一音，字義雖為「高峻貌。《詩》：新臺有洒。」但由《詩經・新臺》之例證，可知「洒、浼、殄」三字相叶，「浼」為上聲「賄」韻，「殄」為上聲「銑」韻；陸德明《經典釋文・毛詩音義》於「洒」字下注：「七罪反。」讀成上聲「賄」韻；又宋代朱熹《詩經集傳》於「洒」字下注「音

〔註235〕吳棫：《韻補》（北京：中華書局，1987年），頁63。
〔註236〕王靜芝：《詩經通釋》（台北市：輔仁大學文學院，1968年），頁63。
〔註237〕王靜芝：《詩經通釋》（台北市：輔仁大學文學院，1968年），頁114。

璀。叶先典反。」以叶音注之，韻亦屬於上聲「賄」韻，承襲韻書收錄之音，故可推知「洒」之「取猥切」為《集韻》增收之叶韻音。

海韻「閡」字

本音：戶代切

新增叶音：下改切

音證：漢郊祀歌〈天門〉：「專精厲意逝九閡，紛雲六幕浮大海。」〔註238〕

說明：《廣韻》、《集韻》去聲「代」韻「戶代切」下同收「閡」字，《廣韻》注云：「外閉。」《集韻》注云：「外閉也。」此當為「閡」字之本音；《集韻》於「海」韻新增收「下改切」一音，字義雖為「藏塞也。」但從郊祀歌〈天門〉之內容，可知「閡」與「海」二字相叶〔註239〕，「海」為上聲「海」韻，與「閡」字同韻，故可推知「閡」之「下改切」為《集韻》增收之叶韻音。

旱韻「竿」字

本音：居寒切

新增叶音：古旱切

音證：晉‧劉琨〈答盧諶〉詩：「亭亭孤幹，獨生無伴。綠葉繁縟，柔條脩罕。朝採爾實，夕挭爾竿。竿翠豐尋，逸珠盈椀。寔消我憂，憂急用緩。逝將去乎，庭虛情滿。」〔註240〕

說明：《廣韻》、《集韻》平聲「寒」韻「居寒切」下同收「竿」字，《廣韻》注云：「竹竿。」《集韻》注云：「《說文》：竹挺也。」此當為「竿」字之本音；《集韻》於「旱」韻新增收「古旱切」一音，字義雖為「《字林》：箭笴也。」但從晉人劉琨〈答盧諶〉之內容可知，「幹、伴、罕、竿、椀、緩、滿」七字押韻〔註241〕，「幹」為去聲「翰」韻，「伴、椀、緩、滿」為上聲「緩」韻，「罕」為上聲「旱」韻，均與上聲「竿」字相叶，故可推知「竿」之「古旱切」為《集韻》增收之叶韻音。

〔註238〕郭茂倩：《樂府詩集》（上海：上海古籍出版社，1998年），頁5。

〔註239〕羅常培、周祖謨：《漢魏晉南北朝韻部演變研究》（台北市：科學出版社，1958年），頁128。

〔註240〕蕭統編、李善注：《文選》（台北市：五南圖書出版有限公司，1991年），頁644。

〔註241〕周祖謨：《魏晉南北朝韻部之演變》（台北市：東大圖書公司，1996年），頁477。

潸韻「反」字

本音：甫遠切

新增叶音：部版切

音證：

（1）《詩・執競》：「降福簡簡，威儀反反。既醉既飽，福祿來反。」〔註242〕

（2）《詩・賓之初筵》：「賓之初筵，溫溫其恭。其未醉止，威儀反反。曰既醉止，威儀幡幡。舍其坐遷，屢舞僊僊。」〔註243〕

說明：《廣韻》、《集韻》上聲「阮」韻「甫遠切」下同收「反」字，《廣韻》注云：「反覆又不順也。」《集韻》注云：「《說文》：覆也。」此當為「反」字之本音；《集韻》於「潸」韻新增收「部版切」一音，字義雖為「難也。《詩》：威儀反反。沈重讀。」但由《詩經・執競》之例證，可知「簡、反、反」三字相叶，「簡」為上聲「產」韻；從《詩經・賓之初筵》之例證，可知「筵、反、幡、遷、僊」五字相叶；〔註244〕陸德明《經典釋文・毛詩音義》於「反」字下注：「沈符板反。又音販。」沈重注「反」字音「符板反」，屬於上聲「潸」韻；另〈賓之初筵〉於「反」字下注：「韓詩作眅眅，音蒲板反。」，「反」音為「蒲板反」，亦為上聲「潸」韻，故可推知「反」之「部版切」為《集韻》增收之叶韻音。

潸韻「悍」字

本音：侯旰切

新增叶音：戶版切

音證：

（1）《周禮・大宗伯》：「若齊性舒緩，楚性急悍，則以和樂。」《周禮音義》於「悍」字注：「戶幹反。劉音旱戚，胡板反。」〔註245〕

（2）晉・魯褒〈錢神論〉：「夫錢窮者使通達，富者能使溫暖，弱者能使勇悍。」〔註246〕

〔註242〕王靜芝：《詩經通釋》（台北市：輔仁大學文學院，1968年），頁618。

〔註243〕王靜芝：《詩經通釋》（台北市：輔仁大學文學院，1968年），頁478。

〔註244〕王力：《詩經韻讀楚辭韻讀》（北京：中國人民大學出版社，2004年），頁293。

〔註245〕孔穎達等注疏：《十三經注疏｜周禮注疏》卷18（台北市：藝文印書館，1960年），頁282。

〔註246〕歐陽詢等撰：《藝文類聚》（台北市：新興書局），1996年，頁1776。

說明：《廣韻》、《集韻》去聲「翰」韻「侯旰切」下同收「悍」字，《廣韻》注云：「猛悍。」《集韻》注云：「《說文》：勇也。」此當為「悍」字之本音；《集韻》於「潸」韻新增收「戶版切」一音，字義雖為「急也。」但從陸德明《經典釋文・周禮音義》於「悍」字下云：「劉音旱戚，胡板反」，後漢劉昆認為此處「悍」讀作上聲；又晉人魯褒〈錢神論〉中，「暖」與「悍」二字押韻〔註247〕，「暖」為上聲「緩」韻，與上聲「悍」字音近相叶，故可推知「悍」之「戶版切」為《集韻》增收之叶韻音。

銑韻「憲」字

本音：許建切

新增叶音：呼典切

音證：

(1)《詩・假樂》：「假樂君子，顯顯令德。」〔註248〕

(2) 韓愈〈贈元十八協律〉：「諳諳莫訾省，黙黙但寢飯。子兮何為者，冠珮立憲憲。何氏之從學，蘭蓀已滿畹。」〔註249〕

說明：《廣韻》、《集韻》去聲「願」韻「許建切」下同收「憲」字，《廣韻》注云：「法也。又姓也。出《姓苑》。」《集韻》注云：「《說文》：敏也。一曰傷也。一曰《周禮》：懸法示人曰憲法。後人因謂憲為法。亦姓。」此當為「憲」字之本音；《集韻》於「銑」韻新增收「呼典切」一音，字義雖為「興盛貌。《詩》：憲憲令德。」但從《詩・假樂》之引文中，可知「子」與「德」二字相叶，「子」為上聲「止」韻；又唐代韓愈詩中「飯」、「憲」、「畹」三字相叶，「憲」均與上聲字押韻，故可推知「憲」之「呼典切」為《集韻》增收之叶韻音。

獮韻「洍」字

本音：母罪切

新增叶音：美辨切

音證：《韻補》「銑」韻「美辨切」下收「洍」字，注云：「洍洍，水流貌。《毛

〔註247〕周祖謨：《魏晉南北朝韻部之演變》（台北市：東大圖書公司，1996年），頁476。

〔註248〕王靜芝：《詩經通釋》（台北市：輔仁大學文學院，1968年），頁546。

〔註249〕韓愈：《韓昌黎集》卷29（上海：商務印書館，1930），頁1074。

詩》：新臺有洒，河水浼浼；燕婉之求，籧篨不殄。殄，上聲。」〔註250〕

說明：《廣韻》、《集韻》上聲「賄」韻「母罪切」下同收「浼」字，《廣韻》注
云：「水流平貌。」《集韻》注云：「《說文》：汙也。引《詩》：河水浼浼。
引《孟子》：汝安能浼我。」此當為「浼」字之本音；《集韻》於「獼」
韻新增收「美辨切」一音，字義雖為「浼浼，水貌。」但從《韻補》引
《詩經‧新臺》之例證可知，「浼」與「殄」二字相叶，「殄」為上聲「銑」
韻，又徐蕆《韻補‧序》云：「浼為每罪切，而當為美辨切者，由其以
免得聲。」「免」為上聲「亡辨切」，此例即是從諧聲偏旁必同韻的角度
分析，「浼」字本讀「每罪切」，叶音「免」，與〈新臺〉詩中「殄」字
押韻，故可推知「浼」之「美辨切」為《集韻》增收之叶韻音。

篠韻「趙」字

本音：直紹切

新增叶音：徒了切

音證：《詩‧良耜》：「其笠伊糾，其鎛斯趙，以薅荼蓼。荼蓼朽止，黍稷茂止。」
〔註251〕

說明：《廣韻》、《集韻》上聲「小」韻「直紹切」下同收「趙」字，《廣韻》注
云：「少也。久也。《字林》云：趨也。」《集韻》注云：「《說文》：趨趙
也。一曰國名。」此當為「趙」字之本音；《集韻》於「篠」韻新增收
「徒了切」一音，字義雖為「刺也。《詩》：其鎛斯趙。」但由《詩經‧
良耜》之例證，可知「糾、趙、蓼、朽、茂」五字相叶〔註252〕；陸德
明《經典釋文‧毛詩音義》於「趙」字下注：「徒了反。刺也。又如字。
沈起了反。又徒少反。」，「趙」字音「徒了反」，沈重音「起了反」，均
屬於上聲「篠」韻；又宋代朱熹《詩經集傳》於「趙」字下注：「直了
反」，承襲《集韻》收錄之音，故可推知「趙」之「徒了切」為《集韻》
增收之叶韻音。

篠韻「趙」字

本音：直紹切

〔註250〕吳棫：《韻補》（北京：中華書局，1987年），頁67。
〔註251〕王靜芝：《詩經通釋》（台北市：輔仁大學文學院，1968年），頁635。
〔註252〕王力：《詩經韻讀楚辭韻讀》（北京：中國人民大學出版社，2004年），頁366。

新增叶音：起了切

音證：《詩·良耜》：「其笠伊糾，其鎛斯趙，以薅荼蓼。荼蓼朽止，黍稷茂止。」〔註253〕

說明：《廣韻》、《集韻》上聲「小」韻「直紹切」下同收「趙」字，《廣韻》注云：「少也。久也。《字林》云：趨也。」《集韻》注云：「《說文》：趨趙也。一曰國名。」此當為「趙」字之本音；《集韻》於「篠」韻新增收「起了切」一音，字義雖為「刺也。《詩》：其鎛斯趙。沈重讀。」但由《詩經·良耜》之例證，可知「糾、趙、蓼、朽、茂」五字相叶〔註254〕；陸德明《經典釋文·毛詩音義》於「趙」字下注：「徒了反。刺也。又如字。沈起了反。又徒少反。」，「趙」字音「徒了反」，沈重音「起了反」，均屬於上聲「篠」韻；又宋代朱熹《詩經集傳》於「趙」字下注：「直了反」，承襲《集韻》收錄之音，故可推知「趙」之「起了切」為《集韻》增收之叶韻音。

小韻「昭」字

本音：之遙切

新增叶音：止少切

音證：《詩·泮水》：「思樂泮水，薄采其藻。魯侯戾止，其馬蹻蹻。其馬蹻蹻，其音昭昭。載色載笑，匪怒伊教。」〔註255〕

說明：《廣韻》、《集韻》平聲「宵」韻「之遙切」下同收「昭」字，《廣韻》注云：「明也。光也。著也。覿也。」《集韻》注云：「《說文》：日明也。」此當為「昭」字之本音；《集韻》於「小」韻新增收「止少切」一音，字義雖為「明也。《詩》：其音昭昭。」但由《詩經·泮水》之例證，可知「藻、蹻、蹻、昭、笑、教」六字相叶〔註256〕，陸德明《經典釋文·毛詩音義》於「昭」字下注：「之繞反。」讀成上聲「篠」韻，故可推知「昭」之「止少切」為《集韻》增收之叶韻音。

〔註253〕王靜芝：《詩經通釋》（台北市：輔仁大學文學院，1968年），頁635。
〔註254〕王力：《詩經韻讀楚辭韻讀》（北京：中國人民大學出版社，2004年），頁366。
〔註255〕王靜芝：《詩經通釋》（台北市：輔仁大學文學院，1968年），頁646。
〔註256〕王力：《詩經韻讀楚辭韻讀》（北京：中國人民大學出版社，2004年），頁370。

哿韻「佐」字

本音：子賀切

新增叶音：子我切

音證：

（1）李庾〈西都賦〉：「盛則長隄砥平，錯則纓弁繁夥。佩印分魚，九參六佐。」〔註257〕

（2）杜甫〈憶昔行〉：「松風磵水聲合時，青兒黃熊啼向我。徒然咨嗟撫遺跡，至今夢想仍猶佐。」〔註258〕

說明：《廣韻》、《集韻》去聲「箇」韻「子賀切」下同收「佐」字，《廣韻》注云：「助也。」《集韻》注云：「《說文》：手相左助也。」此當為「佐」字之本音；《集韻》於「哿」韻新增收「子我切」一音，字義雖為「助也。」但從李庾〈西都賦〉之內文可知，「夥」與「佐」二字相叶，而「夥」為上聲「哿」韻；宋人郭知達《九家集注杜詩》收錄古詩〈憶昔行〉，其下注云：「舊本猶作字作佐字。當是作字，但音佐而已。此南人語音。」〔註259〕，然而古詩用韻一韻到底，此例中「我」與「佐」二字相叶，「我」為上聲「哿」韻，故可推知「佐」之「子我切」為《集韻》增收之叶韻音。

迥韻「霆」字

本音：唐丁切

新增叶音：待鼎切

音證：

（1）《詩·常武》：「震驚徐方，如雷如霆，徐方震驚。」〔註260〕

（2）左思〈吳都賦〉：「鉤爪鋸牙，自成鋒穎。精若燿星，聲若雷霆。名載於山經，形鏤於夏鼎。」〔註261〕

說明：《廣韻》、《集韻》平聲「青」韻「唐丁切」下同收「霆」字，《廣韻》

〔註257〕姚鉉編：《唐文粹》（台北市：台灣商務印書館，1968年），頁13。

〔註258〕楊倫箋注：《杜詩鏡銓》（台北市：華正書局，2003年），頁917。

〔註259〕郭知達：《九家集注杜詩》（台北市：台灣書局，1974年），頁1010。

〔註260〕王靜芝：《詩經通釋》（台北市：輔仁大學文學院，1968年），頁601。

〔註261〕蕭統編、李善注：《文選》（台北市：五南圖書出版有限公司，1991年），頁120。

注云：「雷霆。」《集韻》注云：「《說文》：雷餘聲也。鈴鈴所以挺出萬
物。」此當為「霆」字之本音；《集韻》於「迥」韻新增收「待鼎切」
一音，字義雖為「《爾雅》：疾雷為霆霓。」但從陸德明《經典釋文・毛
詩音義》於「霆」字下注，可知該字又音「徒鼎反」，讀成上聲「迥」
韻；又左思〈吳都賦〉之引文中，「潁」、「霆」、「鼎」三字相叶，「潁」
與「鼎」二字均為上聲「迥」韻，故可推知「霆」之「待鼎切」為《集
韻》增收之叶韻音。

迥韻「扃」字

本音：涓熒切

新增叶音：畎迥切

音證：《左傳》引《逸詩》：「周道挺挺，我心扃扃。」〔註262〕

說明：《廣韻》、《集韻》平聲「青」韻「涓熒切」下同收「扃」字，《廣韻》注
　　　云：「戶外閉關。」《集韻》注云：「《說文》：外閉之關也。一曰鼎扃。」
　　　此當為「扃」字之本音；《集韻》於「迥」韻新增收「畎迥切」一音，字
　　　義雖為「扃扃，明察也。」但從陸德明《經典釋文・春秋左傳音義》中，
　　　於「挺」與「扃」字下注：「挺挺，他頂反；扃扃，工迥反。徐：孔穎反。」
　　　由此可知「挺」與「扃」二字相叶，讀作上聲，故可推知「扃」之「畎
　　　迥切」為《集韻》增收之叶韻音。

迥韻「冥」字

本音：忙經切

新增叶音：母迥切

音證：《詩・無將大車》：「無將大車，維塵冥冥。無思百憂，不出于熲。」〔註263〕

說明：《廣韻》、《集韻》平聲「青」韻「忙經切」下同收「冥」字，《廣韻》注
　　　云：「暗也。幽也。又姓。禹後因國為氏。《風俗通》云：漢有冥都，為
　　　丞相史。」《集韻》注云：「《說文》：幽也。从日六、冖聲。日數十，十
　　　六日而月始虧。幽也。亦姓。」此當為「冥」字之本音；《集韻》於「迥」
　　　韻新增收「母迥切」一音，字義亦為「暗也。《詩》：維塵冥冥。」但是

〔註262〕楊伯峻：《春秋左傳注》（台北市：源流文化事業，1982 年），頁 943。
〔註263〕王靜芝：《詩經通釋》（台北市：輔仁大學文學院，1968 年），頁 449。

由《詩經・無將大車》之例證，可知「冥、熲」二字相叶，「熲」為上聲「迴」韻；又陸德明《經典釋文・毛詩音義》於「冥」字下注：「莫庭反。又莫迴反。」又音讀成上聲「迴」韻，此處《集韻》收錄此音，可能參考《經典釋文》的注解，故可推知「冥」之「母迴切」為《集韻》增收之叶韻音。

有韻「狩」字

本音：舒救切

新增叶音：始九切

音證：

(1)《韻補》「有」韻「始九切」下收「狩」字，注云：「冬獵也。《左氏傳》：天王受于河陽。《穀梁》作守。班固〈答賓戲〉、〈孔終篇〉：于西狩。顏師古讀。」〔註264〕

(2)《詩・叔于田》：「叔于狩，巷無飲酒。」〔註265〕

(3)《易林》「解」下之「同人」：「鳴鑾四牡，駕出行狩；合格有獲，獻公飲酒。」〔註266〕

說明：《廣韻》、《集韻》去聲「宥」韻「舒救切」下同收「狩」字，《廣韻》注云：「冬獵。」《集韻》注云：「《說文》：大田也。引《易》：明夷于南狩。」此當為「狩」字之本音；《集韻》於「有」韻新增收「始九切」一音，字義亦為「冬獵也。」但是從《韻補》引用班固〈答賓戲〉、〈孔終篇〉之內容可知，顏師古讀「狩」為上聲；《詩經・叔于田》中「狩」與「酒」二字押韻，「酒」為上聲「有」韻，且宋代朱熹《詩經集傳》於「狩」下注：「叶始九反。」讀成上聲「有」韻；又《易林》之引文中「狩」與「酒」二字相叶，讀成上聲「有」韻，故可推知「狩」之「始九切」為《集韻》增收之叶韻音。

厚韻「喁」字

本音：魚容切

新增叶音：語口切

〔註264〕吳棫：《韻補》（北京：中華書局，1987年），頁71。

〔註265〕王靜芝：《詩經通釋》（台北市：輔仁大學文學院，1968年），頁181。

〔註266〕焦延壽：《易林》卷10（台北市：藝文印書館，1970年），頁263。

音證：

（1）《莊子》：「前者唱于，而隨者唱喁。」〔註267〕

（2）揚雄《太玄》：「蜥鳴喁喁，血出其口。」〔註268〕

說明：《廣韻》、《集韻》平聲「鍾」韻「魚容切」下同收「喁」字，《廣韻》注云：「喁，噞喁。」《集韻》注云：「噞喁魚口上見。一曰聲也。」此當為「喁」字之本音；《集韻》於「厚」韻新增收「語口切」一音，字義雖為「渢于喁聲相和也。」但是從陸德明《經典釋文》於「喁」下注：「五恭反，徐又音愚。又五斗反，李云于、喁聲之相和也。」注「喁」又音「五斗反」，讀為上聲；而《太玄》之例證中，「喁」與「口」二字相叶，同為上聲「厚」韻，故可推知「喁」之「語口切」為《集韻》增收之叶韻音。

厚韻「廋」字

本音：疎鳩切

新增叶音：蘇后切

音證：劉向〈九嘆〉：「思余俗之流風兮，心紛錯而不受。遵壄莽以呼風兮，步從容於山廋。」注：「廋一作廀，一作藪。」〔註269〕

說明：《廣韻》、《集韻》平聲「尤」韻「疎鳩切」下同收「廋」字，《廣韻》注云：「廋，匿也。《論語》曰：人焉廋哉。」《集韻》注云：「《廣韻》：匿也。一說索室曰廋。」此當為「廋」字之本音；《集韻》於「厚」韻新增收「蘇后切」一音，字義亦為「隱也。」但是從劉向〈九嘆〉之內容可知，「受」與「廋」二字相叶，「受」為上聲「有」韻，與上聲「廋」字押韻，故可推知「廋」之「蘇后切」為《集韻》增收之叶韻音。

厚韻「茂」字

本音：莫候切

新增叶音：蘇后切

音證：

〔註267〕王先謙著：《莊子集解》卷9（台北市：三民書局，1974年），頁7。

〔註268〕揚雄撰、（晉）范望注：《太玄經》（台北市：中國子學名著集成編印，1978年），頁229。

〔註269〕洪興祖著：《楚辭補注》卷16（台北市：大安出版社，1999年），頁493。

（1）《韻補》「有」韻「莫後切」下收「茂」字，注云：「美也。馮衍〈顯志賦〉：山崣崣而造天兮，林冥冥而暢茂；鸞回翔索其羣兮，鹿哀鳴而求其友。」〔註270〕

（2）《詩·良耜》：「荼蓼朽止，黍稷茂止。」〔註271〕

（3）張衡〈西京賦〉：「流長則難竭，柢深則難朽。故奢泰肆情，馨烈彌茂。」〔註272〕

說明：《廣韻》、《集韻》去聲「候」韻「莫候切」下同收「茂」字，《廣韻》注云：「卉木盛也。」《集韻》注云：「《說文》：艸豐盛。」此當為「茂」字之本音；《集韻》於「厚」韻新增收「蘇后切」一音，字義雖為「美也。」但是從《韻補》引用馮衍〈顯志賦〉之內容可知，「茂」與「友」二字相叶，「友」為上聲「有」韻；《詩經·良耜》之引文中，「朽」與「茂」二字押韻，「朽」為上聲「有」韻，又朱熹《詩經集傳》於「茂」下注：「叶莫口反。」讀成上聲「厚」韻；而張衡〈西京賦〉之例證中，「朽」與「茂」二字相叶，「朽」為上聲「有」韻，故可推知「茂」之「蘇后切」為《集韻》增收之叶韻音。

黝韻「虯」字

本音：渠幽切

新增叶音：渠糺切

音證：《韻補》「有」韻「去九切」下收「虯」字，注云：「樛結貌。李尤〈平樂觀賦〉：有仙駕雀，其形虯虯；騎驢馳射，狐兔驚走。」〔註273〕

說明：《廣韻》、《集韻》平聲「幽」韻「渠幽切」下同收「虯」字，《廣韻》注云：「無角龍也。又居幽切。」《集韻》注云：「《說文》：龍子有角者。」此當為「虯」字之本音；《集韻》於「黝」韻新增「渠糺切」一音，字義雖為「龍貌。」但是從《韻補》所引用李尤〈平樂觀賦〉之內容，可知「虯」與「走」二字相叶，「走」為上聲「厚」韻，與上聲「虯」字押韻，故可推知「虯」之「渠糺切」為《集韻》增收之叶韻音。

〔註270〕吳棫：《韻補》（北京：中華書局，1987年），頁71。

〔註271〕王靜芝：《詩經通釋》（台北市：輔仁大學文學院，1968年），頁635。

〔註272〕蕭統編、李善注：《文選》（台北市：五南圖書出版有限公司，1991年），頁53。

〔註273〕吳棫：《韻補》（北京：中華書局，1987年），頁70。

（四）去　聲

寘韻「猗」字

本音：於宜切

新增叶音：於義切

音證：《詩·車攻》：「四黃既駕，兩驂不猗。不失其馳，舍矢如破。」〔註274〕

說明：《廣韻》、《集韻》平聲「支」韻「於宜切」下同收「猗」字，《廣韻》注
　　云：「長也。倚也。施也。」《集韻》注云：「《說文》：犗犬也。」此當為
　　「猗」字之本音；《集韻》於「寘」韻新增收「於義切」一音，字義雖為
　　「相附著也。《詩》：兩驂不猗。」但是由《詩經·車攻》之例證，可知
　　「駕、猗、馳、破」四字相叶；〔註275〕陸德明《經典釋文·毛詩音義》
　　於「猗」字下注：「於寄反。又於綺反。」「猗」音「於寄反」，屬於去聲
　　「寘」韻，又朱熹《詩經集傳》於「猗」字下注：「音意。叶於箇反。」
　　「意」為去聲「寘」韻，此音可能沿用韻書收錄之音，故可推知「猗」
　　之「於義切」為《集韻》增收之叶韻音。

寘韻「移」字

本音：爾支切

新增叶音：以豉切

音證：曹植〈雀鷯賦〉：「雀得鷯言，意甚不移；目如擘椒，跳蕭二翅。」〔註276〕

說明：《廣韻》、《集韻》平聲「支」韻「爾支切」下同收「移」字，《廣韻》注
　　云：「遷也。遺也。延也。徙也。易也。《說文》曰：禾相倚移也。」《集
　　韻》注云：「《說文》：禾相倚移也。一曰禾名。」此當為「移」字之本
　　音；《集韻》於「寘」韻新增收「以豉切」一音，字義雖為「遺也。羨
　　也。大也。」但由曹植〈鷯雀賦〉之內容，可知「移」與「翅」二字相
　　叶，「翅」為去聲「寘」韻，與去聲「移」字押韻，故可推知「移」之
　　「以豉切」為《集韻》增收之叶韻音。

至韻「溢」字

本音：食質切

〔註274〕王靜芝：《詩經通釋》（台北市：輔仁大學文學院，1968年），頁377。
〔註275〕王力：《詩經韻讀楚辭韻讀》（北京：中國人民大學出版社，2004年），頁249。
〔註276〕曹植：《曹子建集》卷4（台北市：中華書局，1970年），頁5。

新增叶音：神至切

音證：《韻補》「寘」韻「於既切」下收「溢」字，注云：「滿也。左思〈魏都賦〉：
沐浴福應，宅心醇粹；餘糧栖畝而弗收，頌聲載路而洋溢。」〔註277〕

說明：《廣韻》、《集韻》入聲「質」韻「食質切」下同收「溢」字，《廣韻》注
云：「滿溢。」《集韻》注云：「米二十四分升之一也。一曰滿手為溢。儀
禮一溢米。劉昌宗說。」此當為「溢」字之本音；《集韻》於「至」韻新
增收「神至切」一音，字義雖為「慎也。《詩》：假以溢我。徐邈讀。」
但是從《韻補》引證左思〈魏都賦〉的內容，可知「粹」與「溢」二字
相叶，「粹」為去聲「寘」韻，故可推知「溢」之「神至切」為《集韻》
增收之叶韻音。

至韻「追」字

本音：中葵切

新增叶音：追萃切

音證：

（1）《韻補》「寘」韻「馳偽切」下收「追」字，注云：「逐也。司馬相如
〈上林賦〉：車騎靁起，殷天動地；先後陸離，離散別追。」〔註278〕

（2）《易林》「旅」下之「大畜」：「巢成樹折，傷我彝器；伯蹹叔跌，亡羊
乃追。」〔註279〕

說明：《廣韻》、《集韻》平聲「脂」韻「中葵切」下同收「追」字，《廣韻》注
云：「逐也。隨也。」《集韻》注云：「《說文》：逐也。」此當為「追」
字之本音；《集韻》於「至」韻新增收「追萃切」一音，字義雖為「逐
也。《周禮》：比其追胥。劉昌宗讀。」但是由《韻補》引用司馬相如〈上
林賦〉之內容可知，「地」與「追」二字相叶，「地」為去聲「至」韻；
又《易林》之引文中，「器」與「追」二字相叶，「器」為去聲「至」韻，
以上二例證均與去聲「追」字押韻，故可推知「追」之「追萃切」為《集
韻》增收之叶韻音。

〔註277〕吳棫：《韻補》（北京：中華書局，1987年），頁81。
〔註278〕吳棫：《韻補》（北京：中華書局，1987年），頁76。
〔註279〕焦延壽：《易林》卷14（台北市：藝文印書館，1970年），頁361。

志韻「子」字

本音：祖似切

新增叶音：將吏切

音證：李賀〈昌谷詩〉：「芒麥平百井，閑乘列千肆。刺促成紀人，好學鴟夷
子。」〔註280〕

說明：《廣韻》、《集韻》上聲「止」韻「祖似切」下同收「子」字，《廣韻》注
云：「子息環濟。《要畧》曰：子猶孶也。孶恤下之稱也。亦辰名。《爾雅》
云：太歲在子曰困敦，又殷姓。又漢複姓。十一氏。」《集韻》注云：「《說
文》：十一月陽氣動，萬物滋入以為偁象。」此當為「追」字之本音；《集
韻》於「志」韻新增收「將吏切」一音，字義雖為「愛也。《禮記》：子
庶民也。徐邈讀。」但是從《集韻》引徐邈讀《禮記》之例，以及李賀
詩中「肆」與「子」二字相叶，「肆」為去聲「至」韻；而由蘇軾詩之例
證可知，「記」與「子」二字相叶，「記」為去聲「志」韻，故可推知「子」
之「將吏切」為《集韻》增收之叶韻音。

志韻「喜」字

本音：許巳切

新增叶音：許記切

音證：

（1）《楚辭·九章橘頌》：「深固難徙，更壹志兮。綠葉素榮，紛其可喜
兮。」〔註281〕

（2）劉歆〈遂初賦〉：「玩書琴以條暢兮，考性命之變態；運四時而覽陰陽
兮，總萬物之珍怪；雖窮天地之極變兮，曾何足乎留意；長恬淡以懽
娛兮，固賢聖之所喜。」〔註282〕

（3）郊祀歌〈天地〉：「璆磬金鼓，靈其有喜；百官濟濟，各敬厥事。」
〔註283〕

說明：《廣韻》、《集韻》上聲「止」韻「許巳切」下同收「喜」字，《廣韻》注

〔註280〕李賀：《昌谷集》（台北市：台灣商務印書館，1968 年），頁 128。

〔註281〕洪興祖著：《楚辭補注》（台北市：大安出版社，1999 年），頁 230。

〔註282〕張溥編：《漢魏六朝百三家集》（台北市：新興書局，1963 年），頁 365。

〔註283〕郭茂倩：《樂府詩集》（上海：上海古籍出版社，1998 年），頁 4。

云：「喜樂。」《集韻》注云：「《說文》：樂也。」此當為「喜」字之本音；《集韻》於「志」韻新增收「許記切」一音，字義雖為「《說文》：說也。」但是由《楚辭・九章》之內容可知，「志」與「喜」二字相叶，「志」為去聲「志」韻；劉歆〈遂初賦〉之引文中，「態、怪、意、喜」四字相叶，「態」為去聲「代」韻，「怪」為去聲「怪」韻，「意」為去聲「志」韻，均為去聲用韻；又顏師古注《漢書》，於卷二十二郊祀歌「喜」字下云：「師古曰：喜，合韻。音許吏反。」以合韻解釋此處本用韻，音「許吏反」，與「事」字押韻，故可推知「喜」之「許記切」為《集韻》增收之叶韻音。

志韻「貽」字

本音：盈之切

新增叶音：羊吏切

音證：《韻補》「寘」韻「羊至切」下收「貽」字，注云：「遺也。《毛詩》：自牧歸荑，洵美且異；匪女之為美，美人之貽。」〔註284〕

說明：《廣韻》、《集韻》平聲「之」韻「盈之切」下同收「貽」字，《廣韻》注云：「貺也。遺也。」《集韻》注云：「黑貝也。」此當為「貽」字之本音；《集韻》於「志」韻新增收「羊吏切」一音，字義雖為「遺也。」但是從《韻補》所引《詩經・邶風・靜女》之內容可知，「異」與「貽」二字相叶，「異」為去聲「志」韻，與去聲「貽」字音近相叶，故可推知「貽」之「羊吏切」為《集韻》增收之叶韻音。

志韻「司」字

本音：新茲切

新增叶音：相吏切

音證：

（1）《韻補》「寘」韻「相吏切」下收「司」字，注云：「聲近細主也。王粲〈酒賦〉：酒正膳夫，冢宰是司；虔濯器用，敬滌蘊饎。」〔註285〕

（2）《漢書・敘傳》：「民具爾瞻，困于二司；安昌貨殖，朱雲作娸；博山

〔註284〕吳棫：《韻補》（北京：中華書局，1987 年），頁 82。

〔註285〕吳棫：《韻補》（北京：中華書局，1987 年），頁 79。

敦慎，受莽之疚。」〔註286〕

說明：《廣韻》、《集韻》平聲「之」韻「新茲切」下同收「司」字，《廣韻》注
云：「主也。亦姓。」《集韻》注云：「《說文》：臣司事於外者，與后相
反。一曰后道寬惠，司家褊急，違於君也。亦姓。」此當為「司」字之
本音；《集韻》於「志」韻新增收「相吏切」一音，字義雖為「主也。」
但從《韻補》引證王粲〈酒賦〉之內容可知，「司」與「饎」二字相叶，
「饎」為去聲「志」韻，與去聲「司」字押韻；又《漢書・敘傳》中「司、
娸、疚」三字相叶，「疚」為去聲「宥」韻，顏師古於「司」字下注：
「合韻，音先寺反」，讀成去聲「志」韻，「娸」字下注：「音欺，合韻，
音丘吏反」，讀成去聲「志」韻，均為音近相叶之例證，故可推知「司」
之「相吏切」為《集韻》增收之叶韻音。

志韻「殺」字

本音：山戞切

新增叶音：所例切

音證：

（1）《韻補》「寘」韻「式吏切」下收「殺」字，注云：「殺也。班固〈西
都賦〉：猗儦狡扼猛噬脫，角挫膄徒搏獨殺。」〔註287〕

（2）《古詩紀・晏子穗歌》：「風雨之弗殺也。太上之靡弊也。」〔註288〕

（3）《漢書・敘傳》：「開國承家，有法有制；家不藏甲，國不專殺。」
〔註289〕

說明：《廣韻》、《集韻》入聲「黠」韻「山戞切」下同收「殺」字，《廣韻》注
云：「殺命。《說文》：戮也。」《集韻》注云：「《說文》：戮也。」此當為
「殺」字之本音；《集韻》於「祭」韻新增收「所例切」一音，字義為「降
也。」但從《韻補》引班固〈西都賦〉之內容可知，「脫」與「殺」二字
相叶，「脫」為入聲「末」韻，考《六臣註文選》於「殺」字下注：「所

〔註286〕班固撰、顏師古注：《漢書》（台北市：宏業書局，1992 年），頁 4263。

〔註287〕吳棫：《韻補》（北京：中華書局，1987 年），頁 80。

〔註288〕永瑢等撰：《欽定四庫全書總目》景印文淵閣本卷 1（台北市：台灣商務印書館，
1939 年），頁 1379-13。

〔註289〕班固撰、顏師古注：《漢書》（台北市：宏業書局，1992 年），頁 4267。

界切」，讀作去聲「怪」韻；晏子〈穗歌〉中「殺」與「弊」二字相叶，明朝馮惟訥《古詩紀》卷一於「殺」字下注：「叶所例反」；又《漢書·敘傳》中「制」與「殺」二字相叶，顏師古於「殺」字下注：「合韻，音所例反」，故可推知「殺」之「所例切」為《集韻》增收之叶韻音。

御韻「居」字

本音：斤於切

新增叶音：居御切

音證：

（1）《韻補》「御」韻「居御切」下收「殺」字，注云：「處也。《周易》：屯，見而不失其居。蒙，雜而著。韋玄成詩：昔我之隊，畏不此居；今我度茲，戚戚其懼。」〔註290〕

（2）《詩·鵲巢》：「維鵲有巢，維鳩居之；之子于歸，百兩御之。」〔註291〕

（3）《楚辭·招魂》：「酣飲盡歡，樂先故些。魂兮歸來，反故居些。」〔註292〕

說明：《廣韻》、《集韻》平聲「魚」韻「斤於切」下同收「居」字，《廣韻》注云：「雷也。處也。安也。」《集韻》注云：「《說文》：蹲也。」此當為「居」字之本音；《集韻》於「御」韻新增收「居御切」一音，字義雖為「居居懷惡，不相親比貌。一曰處也。」但從《韻補》所引用《易經》之內容可知，「居」與「著」二字相叶，「著」為去聲「御」韻；漢朝韋玄成〈戒子孫詩〉中，「居」與「懼」二字相叶，「懼」為去聲「遇」韻，和「居」字音近相叶；《詩經·鵲巢》中「居」與「御」二字相叶，朱熹《詩經集傳》於「居」下云：「叶姬御反」，讀作去聲「御」韻；又《楚辭·招魂》之引文中，「故」與「居」二字相叶，「故」為去聲「暮」韻，而朱熹《楚辭集注》於「居」下云：「叶舉慮反」，讀成去聲「御」韻，故可推知「居」之「居御切」為《集韻》增收之叶韻音。

御韻「舉」字

本音：苟許切

〔註290〕吳棫：《韻補》（北京：中華書局，1987年），頁83。
〔註291〕王靜芝：《詩經通釋》（台北市：輔仁大學文學院，1968年），頁56。
〔註292〕洪興祖著：《楚辭補注》（台北市：大安出版社，1999年），頁338。

新增叶音：居御切

音證：

(1)《韻補》「御」韻「車御切」下收「舉」字，注云：「立也。崔駰〈達旨〉：或重聘而不來，或屢黜而不去；或冒詢以干進，或望色而斯舉。」〔註293〕

(2)《楚辭・九辨》：「見執轡者非其人兮，故駶跳而遠去。鳧雁皆唼夫粱藻兮，鳳愈飄翔而高舉。」〔註294〕

(3) 揚雄〈解嘲〉：「五羖入而秦喜，樂毅出而燕懼；范雎以折摺而危穰侯，蔡澤以噤吟而笑唐舉。」〔註295〕

說明：《廣韻》、《集韻》上聲「語」韻「苟許切」下同收「舉」字，《廣韻》注云：「擎也。又立也言也。動也。」《集韻》注云：「《說文》：對舉也。亦姓。」此當為「舉」字之本音；《集韻》於「御」韻新增收「居御切」一音，字義雖為「稱引也。《禮》：其任舉有如此者。徐邈讀。」但從《韻補》引用崔駰〈達旨〉之內容，以及宋玉〈九辨〉之引文可知，「去」與「舉」二字相叶，「去」為去聲「御」韻；又揚雄〈解嘲〉中，「懼」與「舉」二字相叶，「懼」為去聲「遇」韻，和去聲「舉」字押韻，故可推知「舉」之「居御切」為《集韻》增收之叶韻音。

御韻「裾」字

本音：斤於切

新增叶音：居御切

音證：《荀子・宥坐》：「其流也埤下裾，拘必循其理似義。」〔註296〕

說明：《廣韻》、《集韻》平聲「魚」韻「斤於切」下同收「裾」字，《廣韻》注云：「衣裾。」《集韻》注云：「《說文》：衣裒也。一曰衣後裾。」此當為「裾」字之本音；《集韻》於「御」韻新增收「居御切」一音，字義雖為「《說文》：不遜也。」但從唐代楊倞注《荀子》之內文可知，「裾」字下云：「讀與倨同」，「倨」為去聲「御」韻，此處「裾」讀成去聲，故可推

〔註293〕吳棫：《韻補》（北京：中華書局，1987 年），頁 83。

〔註294〕洪興祖著：《楚辭補注》（台北市：大安出版社，1999 年），頁 293。

〔註295〕蕭統編、李善注：《文選》（台北市：五南圖書出版有限公司，1991 年），頁 1128。

〔註296〕楊倞注、王先謙集解：《荀子》（台北市：世界書局，1962 年），頁 344。

知「裾」之「居御切」為《集韻》增收之叶韻音。

御韻「漁」字

本音：牛居切

新增叶音：牛據切

音證：揚雄〈解嘲〉：「或解縛而相，或釋褐而傅；或倚夷門而笑，或橫江潭而漁。」〔註297〕

說明：《廣韻》、《集韻》平聲「魚」韻「牛居切」下同收「漁」字，《廣韻》注云：「《說文》云：捕魚也。」《集韻》注云：「《說文》：捕魚也。」此當為「漁」字之本音；《集韻》於「御」韻新增收「牛據切」一音，字義雖為「捕魚也。」但從揚雄〈解嘲〉之引文可知，「傅」與「漁」二字相叶，「傅」為去聲「遇」韻，又《漢書·揚雄傳》亦收錄此四句，顏師古於「漁」字下注：「合韻，音牛助反」，讀成去聲「御」韻，故可推知「漁」之「牛據切」為《集韻》增收之叶韻音。

御韻「躇」字

本音：陳如切

新增叶音：遲據切

音證：《韻補》「御」韻「遲據切」下收「躇」字，注云：「躊躇。漢武帝〈李夫人賦〉：何靈魂之紛紛兮，哀裴回以躊躇；執路日以遠兮，遂荒忽以辭去。」〔註298〕

說明：《廣韻》、《集韻》平聲「魚」韻「陳如切」下同收「躇」字，《廣韻》注云：「躊躇。」《集韻》注云：「《說文》：躊躇不前也。」此當為「躇」字之本音；《集韻》於「御」韻新增收「遲據切」一音，字義雖為「躊躇不進貌。」但從《韻補》引用漢武帝〈李夫人賦〉之內容可知，「躇」與「去」二字相叶，「去」為去聲「御」韻，與去聲「躇」字押韻，故可推知「躇」之「遲據切」為《集韻》增收之叶韻音。

御韻「姐」字

本音：子野切

〔註297〕蕭統編、李善注：《文選》（台北市：五南圖書出版有限公司，1991年），頁1128。
〔註298〕吳棫：《韻補》（北京：中華書局，1987年），頁84。

新增叶音：將豫切

音證：晉・嵇康〈幽憤詩〉：「恃愛肆姐，不訓不師。」〔註299〕

說明：《廣韻》、《集韻》上聲「馬」韻「子野切」下同收「姐」字，《廣韻》注
云：「羌人呼母。一曰慢也。」《集韻》注云：「《說文》：蜀謂母曰姐。淮
南謂之社。」此當為「姐」字之本音；《集韻》於「御」韻新增收「將豫
切」一音，字義雖為「《說文》：嬌也。」但從唐人李善《文選》注於〈幽
憤詩〉篇「姐」字下云：「《說文》曰：姐，嬌也。嬌與姐同耳。姐，子
豫切。」讀成去聲「御」韻，故可推知「姐」之「將豫切」為《集韻》
增收之叶韻音。

遇韻「柱」字

本音：重主切

新增叶音：株遇切

音證：

（1）杜甫〈送高司直尋封閬州〉：「公宮造廣廈，木名乃無數。初聞伐松栢，
猶臥天一柱。我瘦書不成，成字讀亦誤。」〔註300〕

（2）白居易〈薛中丞〉：「每因匡躬節，知有匡時具。張為墜網綱，倚作頹
簷柱。悠悠上天意，報施紛迴互。」〔註301〕

（3）元稹〈捉捕歌〉：「切切主人膓，主人輕細故。延緣蝕樸櫨，漸入棟梁
柱。梁棟盡空虛，攻穿痕不露。」〔註302〕

說明：《廣韻》、《集韻》上聲「麌」韻「重主切」下同收「柱」字，《廣韻》注
云：「《廣雅》曰：楹謂之柱，又姓。出何氏《姓苑》。」《集韻》注云：
「《說文》：楹也。」此當為「柱」字之本音；《集韻》於「遇」韻新增
收「株遇切」一音，字義雖為「掌也。刺也。《漢書》：連柱五鹿君。」
但是從杜甫詩中，可知「數、柱、誤」三字相叶，同為去聲「遇」韻；
白居易詩中「具、柱、互」三字相叶，讀為去聲「遇」韻；元稹詩中「故、
柱、露」三字相叶，讀成去聲「遇」韻，故可推知「柱」之「株遇切」

〔註299〕蕭統編、李善注：《文選》（台北市：五南圖書出版有限公司，1991年），頁590。
〔註300〕楊倫箋注：《杜詩鏡銓》（台北市：華正書局，2003年），頁888。
〔註301〕白居易：《白香山集》（上海：商務印書館，1933年），頁14。
〔註302〕郭茂倩：《樂府詩集》（上海：上海古籍出版社，1998年），頁1004。

為《集韻》增收之叶韻音。

遇韻「贖」字

本音：神蜀切

新增叶音：殊遇切

音證：潘岳〈西征賦〉：「感市里之萌井，歎尸韓之舊處。丞屬號而守闕，人百身以納贖。豈生命之易投，誠惠愛之洽著。」[註303]

說明：《廣韻》、《集韻》入聲「燭」韻「神蜀切」下同收「贖」字，《廣韻》注云：「《說文》曰：貿也。又音樹。」《集韻》注云：「《說文》：貿也。」此當為「贖」字之本音；《集韻》於「遇」韻新增收「殊遇切」一音，字義雖為「貨易也。亦姓。」但是從潘岳〈西征賦〉之內容中，可知「處、贖、著」三字相叶，「處」與「著」為去聲「御」韻，故可推知「贖」之「殊遇切」為《集韻》增收之叶韻音。

遇韻「續」字

本音：松玉切

新增叶音：辭屢切

音證：《詩·小戎》：「陰靷鋈續，文茵暢轂，駕我騏馵。言念君子，溫其如玉。在其板屋，亂我心曲。」[註304]

說明：《廣韻》、《集韻》入聲「燭」韻「松玉切」下同收「續」字，《廣韻》注云：「繼也。連也。」《集韻》注云：「《說文》：連也。」此當為「續」字之本音；《集韻》於「遇」韻新增收「辭屢切」一音，字義雖為「連也。《詩》：陰靷鋈續。徐邈讀。」但是由《詩經·小戎》之例證，可知「續、轂、馵、玉、屋、曲」六字相叶[註305]，陸德明《經典釋文·毛詩音義》於「續」字下注：「徐，辭屢反。」徐邈讀「續」音「辭屢反」，讀成去聲「遇」韻；又朱熹《詩經集傳》於「續」字下注：「叶辭屢反。」以叶音注之，並沿用徐邈於《經典釋文》與《集韻》所收「辭屢切」一音，承襲韻書收錄之音，並以為用韻處，故可推知「續」之「辭屢切」為《集

〔註303〕蕭統編、李善注：《文選》（台北市：五南圖書出版有限公司，1991年），頁260。
〔註304〕王靜芝：《詩經通釋》（台北市：輔仁大學文學院，1968年），頁262。
〔註305〕王力：《詩經韻讀楚辭韻讀》（北京：中國人民大學出版社，2004年），頁208。

韻》增收之叶韻音。

遇韻「欲」字

本音：俞玉切

新增叶音：俞戍切

音證：

（1）《韻補》「御」韻「俞戍切」下收「欲」字，注云：「貪也。揚雄〈羽
獵賦〉：壯士忼慨，殊鄉別趣；東西南北，騁嗜奔欲。」〔註306〕

（2）王褒〈四子講德論〉：「鳥集獸散，往來馳騖；周流曠野，以濟嗜欲。」
〔註307〕

（3）潘岳〈西征賦〉：「紅鮮紛其初載，賓旅竦而遲御；既餐服以屬厭，泊
恬靜以無欲。」〔註308〕

說明：《廣韻》、《集韻》入聲「燭」韻「俞玉切」下同收「欲」字，《廣韻》注
云：「貪欲。」《集韻》注云：「《說文》：貪欲也。」此當為「欲」字之
本音；《集韻》於「遇」韻新增收「俞戍切」一音，字義雖為「貪也。」
但是從《韻補》引用揚雄〈羽獵賦〉之內容，可知「趣」與「欲」二字
相叶，「趣」為去聲「遇」韻；而王褒〈四子講德論〉中「騖」與「欲」
二字相叶，「騖」為去聲「遇」韻；潘岳〈西征賦〉之引文中，「御」與
「欲」二字相叶，「御」為去聲「遇」韻，均與去聲「欲」字押韻，故
可推知「欲」之「俞戍切」為《集韻》增收之叶韻音。

遇韻「觸」字

本音：樞玉切

新增叶音：昌句切

音證：《韻補》「御」韻「殊遇切」下收「觸」字，注云：「突也。揚雄〈羽獵賦〉：
票禽之絏隃，犀兕之抵觸；熊羆之拏攫，虎豹之凌遽。」〔註309〕

說明：《廣韻》、《集韻》入聲「燭」韻「樞玉切」下同收「觸」字，《廣韻》注
云：「突也。」《集韻》注云：「《說文》：牴也。」此當為「觸」字之本音；

〔註306〕吳棫：《韻補》（北京：中華書局，1987 年），頁 86。

〔註307〕蕭統編、李善注：《文選》（台北市：五南圖書出版有限公司，1991 年），頁 1271。

〔註308〕蕭統編、李善注：《文選》（台北市：五南圖書出版有限公司，1991 年），頁 264。

〔註309〕吳棫：《韻補》（北京：中華書局，1987 年），頁 86。

《集韻》於「遇」韻新增收「昌句切」一音，字義雖為「牴也。」但是從《韻補》引用揚雄〈羽獵賦〉之內容可知，「觸」與「遽」二字相叶，「遽」為去聲「遇」韻，《漢書・揚雄傳》亦收錄此四句，顏師古於「觸」下注：「合韻，音昌樹反」讀成去聲「遇」韻，故可推知「觸」之「昌句切」為《集韻》增收之叶韻音。

遇韻「虞」字

本音：元俱切

新增叶音：元具切

音證：

(1)《韻補》「御」韻「元具切」下收「虞」字，注云：「度也。揚雄〈長楊賦〉：奉太尊之烈，遵文武之度；復三王之田，反五帝之虞。」〔註310〕

(2)《詩・雲漢》：「祈年孔夙，方社不莫；昊天上帝，則不我虞；敬共神明，宜無悔怒。」〔註311〕

說明：《廣韻》、《集韻》平聲「虞」韻「元俱切」下同收「虞」字，《廣韻》注云：「度也。《說文》曰：騶虞，仁獸，白虎黑文，尾長於身，不食生物。《周禮》：有山虞、澤虞，掌山澤之官也。」《集韻》注云：「《說文》：騶虞也。白虎黑文，尾長於身，仁獸也。食自死之肉。一曰安也，度也，助也，樂也。」此當為「虞」字之本音；《集韻》於「遇」韻新增收「元具切」一音，字義雖為「度也。」但是從《韻補》引用揚雄〈長楊賦〉之內容可知，「度」與「虞」二字相叶，「度」為去聲「暮」韻；又《詩・雲漢》中「莫、虞、怒」三字相叶，「怒」為去聲「暮」韻，朱熹《詩經集傳》於「虞」下注：「叶元具反」，「莫」音「慕」，讀成去聲「暮」韻，與去聲「虞」字押韻，故可推知「虞」之「元具切」為《集韻》增收之叶韻音。

暮韻「獲」字

本音：胡陌切

新增叶音：胡故切

〔註310〕吳棫：《韻補》（北京：中華書局，1987年），頁86。

〔註311〕王靜芝：《詩經通釋》（台北市：輔仁大學文學院，1968年），頁582。

音證：

（1）司馬相如〈上林賦〉：「務在獨樂，不顧眾庶。忘國家之政，貪雉兔之獲。」〔註312〕

（2）揚雄〈羽獵賦〉：「妄發期中，進退履獲。創淫輪夷，邱累陵聚。」〔註313〕

說明：《廣韻》、《集韻》分別在入聲「麥」韻與「陌」韻下同收「獲」字，《廣韻》注云：「得也。又臧獲。亦姓。」《集韻》注云：「《說文》：獵所獲也。一曰獸名。亦姓。」此當為「獲」字之本音；《集韻》於「暮」韻新增收「胡故切」一音，字義雖為「爭取也。《禮》：毋固獲。」但由司馬相如〈上林賦〉之引文內容，可知「庶」與「獲」二字相叶，「庶」為去聲「御」韻；又揚雄〈羽獵賦〉中，「獲」與「聚」二字相叶，「聚」讀作去聲，與去聲「獲」字押韻，故可推知「獲」之「胡故切」為《集韻》增收之叶韻音。

暮韻「謨」字

本音：蒙脯切

新增叶音：莫故切

音證：

（1）《韻補》「御」韻「莫故切」下收「謨」字，注云：「謀也。劉楨〈魯都賦〉：覃思圖籍，闡迪德謨；蘊包古今，撰集兵素。」〔註314〕

（2）何晏〈景福殿賦〉：「招忠正之士，開公直之路；想周公之昔戒，慕咎繇之典謨。」〔註315〕

（3）陸雲〈張二侯頌〉：「襲彼遺直，興言有謨；聿懷來忠，王室之故。」〔註316〕

說明：《廣韻》、《集韻》在平聲「模」韻「蒙脯切」下同收「謨」字，《廣韻》注云：「謀也。」《集韻》注云：「《說文》：議謀也。」此當為「謨」字之

〔註312〕蕭統編、李善注：《文選》（台北市：五南圖書出版有限公司，1991年），頁209。

〔註313〕蕭統編、李善注：《文選》（台北市：五南圖書出版有限公司，1991年），頁215。

〔註314〕吳棫：《韻補》（北京：中華書局，1987年），頁84。

〔註315〕蕭統編、李善注：《文選》（台北市：五南圖書出版有限公司，1991年），頁296。

〔註316〕張溥編：《漢魏六朝百三家集》（台北市：新興書局，1963年），頁2039。

本音；《集韻》於「暮」韻新增收「莫故切」一音，字義雖為「謀也。偽也。」但是從《韻補》引用劉楨〈魯都賦〉之內容可知，「謨」與「素」二字相叶，「素」為去聲「暮」韻；又何晏〈景福殿賦〉中，「路」與「謨」二字相叶，「路」為去聲「暮」韻；由陸雲〈張二侯頌〉之例證中，可知「謨」與「故」二字相叶，「故」為去聲「暮」韻，以上各例證均與去聲「謨」字押韻，故可推知「謨」之「莫故切」為《集韻》增收之叶韻音。

暮韻「索」字

本音：昔各切

新增叶音：蘇故切

音證：

（1）《韻補》「御」韻「蘇故切」下收「索」字，注云：「《釋名》：索素也。八索著素王之法也。屈原〈騷經〉：眾皆競進以貪婪兮，憑不厭乎求索；羌內恕以量人兮，各興心而嫉妒。」〔註317〕

（2）漢‧樂府古辭〈將進酒〉：「放故歌，心所作；同陰氣，詩悉索；使禹良工觀者苦。」〔註318〕

說明：《廣韻》、《集韻》入聲「鐸」韻「昔各切」下同收「索」字，《廣韻》注云：「盡也。散也。又繩索。亦姓。」《集韻》注云：「《說文》：艸有莖葉，可作繩索。一曰盡也、法也；一曰索索，懼兒。一曰縣名。」此當為「索」字之本音；《集韻》於「暮」韻新增收「蘇故切」一音，字義雖為「求也。《書》序：八卦之說，謂之八索。徐邈讀。」但從《韻補》所引用屈原〈離騷〉之內容，可知「索」與「妒」二字相叶，「妒」為去聲「暮」韻；又漢朝樂府古辭〈將進酒〉中，「作、索、苦」三字相叶，「作」與「苦」二字均為去聲「暮」韻，故可推知「索」之「蘇故切」為《集韻》增收之叶韻音。

暮韻「穫」字

本音：黃郭切

新增叶音：胡故切

〔註317〕吳棫：《韻補》（北京：中華書局，1987年），頁85。
〔註318〕郭茂倩：《樂府詩集》（上海：上海古籍出版社，1998年），頁200。

音證：《韻補》「御」韻「胡故切」下收「穫」字，注云：「刈也。《易林》：獫狁
　　非度，治兵焦穫；伐鎬及方，與周爭彊。」〔註319〕

說明：《廣韻》、《集韻》入聲「鐸」韻「黃郭切」下同收「穫」字，《廣韻》注
　　云：「刈也。」《集韻》注云：「焦穫，地名，在周。」此當為「穫」字之
　　本音；《集韻》於「暮」韻新增收「胡故切」一音，字義雖為「《說文》：
　　刈穀也。」但從《韻補》引用《易林》之內容，可知「度」與「穫」二
　　字相叶，「度」字有二讀，一為去聲「暮」韻，一為入聲「鐸」韻，與《集
　　韻》二收「穫」字相同，此處《韻補》於去聲「穫」字下收《易林》之
　　例證，「度」字當讀成「暮」韻，並與「暮」韻「穫」字押韻，故可推知
　　「穫」之「胡故切」為《集韻》增收之叶韻音。

霽韻「決」字

本音：古穴切

新增叶音：涓惠切

音證：《韻補》「寘」韻「居悸切」下收「決」字，注云：「斷也。《易林》：天地
　　際會，不見內外；祖道迭送，與世長決。」〔註320〕

說明：《廣韻》、《集韻》在入聲「屑」韻「古穴切」下同收「決」字，《廣韻》
　　注云：「流行也。廬江有決水出，大別山又斷也。破也。」《集韻》注云：
　　「《說文》：行流也。廬江有決水，出於大別山。」此當為「決」字之本
　　音；《集韻》於「霽」韻新增收「涓惠切」一音，字義雖為「疾貌。《莊
　　子》：麋鹿見之決驟。徐邈讀。」但從《韻補》所引用《易林》之內容，
　　可知「外」與「決」二字相叶，「外」為去聲「泰」韻，故可推知「決」
　　之「涓惠切」為《集韻》增收之叶韻音。

霽韻「擊」字

本音：吉歷切

新增叶音：吉詣切

音證：

（1）《管子》：「夫天地一險一易，若鼓之有揜，摘擋則擊。」〔註321〕

〔註319〕吳棫：《韻補》（北京：中華書局，1987年），頁86。
〔註320〕吳棫：《韻補》（北京：中華書局，1987年），頁74。
〔註321〕戴望校正：《管子》（上海：商務印書館，1933年），頁46。

（2）司馬相如〈子虛賦〉：「倏眒倩浰，雷動猋至，星流霆擊。」〔註 322〕

（3）傅玄〈鬥雞賦〉：「于是紛紜翕赫，雷合電擊。爭奮身而相戟兮，競集鷔而鵰睨。」〔註 323〕

說明：《廣韻》、《集韻》在入聲「錫」韻「吉歷切」下同收「擊」字，《廣韻》注云：「打也。」《集韻》注云：「《說文》：攴也。」此當為「擊」字之本音；《集韻》於「霽」韻新增收「吉詣切」一音，字義雖為「闕。人名。《春秋傳》：晉有屠擊。」但從《管子》之引文內容可知，「易」與「擊」二字相叶，「易」為去聲「寘」韻；司馬相如〈子虛賦〉中，「浰、至、擊」三字相叶，「浰」為去聲「霰」韻，「至」為去聲「至」韻；又傅玄〈鬥雞賦〉之引證中，「擊」與「睨」二字相叶，「睨」為去聲「霽」韻，由以上各例可知，「擊」字均與去聲字押韻，故可推知「擊」之「吉詣切」為《集韻》增收之叶韻音。

霽韻「裼」字

本音：先約切

新增叶音：地計切

音證：《詩·斯干》：「乃生女子，載寢之地，載衣之裼，載弄之瓦。無非無儀，唯酒食是議。無父母詒罹。」〔註 324〕

說明：《廣韻》、《集韻》在入聲「錫」韻「先約切」下同收「裼」字，《廣韻》注云：「袒衣。」《集韻》注云：「《說文》：但也。」此當為「裼」字之本音；《集韻》於「霽」韻新增收「地計切」一音，字義雖為「《說文》：緥也。引《詩》：載衣之裼。」但是由《詩經·斯干》之例證，可知「地、裼、瓦、儀、議、罹」六字相叶〔註 325〕；陸德明《經典釋文·毛詩音義》於「裼」字下注：「他計反。褓也。韓詩作禘。音同。」切語下字「計」與「禘」同屬去聲「霽」韻；又朱熹《詩經集傳》於「裼」字下注：「音替」，「替」為去聲「霽」韻，沿用《集韻》收錄之音，故可推知「裼」之「地計切」為《集韻》增收之叶韻音。

〔註 322〕蕭統編、李善注：《文選》（台北市：五南圖書出版有限公司，1991 年），頁 192。

〔註 323〕張溥編：《漢魏六朝百三家集》（台北市：新興書局，1963 年），頁 1525。

〔註 324〕王靜芝：《詩經通釋》（台北市：輔仁大學文學院，1968 年），頁 394。

〔註 325〕王力：《詩經韻讀楚辭韻讀》（北京：中國人民大學出版社，2004 年），頁 256。

霽韻「噦」字

本音：於月切

新增叶音：呼惠切

音證：

（1）《詩·泮水》：「其旂茷茷，鸞聲噦噦。無小無大，從公于邁。」〔註326〕

（2）《詩·庭燎》：「夜如何其？夜未艾。庭燎晰晰。君子至止，鸞聲噦噦。」〔註327〕

說明：《廣韻》、《集韻》在入聲「月」韻「於月切」下同收「噦」字，《廣韻》注云：「逆氣。」《集韻》注云：「《說文》：氣牾也。」此當為「噦」字之本音；《集韻》於「霽」韻新增收「呼惠切」一音，字義雖為「聲徐有節也。《詩》：鸞聲噦噦。徐邈讀。」但是由《詩經·泮水》之例證，可知「茷、噦、大、邁」四字相叶；而《詩經·庭燎》之例證，可知「艾、晰、噦」三字相叶，「艾」為去聲「泰」韻，「晰」為去聲「祭」韻。陸德明《經典釋文·毛詩音義》於「噦」字下注：「呼會反。徐又呼惠反。」徐邈讀「噦」為「呼惠反」，屬於去聲「霽」韻，故可推知「噦」之「呼惠切」為《集韻》增收之叶韻音。

祭韻「碣」字

本音：巨列切

新增叶音：其例切

音證：《韻補》「寘」韻「去例切」下收「碣」字，注云：「特立石也。梁竦〈悼騷賦〉：歷蒼梧之崇丘兮，宗虞氏之俊乂；臨眾瀆之神林兮，東勒職於蓬碣。」〔註328〕

說明：《廣韻》、《集韻》在入聲「薛」韻「巨列切」下同收「碣」字，《廣韻》注云：「《說文》：特立之石也。又東海有碣石山。」《集韻》注云：「《說文》：特立之石。東海有碣石山。」此當為「碣」字之本音；《集韻》於「祭」韻新增收「其例切」一音，字義雖為「山名。書夾右碣石。韋昭讀。」但從《韻補》徵引梁竦〈悼騷賦〉之內容，可知「乂」與「碣」

〔註326〕王靜芝：《詩經通釋》（台北市：輔仁大學文學院，1968年），頁645。

〔註327〕王靜芝：《詩經通釋》（台北市：輔仁大學文學院，1968年），頁382。

〔註328〕吳棫：《韻補》（北京：中華書局，1987年），頁74。

二字相叶，「又」為去聲「廢」韻，故可推知「碣」之「其例切」為《集韻》增收之叶韻音。

祭韻「折」字

本音：食列切

新增叶音：征例切

音證：

　（1）《韻補》「寘」韻「征例切」下收「折」字，注云：「斷而猶連也。班固〈西都賦〉：許少施巧，秦成力折；倚僄狡，扼猛噬。」〔註329〕

　（2）〈離騷〉：「何瓊佩之偃蹇兮，眾薆然而蔽之。惟此黨人之不亮兮，恐嫉妒而折之。」〔註330〕

說明：《廣韻》、《集韻》在入聲「薛」韻「食列切」下同收「折」字，《廣韻》注云：「斷而猶連也。《說文》斷也。」《集韻》注云：「《說文》：斷也。」此當為「折」字之本音；《集韻》於「祭」韻新增收「征例切」一音，字義亦為「斷也。《春秋傳》：司馬置折俎。徐邈讀。」但從《韻補》徵引班固〈西都賦〉的內容，得知「折」與「噬」二字相叶，「噬」為去聲「祭」韻；又由〈離騷〉之引文中，可知「蔽」與「折」二字相叶，「蔽」為去聲「祭」韻，均與去聲「折」字押韻，故可推知「折」之「征例切」為《集韻》增收之叶韻音。

祭韻「瘵」字

本音：側界切

新增叶音：子例切

音證：《詩·菀柳》：「有菀者柳，不尚愒焉？上帝甚蹈，無自瘵焉。俾予靖之，後予邁焉。」〔註331〕

說明：《廣韻》、《集韻》在去聲「怪」韻「側界切」下同收「瘵」字，《廣韻》注云：「病也。」《集韻》注云：「《說文》：病也。」此當為「瘵」字之本音；《集韻》於「祭」韻新增收「子例切」一音，字義亦為「接也。《詩》：

〔註329〕吳棫：《韻補》（北京：中華書局，1987年），頁79。

〔註330〕洪興祖著：《楚辭補注》（台北市：大安出版社，1999年），頁56。

〔註331〕王靜芝：《詩經通釋》（台北市：輔仁大學文學院，1968年），頁487。

無自瘵焉。鄭康成讀。」但由《詩經‧菀柳》之例證，可知「愒、瘵、邁」三字相叶；陸德明《經典釋文‧毛詩音義》於「瘵」字下注：「側界反。鄭音際。」讀成去聲「卦」韻，鄭玄讀成去聲「霽」韻；又朱熹《詩經集傳》於「瘵」字下注：「音債。叶子例反」，讀成去聲「卦」韻，另以叶音注之，所收之切語與《集韻》相同，沿用韻書收錄之音，故可推知「瘵」之「子例切」為《集韻》增收之叶韻音。

泰韻「厲」字

本音：力制切

新增叶音：落蓋切

音證：

（1）《詩‧都人士》：「彼都人士，垂帶而厲。彼君子女，卷髮如蠆。」〔註332〕

（2）崔駰〈達旨〉：「雖有力牧之略，尚父之厲。伊臯不論，奚事范蔡。」〔註333〕

（3）蔡琰〈悲憤詩〉：「為復彊視息，雖生何聊賴。託命于新人，竭心自勖厲。」〔註334〕

說明：《廣韻》、《集韻》在去聲「祭」韻「力制切」下同收「厲」字，《廣韻》注云：「惡也。亦嚴整也。烈也。猛也。又姓。」《集韻》注云：「《說文》：旱石也。或从蠆，亦作礪。厲，一曰嚴也。惡也。危也。大帶垂也。亦姓。」此當為「厲」字之本音；《集韻》於「泰」韻新增收「落蓋切」一音，字義雖為「病也。《詩》：厲假不瑕。鄭康成說。一曰祖厲，地名。一曰鄉名。」但從《詩經‧都人士》之內容中，可知「厲」與「蠆」二字相叶，「蠆」為去聲「夬」韻；陸德明《經典釋文‧毛詩音義》於〈都人士〉之「蠆」字下云：「勅邁反」讀成去聲「夬」韻；又朱熹《詩經集傳》於「厲」字下云：「叶落蓋反」，讀成去聲「泰」韻，「蠆」字下云：「音瘥」，二字相叶；另崔駰〈達旨〉之內容中，「厲」與「蔡」二

〔註332〕王靜芝：《詩經通釋》（台北市：輔仁大學文學院，1968年），頁489。
〔註333〕范曄撰、李賢等注：《後漢書》（台北市：宏業書局，1977年），頁1714。
〔註334〕永瑢等撰：《欽定四庫全書總目》景印文淵閣本卷14（台北市：台灣商務印書館，1939年），頁1379-109。

字相叶，「蔡」為去聲「泰」韻；蔡琰詩中「賴」與「厲」二字相叶，「賴」為去聲「泰」韻，故可推知「厲」之「落蓋切」為《集韻》增收之叶韻音。

泰韻「綴」字

本音：株衛切

新增叶音：都外切

音證：《詩・候人》：「彼候人兮，何戈與綴。彼其之子，三百赤芾。」〔註 335〕

說明：《廣韻》、《集韻》在去聲「祭」韻「株衛切」下同收「綴」字，《廣韻》注云：「連綴。」《集韻》注云：「《說文》：合箸也。」此當為「綴」字之本音；《集韻》於「泰」韻新增收「都外切」一音，字義雖為「表也。《禮》：行其綴兆。《詩》：荷戈與綴。鄭康成讀。」但由《詩經・緜》之例證，可知「綴、芾」二字相叶，陸德明《經典釋文・毛詩音義》於「綴」字下注：「都外反。」讀成去聲「泰」韻；又朱熹《詩經集傳》於「綴」字下注：「都律、都外二反」，沿用《集韻》收錄之音，故可推知「綴」之「都外切」為《集韻》增收之叶韻音。

泰韻「肺」字

本音：芳廢切

新增叶音：普蓋切

音證：《詩・東門之楊》：「東門之楊，其葉肺肺；昏以為期，明星皙皙。」

〔註 336〕

說明：《廣韻》、《集韻》在去聲「廢」韻「芳廢切」下同收「肺」字，《廣韻》注云：「金藏。」《集韻》注云：「《說文》：金藏也。」此當為「肺」字之本音；《集韻》於「泰」韻新增收「普蓋切」一音，字義雖為「茂貌。《詩》：其葉肺肺。」但由《詩經・東門之楊》之例證，可知「肺、皙」二字相叶〔註 337〕；陸德明《經典釋文・毛詩音義》於「肺」字下注：「普貝反。又蒲貝反。」讀成去聲「泰」韻；又朱熹《詩經集傳》於「肺」字下注：

〔註 335〕王靜芝：《詩經通釋》（台北市：輔仁大學文學院，1968 年），頁 303。
〔註 336〕王靜芝：《詩經通釋》（台北市：輔仁大學文學院，1968 年），頁 285。
〔註 337〕王力：《詩經韻讀楚辭韻讀》（北京：中國人民大學出版社，2004 年），頁 216。

　　「音霈」，「霈」為去聲「泰」韻，此處注解沿用韻書收錄之音，故可推知「肺」之「普蓋切」為《集韻》增收之叶韻音。

泰韻「洈」字

本音：匹計切

新增叶音：普蓋切

音證：《詩‧采菽》：「其旂洈洈，鸞聲嘒嘒。載驂載駟，君子所屆。」〔註338〕

說明：《廣韻》、《集韻》在去聲「霽」韻「匹計切」下同收「洈」字，《廣韻》注云：「水名，在汝南。」《集韻》注云：「《說文》：水出汝南。弋陽垂山東入淮。」此當為「洈」字之本音；《集韻》於「泰」韻新增收「普蓋切」一音，字義雖為「動也。《詩》：其旂洈洈。徐邈讀。」但由《詩經‧采菽》之例證，可知「洈、嘒、駟、屆」四字相叶，而陸德明《經典釋文‧毛詩音義》於「洈」字下注：「徐孚蓋反。」徐邈音「洈」為「孚蓋反」，讀成去聲「泰」韻，故可推知「普蓋切」為《集韻》增收之叶韻音。

泰韻「拔」字

本音：蒲八切

新增叶音：蒲蓋切

音證：《詩‧緜》：「柞棫拔矣，行道兌矣。混夷駾矣，維其喙矣。」〔註339〕

說明：《廣韻》、《集韻》在入聲「黠」韻「蒲八切」下同收「拔」字，《廣韻》注云：「拔擢，又盡也。」《集韻》注云：「《說文》：擢也。」此當為「拔」字之本音；《集韻》於「泰」韻新增收「蒲蓋切」一音，字義雖為「木生柯葉貌。《詩》：柞棫拔矣。」但由《詩經‧緜》之例證，可知「拔、兌、駾、喙」四字相叶，「兌、駾、喙」三字均為去聲，又陸德明《經典釋文‧毛詩音義》於「拔」字下注：「蒲貝反。又蒲蓋反。」讀成去聲「泰」韻，故可推知「拔」之「蒲蓋切」為《集韻》增收之叶韻音。

代韻「來」字

本音：郎才切

新增叶音：洛代切

〔註338〕王靜芝：《詩經通釋》（台北市：輔仁大學文學院，1968年），頁482。
〔註339〕王靜芝：《詩經通釋》（台北市：輔仁大學文學院，1968年），頁514。

音證：

（1）《韻補》「寘」韻「良置切」下收「來」字，注云：「荀卿〈賦篇〉：一往一來，結尾以為事。」〔註340〕

（2）《後漢書・南蠻西南夷傳》：遠夷樂德歌詩曰：「大漢是治，與天合意；吏譯平端，不從我來。」〔註341〕

（3）清商曲辭〈讀曲歌〉：「歡但且還去，遺信相參伺；契兒向高店，須臾儂自來。」〔註342〕

（4）司馬相如〈子虛賦〉：「於是乘輿弭節徘徊，翱翔往來；睨部曲之進退，覽將帥之變態。」、「蕩蕩乎八川分流，相背異態，東西南北，馳騖往來。」〔註343〕

說明：《廣韻》、《集韻》在平聲「咍」韻「郎才切」下同收「來」字，《廣韻》注云：「至也。及也。還也。」《集韻》注云：「《說文》：周所受瑞麥來麰，一來二縫象芒束之形，天所來也。故為行來之來。引《詩》：詒我來麰。」此當為「來」字之本音；《集韻》於「代」韻新增收「洛代切」一音，字義雖為「《說文》：勞也。」但從《韻補》所引用荀子〈賦篇〉之為證，得知「來」與「事」二字相叶，「事」為去聲「寘」韻，《集韻》增收「來」字屬於去聲「代」韻，而《韻補》代韻下云：「古轉聲通寘」，雖然「來」字的切語不同，韻部分部也相異，其因是吳棫《韻補》以古韻通轉的方式分部古音，與《集韻》分類部字略有差別；又《後漢書・南蠻西南夷傳》之引文中，「意」與「來」二字相叶，「意」為去聲「志」韻；樂府〈讀曲歌〉中「伺」與「來」二字相叶，「伺」為去聲「志」韻；司馬相如〈子虛賦〉中「來」與「態」二字相叶，「態」為去聲「代」韻；以上各例證均與去聲「來」字押韻，故可推知「來」之「洛代切」為《集韻》增收之叶韻音。

願韻「煇」字

本音：吁韋切

〔註340〕吳棫：《韻補》（北京：中華書局，1987年），頁83。

〔註341〕范曄撰、李賢等注：《後漢書》（台北市：宏業書局，1977年），頁2856。

〔註342〕郭茂倩：《樂府詩集》（上海：上海古籍出版社，1998年），頁523。

〔註343〕蕭統編、李善注：《文選》（台北市：五南圖書出版有限公司，1991年），頁205、198。

新增叶音：呼願切

音證：張率〈舞馬賦〉：「在庸臣之方剛，有從軍之大願。必茲而展采，將同畀于庖煇。」〔註344〕

說明：《廣韻》、《集韻》在平聲「微」韻「吁韋切」下同收「煇」字，《廣韻》注云：「光也。」《集韻》注云：「《說文》：光也。」此當為「煇」字之本音；《集韻》於「願」韻新增收「呼願切」一音，字義雖為「治鼓工也。」但從張率〈舞馬賦〉之例證中，可知「願」與「煇」二字相叶，「願」為去聲「願」韻，故可推知「煇」之「呼願切」為《集韻》增收之叶韻音。

願韻「苑」字

本音：委遠切

新增叶音：紆願切

音證：

（1）《韻補》「霰」韻「紆願切」下收「苑」字，注云：「囿也。左思〈吳都賦〉：遭藪為圃，值林為苑；異荂蓲蘛，夏曄冬蒨。」〔註345〕

（2）王褒〈四子講德論〉：「省官田，損諸苑。疏繇役，振乏困。」「困，苦倦切。」〔註346〕

說明：《廣韻》、《集韻》在上聲「阮」韻「委遠切」下同收「苑」字，《廣韻》注云：「園苑。《白虎通》云：苑囿所以在東方者，謂養萬物。東方物所生也。」《集韻》注云：「《說文》：所以養禽獸也。」此當為「苑」字之本音；《集韻》於「願」韻新增收「紆願切」一音，字義雖為「所以養禽獸也。《周禮》：禁山之為苑。劉昌宗讀。」但從《韻補》引用左思〈吳都賦〉之內容，可知「苑」與「蒨」二字相叶，「蒨」為去聲「霰」韻；又王褒〈四子講德論〉中，「苑」與「困」二字相叶，此處「困」字讀成「苦倦切」，為去聲「願」韻，故可推知「苑」之「紆願切」為《集韻》增收之叶韻音。

〔註344〕永瑢等撰：《欽定四庫全書總目》景印文淵閣本卷135（台北市：台灣商務印書館，1939年），頁1421～752。

〔註345〕吳棫：《韻補》（北京：中華書局，1987年），頁93。

〔註346〕蕭統編、李善注：《文選》（台北市：五南圖書出版有限公司，1991年），頁1269。

願韻「反」字

本音：孚袁切

新增叶音：方願切

音證：

（1）《詩・執競》：「降福簡簡，威儀反反。既醉既飽，福祿來反。」

　　　〔註347〕

（2）《詩・賓之初筵》：「賓之初筵，溫溫其恭。其未醉止，威儀反反。曰既醉止，威儀幡幡。舍其坐遷，屢舞僊僊。」〔註348〕

說明：《廣韻》、《集韻》在平聲「元」韻「孚袁切」下同收「反」字，《廣韻》注云：「斷獄平反。又方晚切。」《集韻》注云：「覆也。《漢書》：錄囚平反之。」此當為「反」字之本音；《集韻》於「願」韻新增收「方願切」一音，字義雖為「難也。《詩》：威儀反反。毛萇說。一曰：順習貌。」但是由《詩經・執競》之內容，可知「簡、反、反」三字相叶，「簡」為上聲「產」韻；從《詩經・賓之初筵》之例證，可知「筵、反、幡、遷、僊」五字相叶，「筵、遷、僊」三字為平聲「仙」韻，「幡」為平聲「元」韻；陸德明《經典釋文・毛詩音義》於「反」字下注：「沈符板反。又音販。」其中音「販」，讀作去聲「願」韻，故可推知「反」之「方願切」為《集韻》增收之叶韻音。

諫韻「貫」字

本音：古玩切

新增叶音：古患切

音證：《韻補》「霰」韻「扃縣切」下收「貫」字，注云：「穿也。事也。古詩：九變復貫，知言之選。荀卿〈成相篇〉：臣謹修，君制變。後世法之成律貫。」〔註349〕

說明：《廣韻》、《集韻》在去聲「換」韻「古玩切」下同收「貫」字，《廣韻》注云：「事也。穿也。累也。行也。又姓。」《集韻》注云：「《說文》：錢具之貫也。一曰國名。亦姓。」此當為「貫」字之本音；《集韻》於

〔註347〕王靜芝：《詩經通釋》（台北市：輔仁大學文學院，1968 年），頁 618。

〔註348〕王靜芝：《詩經通釋》（台北市：輔仁大學文學院，1968 年），頁 478。

〔註349〕吳棫：《韻補》（北京：中華書局，1987 年），頁 90。

「諫」韻新增收「古患切」一音，字義雖為「《說文》：習也。」但從《韻補》所補之內容，可知吳棫通轉分類古韻部的原則，即去聲「換」韻古通「翰」韻，「諫」韻古轉聲通「霰」韻，此音讀當為補充《集韻》於「諫」韻收錄「貫」字的不足，從引證內容可知，古逸詩中「貫」與「選」二字相叶，「選」為去聲「線」韻；考荀子〈成相篇〉之原文，本是「臣謹修，君制變，公察善思論不亂。以治天下，後世法之成律貫。」其中「變」與「貫」二字相叶，「變」為去聲「線」韻，故可推知「貫」之「古患切」為《集韻》增收之叶韻音。

線韻「埏」字

本音：夷然切

新增叶音：延面切

音證：《史記・司馬相如列傳》：「旁魄四塞，雲分霧散；上暢九垓，下泝八埏。」裴駰「集解」於「埏」下注：「徐廣曰：音衍。」〔註350〕

說明：《廣韻》、《集韻》在平聲「仙」韻「夷然切」下同收「埏」字，《廣韻》注云：「際也。地也。又墓道。」《集韻》注云：「登也。方也。墓道也。」此當為「埏」字之本音；《集韻》於「線」韻新增收「延面切」一音，字義雖為「地際也。一曰墓隧。」但從《史記・司馬相如列傳》之引文內容，可知「散」與「埏」二字相叶，「散」為去聲「翰」韻；又司馬貞《史記集解》下注：「徐廣曰：音衍」，讀成去聲「線」韻，故可推知「埏」之「延面切」為《集韻》增收之叶韻音。

笑韻「髟」字

本音：卑遙切

新增叶音：匹妙切

音證：馬融〈長笛賦〉：「是以間介無蹊，人迹罕到。猿蜼晝吟，鼯鼠夜叫。寒熊振頷，特麚昏髟。山雞晨羣，墊雉晃雒。求偶鳴子，悲號長嘯。由衍識道，嘄嘄讙譟。」〔註351〕

〔註350〕司馬遷著，張守節正義、司馬貞索隱、裴駰集解：《史記》（台北市：七略出版社，1991年），頁1249。

〔註351〕蕭統編、李善注：《文選》（台北市：五南圖書出版有限公司，1991年），頁439。

說明：《廣韻》、《集韻》在平聲「宵」韻「卑遙切」下同收「髟」字，《廣韻》
　　　注云：「髮長也。又所銜切。」《集韻》注云：「《說文》：長髮猋猋也。」
　　　此當為「髟」字之本音；《集韻》於「笑」韻新增收「匹妙切」一音，
　　　字義雖為「長髦。」但從馬融〈長笛賦〉之引文內容可知，「到、叫、
　　　髟、䨴、嘯、諫」六字相叶〔註352〕，「到、號」二字為去聲「號」韻，
　　　「叫、嘯」二字為去聲「嘯」韻，「䨴」為去聲「候」韻，均與去聲「髟」
　　　字押韻，且唐代李善《文選》注於「髟」字下注：「方妙切」，讀成去聲
　　　「笑」韻，故可推知「髟」之「匹妙切」為《集韻》增收之叶韻音。

效韻「髾」字

本音：師交切

新增叶音：所教切

音證：司馬相如〈子虛賦〉：「於是鄭女曼姬，被阿緆，揄紵縞；雜纖羅，垂霧
　　　縠。襞積褰縐，紆徐委曲。紛紛裶裶，揚袘戍削，蜚襳垂髾。」〔註353〕

說明：《廣韻》、《集韻》在平聲「肴」韻「師交切」下同收「髾」字，《廣韻》
　　　注云：「髮尾。」《集韻》注云：「髮末。」此當為「髾」字之本音；《集
　　　韻》於「效」韻新增收「所教切」一音，字義雖為「髮貌。」但是從司
　　　馬相如〈子虛賦〉之內容，可知「縞、削、髾」三字相叶〔註354〕，「縞」
　　　一音為上聲「皓」韻，一音為去聲「號」韻，「削」一音為去聲「效」
　　　韻，均與去聲「髾」字押韻，然而《廣韻》只收平聲音讀，《集韻》增
　　　收二音，一音為上聲，一音為去聲，故可推知「髾」之「所教切」為《集
　　　韻》增收之叶韻音。

效韻「學」字

本音：胡覺切

新增叶音：後教切、居效切

音證：

〔註352〕羅常培、周祖謨：《漢魏晉南北朝韻部演變研究》（台北市：科學出版社，1958年），
　　　　頁138。

〔註353〕蕭統編、李善注：《文選》（台北市：五南圖書出版有限公司，1991年），頁192。

〔註354〕羅常培、周祖謨於《漢魏晉南北朝韻部演變研究》頁140中，認為「縞、削、髾」
　　　　三字為宵藥合韻，同為去聲，歸於宵部合韻譜。

（1）《韻補》「嘯」韻「後教切」下收「學」字，注云：「效也。傅毅〈迪志詩〉：先人有訓，我訊我誥；訓我嘉務，誨我博學。」〔註355〕

（2）《漢書‧敘傳》：「樂安襃襃，古之文學。」〔註356〕

說明：《廣韻》、《集韻》在入聲「覺」韻「轄覺切」下同收「學」字，《廣韻》注云：「《說文》：與斅同。覺悟也。斅，今音效。又姓。」《集韻》注云：「《說文》：覺悟也。」此當為「學」字之本音；《集韻》於「效」韻新增收「後教切、居效切」二音，字義各為「教也。」與「說上所施，下所效也。」但是從《韻補》引用傅毅〈迪志詩〉之內容，可知「誥」與「學」二字相叶，「誥」為去聲「號」韻；又《漢書‧敘傳》之引文中，「襃」與「學」二字相叶，顏師古於「襃」字下注：「音弋救反」，讀成去聲「宥」韻，「學」字下注：「合韻，音下教反。」讀成去聲「效」韻，故可推知「學」之「後教切、居效切」為《集韻》增收之叶韻音。〔註357〕

號韻「陶」字

本音：餘招切

新增叶音：大到切

音證：《詩‧清人》：「清人在軸，駟介陶陶。左旋右抽，中軍作好。」〔註358〕

說明：《廣韻》、《集韻》在平聲「宵」韻「餘招切」下同收「陶」字，《廣韻》注云：「皋陶舜臣。」《集韻》注云：「陶陶，和樂也。」此當為「陶」字之本音；《集韻》於「號」韻新增收「大到切」一音，字義雖為「陶陶，驅馳貌。」但是從《詩經‧清人》之引證內容可知，「陶」與「好」二字相叶，此處「好」字讀成去聲「號」韻，又陸德明《經典釋文‧毛詩音義》於「陶」字下注：「徒報反」，讀作去聲，故可推知「陶」之「大到切」為《集韻》增收之叶韻音。

禡韻「赫」字

本音：郝格切

新增叶音：虛訝切

〔註355〕吳棫：《韻補》（北京：中華書局，1987年），頁95。

〔註356〕班固撰、顏師古注：《漢書》（台北市：宏業書局，1992年），頁4263。

〔註357〕此處《集韻》增收二叶韻音，今均列舉之。

〔註358〕王靜芝：《詩經通釋》（台北市：輔仁大學文學院，1968年），頁186。

音證：

 （1）《詩·桑柔》：「嗟爾朋友，予豈不知而作。如彼飛蟲，時亦弋獲，既之陰女，反予來赫。」〔註359〕

 （2）馬吉甫〈蝸牛賦〉：「缺爪牙兮自達，無羽翼以相借。本忘情于蚌守，亦何憚于鷗赫。」〔註360〕

說明：《廣韻》、《集韻》在入聲「陌」韻「郝格切」下同收「赫」字，《廣韻》注云：「赤也。發也。明也。亦盛貌。」《集韻》注云：「《說文》：火赤貌。一曰明也。」此當為「赫」字之本音；《集韻》於「禡」韻新增收「虛訝切」一音，字義雖為「以口距人，謂之嚇。或作赫。」但是從《詩·桑柔》之內容，可知「作」與「赫」二字相叶，「作」為去聲箇韻，又陸德明《經典釋文·毛詩音義》於「赫」字下注：「許嫁反」，讀作去聲；而馬吉甫〈蝸牛賦〉中，「借」與「赫」二字相叶，「借」為去聲禡韻，故可推知「赫」之「虛訝切」為《集韻》增收之叶韻音。

禡韻「家」字

本音：居牙切

新增叶音：居迓切

音證：《韻補》「御」韻「古慕切」下收「家」字，注云：「室穿。《易林》：三足孤鳥，靈明為御；司過罰惡，自殘其家。」〔註361〕

說明：《廣韻》、《集韻》在平聲「麻」韻「居牙切」下同收「家」字，《廣韻》注云：「居也。《爾雅》云：戾內謂之家。又姓。」《集韻》注云：「《說文》：居也。《爾雅》：牖戶之間謂之扆，其內謂之家。」此當為「家」字之本音；《集韻》於「禡」韻新增收「居迓切」一音，字義雖為「《說文》：禾之秀實為嫁，莖節為禾，一曰稼，家事也。一曰在野曰稼，或省。」但是從《韻補》所引用《易林》之內容，可知「御」與「家」二字相叶，「御」為去聲「御」韻，與去聲「家」字押韻，而吳棫《韻補》是以古韻通轉的方式分部古音，與《集韻》分類略有差別，故可推知

〔註359〕王靜芝：《詩經通釋》（台北市：輔仁大學文學院，1968年），頁578。

〔註360〕永瑢等撰：《欽定四庫全書總目》景印文淵閣本卷139（台北市：台灣商務印書館，1939年），頁1421-831。

〔註361〕吳棫：《韻補》（北京：中華書局，1987年），頁83。

「家」之「居迓切」為《集韻》增收之叶韻音。

漾韻「霜」字

本音：師莊切

新增叶音：色壯切

音證：《韻補》「漾」韻「色壯切」下收「霜」字，注云：「凝露也。潘岳〈馬敦誄〉：馬生爰發，在險彌亮；精貫白日，猛烈秋霜。」〔註362〕

說明：《廣韻》、《集韻》在平聲「陽」韻「師莊切」下同收「霜」字，《廣韻》注云：「凝露也。又姓。」《集韻》注云：「《說文》：喪也。成物者。」此當為「霜」字之本音；《集韻》於「漾」韻新增收「色壯切」一音，字義雖為「霣霜殺物也。」但是從《韻補》引用潘岳〈馬敦誄〉之例證可知，「亮」與「霜」二字相叶，「亮」為去聲「漾」韻，與去聲「霜」字押韻，故可推知「霜」之「色壯切」為《集韻》增收之叶韻音。

映韻「鳴」字

本音：眉兵切

新增叶音：眉病切

音證：白居易〈春日閒居〉三首之二：「廣池春水平，羣魚恣游泳。新林綠陰成，眾鳥欣相鳴。時我亦瀟灑，適無累與病。」〔註363〕

說明：《廣韻》、《集韻》在平聲「庚」韻「眉兵切」下同收「鳴」字，《廣韻》注云：「嘶鳴。又姓。出《姓苑》。」《集韻》注云：「《說文》：鳥聲也。」此當為「鳴」字之本音；《集韻》於「映」韻新增收「眉病切」一音，字義雖為「相呼也。」但是從唐代白居易詩中，得知「泳」、「鳴」、「病」三字相叶，均屬於去聲「映」韻，故可推知「鳴」之「眉病切」為《集韻》增收之叶韻音。

映韻「永」字

本音：于憬切

新增叶音：為命切

音證：韓愈〈祭周氏姪女文〉：「嫁而有子，女子之慶。纏疾中年，又命不

〔註362〕吳棫：《韻補》（北京：中華書局，1987年），頁97。
〔註363〕曹寅等編《全唐詩》（台北市：復興書局，1961年），頁2772。

永。」〔註364〕

說明：《廣韻》、《集韻》在上聲「梗」韻「于憬切」下同收「永」字，《廣韻》注
　　　云：「長也。引也。遠也。遐也。亦姓。」《集韻》注云：「《說文》：長也。
　　　象水巠理之長。引《詩》：江之永矣。」此當為「永」字之本音；《集韻》
　　　於「映」韻新增收「為命切」一音，字義雖為「《說文》：歌也。」但是從
　　　韓愈〈祭周氏姪女文〉之內容中，可知「慶」與「永」二字相叶，「慶」
　　　為去聲「映」韻，故可推知「永」之「為命切」為《集韻》增收之叶韻音。

勁韻「郢」字

本音：以井切

新增叶音：于正切

音證：潘岳〈楊荊州誄〉：「子囊佐楚，遺言城郢。史魚諫衛，以尸顯政。」

　　　〔註365〕

說明：《廣韻》、《集韻》在上聲「靜」韻「以井切」下同收「郢」字，《廣韻》
　　　注云：「楚地。」《集韻》注云：「《說文》：故楚都，在南郡江陵北十里。」
　　　此當為「郢」字之本音；《集韻》於「勁」韻新增收「于正切」一音，
　　　字義雖為「楚地名。《春秋傳》：吳其入郢。劉昌宗讀。」但是從潘岳〈楊
　　　荊州誄〉之引證中，可知「郢」與「政」二字相叶，「政」為去聲「勁」
　　　韻，故可推知「郢」之「于正切」為《集韻》增收之叶韻音。

嶝韻「恒」字

本音：胡登切

新增叶音：居鄧切

音證：《詩·天保》：「如月之恒，如日之升；如南山之壽，不騫不崩；如松柏之
　　　茂，無不爾或承。」〔註366〕

說明：《廣韻》、《集韻》在平聲「登」韻「胡登切」下同收「恒」字，《廣韻》
　　　注云：「常也。久也。」《集韻》注云：「《說文》：常也。」此當為「恒」
　　　字之本音；《集韻》於「嶝」韻新增收「居鄧切」一音，字義雖為「月弦

〔註364〕韓愈：《韓昌黎集》卷29（上海：商務印書館，1930年），頁67。
〔註365〕蕭統編、李善注：《文選》（台北市：五南圖書出版有限公司，1991年），頁1384。
〔註366〕王靜芝：《詩經通釋》（台北市：輔仁大學文學院，1968年），頁347。

也。《詩》：如月之恒。」但是由《詩經・天保》之例證，可知「恒、升、崩、承」四字相叶，又陸德明《經典釋文・毛詩音義》於「恒」字下注：「本亦作緪，同古鄧反。沈古桓反。」讀成去聲「嶝」韻，故可推知「恒」之「居鄧切」為《集韻》增收之叶韻音。

宥韻「憂」字

本音：於求切

新增叶音：於救切

音證：《韻補》「宥」韻「於救切」下收「憂」字，注云：「於救切。愁也。《國語》：商之衰也。其銘有之：嘃嘃之德，不足就也。不可以矜，而祇取憂也。」〔註367〕

說明：《廣韻》、《集韻》在平聲「尤」韻「於求切」下同收「憂」字，《廣韻》注云：「愁也。又姓。出《姓苑》。」《集韻》注云：「《說文》：和之行也。引《詩》：布政憂憂。」此當為「憂」字之本音；《集韻》於「宥」韻新增收「於救切」一音，字義雖為「慮也。詩序：百姓見憂。徐邈讀。」但是從《韻補》引《國語》之例證可知「就」與「憂」二字相叶，「就」為去聲「宥」韻；另陸德明《經典釋文・毛詩音義》於「憂」字下云：「徐：憂音，於救反。」讀去聲「宥」韻，故可推知「憂」之「於救切」為《集韻》增收之叶韻音。

候韻「投」字

本音：徒侯切

新增叶音：大透切

音證：

（1）《韻補》「宥」韻「大透切」下收「投」字，注云：「上也。馬融〈長笛賦〉：故聆曲引者，觀法於節奏，察度於句投。李善云：《說文》：逗，止也。投與逗古字通。音豆。投句之所止也。」〔註368〕

（2）王逸〈九思〉：「進惡兮九旬，復顧兮彭務；擬斯兮二蹤，未知兮所投。」〔註369〕

〔註367〕吳棫：《韻補》（北京：中華書局，1987年），頁98。
〔註368〕吳棫：《韻補》（北京：中華書局，1987年），頁98。
〔註369〕洪興祖著：《楚辭補注》（台北市：大安出版社，1999年），頁523。

說明：《廣韻》、《集韻》在平聲「侯」韻「徒侯切」下同收「投」字，《廣韻》
注云：「託也。棄也。合也。《說文》：擿也。亦姓。」《集韻》注云：「《說
文》：擿也。一曰合也。亦姓。」此當為「投」字之本音；《集韻》於「候」
韻新增收「大透切」一音，字義雖為「《說文》：止也。」但是從《韻補》
引用馬融〈長笛賦〉之內容可知，「奏」與「投」二字相叶，「奏」為去
聲「宥」韻，又唐代李善《文選》注於「投」字下云：「音豆」，「豆」為
去聲「宥」韻；至於王逸〈九思〉的例證中，「投」與「務」二字相叶，
「務」為去聲「遇」韻，此處「投」字當讀成去聲，故可推知「投」之
「大透切」為《集韻》增收之叶韻音。

闞韻「監」字

本音：居銜切

新增叶音：苦濫切

音證：韋孟〈諷諫詩〉：「我王如何，曾不斯覽。黃髮不近，胡不時鑒。」
〔註370〕

說明：《廣韻》、《集韻》在平聲「銜」韻「居銜切」下同收「監」字，《廣韻》
注云：「領也。察也。《說文》云：臨下也。」《集韻》注云：「《說文》：
臨下也。」此當為「監」字之本音；《集韻》於「闞」韻新增收「苦濫切」
一音，字義雖為「地名。在東平郡。」但是從《漢書》之例證中，可知
「覽」與「監」二字相叶，考顏師古注《漢書》，於「覽」字下云：「覽，
視也。叶韻音濫。」讀成去聲「闞」韻，故可推知「監」之「苦濫切」
為《集韻》增收之叶韻音。

㮇韻「欦」字

本音：口陷切

新增叶音：詰念切

音證：韓愈〈喜侯喜至贈張籍張徹〉：「今者誠自幸，所懷無一欠。孟生去雖
索，侯氏來還欦。欹眠聽新詩，屋角月豔豔。」〔註371〕

說明：《廣韻》、《集韻》在去聲「陷」韻「口陷切」下同收「欦」字，《廣韻》

〔註370〕蕭統編、李善注：《文選》（台北市：五南圖書出版有限公司，1991年），頁493。
〔註371〕韓愈：《韓昌黎集》卷29（上海：商務印書館，1930），頁47。

注云：「歉喉。」《集韻》注云：「《博雅》：貧也。一曰食不滿」此當為「歉」字之本音；《集韻》於「㮇」韻新增收「詰念切」一音，字義雖為「《說文》：竹席也。」但是從宋代魏仲舉《五百家注昌黎文集》於「歉」字下云：「詰念切」，與《集韻》收錄㮇韻「歉」字讀音相同，然而該書晚於《集韻》，承襲古詩用韻需一韻到底的觀念影響，認為「欠」、「歉」、「豔」三字相叶，故以「詰念切」注「歉」字，以合古詩用韻，故可推知「歉」之「詰念切」為《集韻》增收之叶韻音。

鑑韻「讖」字

本音：楚譖切

新增叶音：乂鑑切

音證：《韻補》「霰」韻「楚獻切」下收「讖」字，注云：「圖書也。《釋名》：讖纖也。其文纖微也。郭璞〈軼軼獸贊〉：見則洪水，天下昏墊；豈伊妄降，亦應圖讖。」〔註372〕

說明：《廣韻》、《集韻》在去聲「沁」韻「楚譖切」下同收「讖」字，《廣韻》注云：「讖書。《釋名》曰：讖，纖也。其義纖微。」《集韻》注云：「《說文》：驗也。」此當為「讖」字之本音；《集韻》於「鑑」韻新增收「乂鑑切」一音，字義雖為「悔也。」但是從《韻補》所徵引郭璞〈軼軼獸贊〉之內容，可知其中「墊」與「讖」二字相叶，「墊」為去聲「㮇」韻，故可推知「讖」之「乂鑑切」為《集韻》增收之叶韻音。

（五）入　聲

屋韻「垢」字

本音：舉后切

新增叶音：居六切

音證：《韻補》「屋」韻「居六切」下收「垢」字，注云：「不淨也。毛詩：維此良人，作為式穀；維彼不順，征以中垢。」〔註373〕

說明：《廣韻》、《集韻》上聲「厚」韻「舉后切」下同收「垢」字，《廣韻》注云：「塵垢。」《集韻》注云：「《說文》：濁也。一曰塵也。」此當為「垢」

〔註372〕吳棫：《韻補》（北京：中華書局，1987年），頁93。

〔註373〕吳棫：《韻補》（北京：中華書局，1987年），頁101。

字之本音；《集韻》於「屋」韻新增收「居六切」一音，字義雖為「不淨也。」但從《韻補》引用《詩經‧桑柔》之內容可知，「穀」與「垢」二字相叶，「穀」為入聲「屋」韻，宋代朱熹《詩經集傳》於「垢」字下云：「音苟，叶居六反。」以「叶」字說明此處用韻，並認為此處讀成入聲屋韻「居六反」，故可推知「垢」之「居六切」為《集韻》增收之叶韻音。

屋韻「仆」字

本音：芳遇切

新增叶音：普木切

音證：王褒〈四子講德論〉：「獲之者張武，武張而猛服也。是以北狄賓洽，邊不恤寇，甲士寢而旌旗仆也。」〔註 374〕

說明：《廣韻》、《集韻》去聲「遇」韻「芳遇切」下同收「仆」字，《廣韻》注云：「僵仆。《說文》曰：頓也。」《集韻》注云：「《說文》：頓也。一曰僵也。」此當為「仆」字之本音；《集韻》於「暮」韻新增收「普木切」一音，字義雖為「僵也。」但從王褒〈四子講德論〉之內容可知，「服」與「仆」二字相叶，「服」為入聲「屋」韻，故可推知「仆」之「普木切」為《集韻》增收之叶韻音。

沃韻「襮」字

本音：伯各切

新增叶音：蒲沃切

音證：《詩‧揚之水》：「揚之水，白石鑿鑿。素衣朱襮，從子于沃。既見君子，云何不樂？」〔註 375〕

說明：《廣韻》、《集韻》入聲「鐸」韻「伯各切」下同收「襮」字，《廣韻》注云：「衣領。」《集韻》注云：「黼領謂之襮。一曰表也。」此當為「襮」字之本音；《集韻》於「沃」韻新增收「蒲沃切」一音，字義雖為「《說文》：黼領也。引《詩》：素衣朱襮。」但由《詩經‧揚之水》之例證，可知「鑿、襮、沃、樂」四字相叶〔註 376〕；而陸德明《經典釋文‧毛詩

〔註 374〕蕭統編、李善注：《文選》（台北市：五南圖書出版有限公司，1991 年），頁 1271。
〔註 375〕王靜芝：《詩經通釋》（台北市：輔仁大學文學院，1968 年），頁 243。
〔註 376〕王力：《詩經韻讀楚辭韻讀》（北京：中國人民大學出版社，2004 年），頁 202。

音義》於「襮」字下注：「音博。領也。《字林》：方沃反。」《字林》讀此字為入聲「沃」韻，故可推知「襮」之「蒲沃切」為《集韻》增收之叶韻音。

覺韻「濯」字

本音：直教切

新增叶音：仕角切

音證：《詩・崧高》：「既成藐藐。王錫申伯，四牡蹻蹻，鉤膺濯濯。」〔註377〕

說明：《廣韻》、《集韻》去聲「效」韻「直教切」下同收「濯」字，《廣韻》注云：「浣衣。」《集韻》注云：「《博雅》：淅濯，澣也。」此當為「濯」字之本音；《集韻》於「覺」韻新增收「仕角切」一音，字義雖為「明也。《詩》：鉤膺濯濯。沈重讀。」但是由《詩經・崧高》之例證，可知「藐、蹻、濯」三字相叶〔註378〕，又陸德明《經典釋文・毛詩音義》於「濯」字下注：「直角反」，讀成入聲「覺」韻，故可推知「濯」之「仕角切」為《集韻》增收之叶韻音。

覺韻「罩」字

本音：陟教切

新增叶音：敕角切

音證：《詩・南有嘉魚》：「南有嘉魚，烝然罩罩。君子有酒，嘉賓式燕以樂。」〔註379〕

說明：《廣韻》、《集韻》去聲「效」韻「陟教切」下同收「罩」字，《廣韻》注云：「竹籠。取魚具也。」《集韻》注云：「《說文》：捕魚器。」此當為「罩」字之本音；《集韻》於「覺」韻新增收「敕角切」一音，字義雖為「捕魚器。」但是由《詩經・南有嘉魚》之例證，可知「罩」與「樂」二字相叶〔註380〕，又陸德明《經典釋文・毛詩音義》於「罩」字下注：「徐又都學反。」徐邈讀成入聲「覺」韻，與入聲「樂」字押韻，故可推知「罩」之「敕角切」為《集韻》增收之叶韻音。

〔註377〕王靜芝：《詩經通釋》（台北市：輔仁大學文學院，1968 年），頁 586。
〔註378〕王力：《詩經韻讀楚辭韻讀》（北京：中國人民大學出版社，2004 年），頁 345。
〔註379〕王靜芝：《詩經通釋》（台北市：輔仁大學文學院，1968 年），頁 359。
〔註380〕王力：《詩經韻讀楚辭韻讀》（北京：中國人民大學出版社，2004 年），頁 345。

質韻「髻」字

本音：吉詣切

新增叶音：激質切

音證：徐陵〈長相思〉：「長相思，好春節，夢裏恒啼悲不洩。帳中起，膽前髻。柳絮飛還聚，游絲斷復結。欲見洛陽花，如君隴頭雪。」〔註381〕

說明：《廣韻》、《集韻》去聲「霽」韻「吉詣切」下同收「髻」字，《廣韻》注云：「綰髮。」《集韻》注云：「紒髻結。束髮也。」此當為「髻」字之本音；《集韻》於「質」韻新增收「激質切」一音，字義雖為「竈神名。《莊子》：竈有髻。李軌說。」但從徐陵〈長相思〉之引證內容，可知「節、髻、結、雪」四字相叶，均押入聲韻，故可推知「髻」之「激質切」為《集韻》增收之叶韻音。

物韻「紑」字

本音：披尤切

新增叶音：分物切

音證：《詩·絲衣》：「絲衣其紑，載弁俅俅。自堂徂基，自羊徂牛。鼐鼎及鼒，兕觥其觩。旨酒思柔。不吳不敖，胡考之休？」〔註382〕

說明：《廣韻》、《集韻》平聲「尤」韻「披尤切」下同收「紑」字，《廣韻》注云：「《說文》曰：白鮮衣貌。」《集韻》注云：「《說文》：白鮮衣貌。引《詩》：素衣其紑。」此當為「紑」字之本音；《集韻》於「物」韻新增收「激質切」一音，字義雖為「鮮絜貌，《詩》：絲衣其紑。」但是由《詩經·絲衣》之例證，可知「紑、俅、基、牛、鼒、觩、柔、休」八字相叶〔註383〕，且陸德明《經典釋文·毛詩音義》於「紑」字下注：「孚浮反。徐孚不反。絜鮮也。又音培。又音弗。」徐邈音「紑」為「孚不反」，讀成入聲「物」韻；又音「弗」，亦為入聲「物」韻，故可推知「紑」之「分物切」為《集韻》增收之叶韻音。

月韻「桀」字

本音：巨列切

〔註381〕郭茂倩：《樂府詩集》（上海：上海古籍出版社，1998年），頁751。

〔註382〕王靜芝：《詩經通釋》（台北市：輔仁大學文學院，1968年），頁637。

〔註383〕王力：《詩經韻讀楚辭韻讀》（北京：中國人民大學出版社，2004年），頁367。

新增叶音：居謁切

音證：《詩・甫田》：「無田甫田，維莠桀桀。無思遠人，勞心怛怛。」〔註384〕

說明：《廣韻》、《集韻》入聲「薛」韻「巨列切」下同收「桀」字，《廣韻》注
　　　云：「磔也。又夏王名。」《集韻》注云：「《說文》：磔也。从舛在木上也。
　　　夏之末帝號。」此當為「桀」字之本音；《集韻》於「月」韻新增收「居
　　　謁切」一音，字義雖為「莠盛貌。《詩》：維莠桀桀。」但是由《詩・甫
　　　田》之例證，可知「桀」與「怛」二字相叶，「怛」為入聲「曷」韻，王
　　　力《詩經韻讀》認為此二字同押月部〔註385〕，又陸德明《經典釋文・毛
　　　詩音義》於「桀」字下注：「居竭反。徐又居謁反。」讀成入聲「月」韻，
　　　故可推知「桀」之「居謁切」為《集韻》增收之叶韻音。

曷韻「害」字

本音：下蓋切

新增叶音：何葛切

音證：《詩・生民》：「誕彌厥月，先生如達。不坼不副，無菑無害。」〔註386〕

說明：《廣韻》、《集韻》去聲「泰」韻「下蓋切」下同收「害」字，《廣韻》注
　　　云：「傷也。」《集韻》注云：「《說文》：傷也。」此當為「害」字之本音；
　　　《集韻》於「曷」韻新增收「何葛切」一音，字義雖為「《說文》：何也。」
　　　但從《詩經・生民》之引證內容，可知「達」與「害」二字相叶，均押
　　　入聲「曷」韻，故可推知「害」之「何葛切」為《集韻》增收之叶韻音。

末韻「會」字

本音：黃外切

新增叶音：戶括切

音證：晉・清商曲辭〈七日夜女郎歌〉：「春離隔寒暑，明秋暫一會；兩歡別日
　　　長，雙情若饑渴。」〔註387〕

說明：《廣韻》、《集韻》去聲「泰」韻「黃外切」下同收「會」字，《廣韻》注
　　　云：「合也。」《集韻》注云：「《說文》：合也。」此當為「會」字之本音；

〔註384〕王靜芝：《詩經通釋》（台北市：輔仁大學文學院，1968年），頁220。
〔註385〕王力：《詩經韻讀》（上海：上海古籍出版社，1980年），頁210。
〔註386〕王靜芝：《詩經通釋》（台北市：輔仁大學文學院，1968年），頁535。
〔註387〕郭茂倩：《樂府詩集》（上海：上海古籍出版社，1998年），頁515。

《集韻》於「末」韻新增收「戶括切」一音，字義雖為「項推也。《莊子》：會撮指天。向季讀。」但從晉朝清商曲辭〈七日夜女郎歌〉之內容，可知「會」與「渴」二字相叶，「渴」為入聲「曷」韻，與入聲「會」字押韻，故可推知「會」之「戶括切」為《集韻》增收之叶韻音。

轄韻「歇」字

本音：許竭切

新增叶音：乙害切

音證：杜甫〈七月三日呈元二十曹長〉：「園蔬抱金玉，無以供採掇。密雲雖聚散，徂暑終衰歇。前聖眘焚巫，武王親救暍。」[註388]

說明：《廣韻》、《集韻》入聲「月」韻「許竭切」下同收「歇」字，《廣韻》注云：「氣泄也。休息也。又竭也。」《集韻》注云：「《說文》：息也。一曰气越泄。」此當為「歇」字之本音；《集韻》於「轄」韻新增收「乙害切」一音，字義雖為「闋。人名。《史記》：有趙王歇。徐廣讀。」但是從杜甫詩中，可知「歇」、「掇」、「暍」三字相叶，「掇」為入聲「末」韻，「暍」為入聲「曷」韻，故可推知「歇」之「乙害切」為《集韻》增收之叶韻音。

屑韻「弊」字

本音：毗祭切

新增叶音：蒲結切

音證：

（1）《韻補》「月」韻「筆列切」下收「弊」字，注云：「惡也。丘遲〈思賢賦〉：在慈明之慕義，聊憨馭而追悅；況至德之可師，無兼裘以共弊。」[註389]

（2）《易林》「訟」下之「訟」：「文巧俗弊，將反大質。」[註390]

說明：《廣韻》、《集韻》去聲「祭」韻「毗祭切」下同收「弊」字，《廣韻》注云：「困也。惡也。《說文》曰：頓仆也。」《集韻》注云：「惡也。」此

〔註388〕楊倫箋注：《杜詩鏡銓》（台北市：華正書局，2003年），頁617。
〔註389〕吳棫：《韻補》（北京：中華書局，1987年），頁114。
〔註390〕焦延壽：《易林》卷2（台北市：藝文印書館，1970年），頁41。

當為「弊」字之本音;《集韻》於「屑」韻新增收「蒲結切」一音,字義雖為「惡也。《周禮》:弊弓。徐邈讀。」但是從《韻補》引用丘遲〈思賢賦〉之內容,可知「悅」與「弊」二字相叶,「悅」為入聲「薛」韻,又《易林》之引證中,「弊」與「質」二字相叶,讀成入聲,故可推知「弊」之「蒲結切」為《集韻》增收之叶韻音。

屑韻「敝」字

本音:毗祭切

新增叶音:蒲結切

音證:

（1）《韻補》「月」韻「筆列切」下收「敝」字,注云:「敗衣也。《老子》:大成若缺,其用不敝;大盈若沖,其用不窮。」〔註391〕

（2）《淮南子》:「故兵強則滅,木強則折,革固則裂,齒堅于舌,而先之敝。」〔註392〕

說明:《廣韻》、《集韻》去聲「祭」韻「毗祭切」下同收「敝」字,《廣韻》注云:「《說文》曰:帗也。一曰敗衣也。」《集韻》注云:「《說文》:帗也。一曰敗衣。」此當為「敝」字之本音;《集韻》於「屑」韻新增收「蒲結切」一音,字義雖為「敗也。《詩》:敝笱在梁。徐邈讀。」但從《韻補》引用《老子》之內容可知,「缺」與「敝」二字相叶,「缺」為入聲「屑」韻;又《淮南子》之引證中,「滅、折、裂、舌」四字均為入聲「薛」韻,與入聲「敝」字押韻,故可推知「敝」之「蒲結切」為《集韻》增收之叶韻音。

薛韻「汭」字

本音:儒稅切

新增叶音:儒劣切

音證:

（1）江淹〈謝法曹贈別惠連〉:「昨發赤亭渚,今宿楊柳汭;方作雲峯異,

〔註391〕吳棫:《韻補》（北京:中華書局,1987 年）,頁 114。

〔註392〕劉安撰、（東漢）高誘注:《淮南子》,（台北市:中國子學名著集成編印,1978 年）,頁 32。

豈伊千里別。」〔註393〕

（2）何遜〈何遜日夕望江贈魚司馬〉：「早鴈出雲歸，故燕辭檐別；晝悲在異縣，夜夢還洛汭。」〔註394〕

說明：《廣韻》、《集韻》去聲「祭」韻「儒稅切」下同收「汭」字，《廣韻》注云：「水曲。《說文》曰：水相入也。」《集韻》注云：「《說文》：水相入也。」此當為「汭」字之本音；《集韻》於「薛」韻新增收「儒劣切」一音，字義雖為「水北也。《春秋傳》：及滑汭。」但是從江淹〈謝法曹惠連贈別〉和何遜〈何遜日夕望江贈魚司馬〉之內容，得知「汭」與「別」二字相叶，「別」為入聲「薛」韻，故可推知「汭」之「儒劣切」為《集韻》增收之叶韻音。

薛韻「逝」字

本音：時制切

新增叶音：食列切

音證：

（1）《韻補》「月」韻「食列切」下收「逝」字，注云：「往也。江淹〈傷友人賦〉：魂綿昧其若絕，位縈盈其如潔；嗟妙賞之不留，悼知音之已逝。」〔註395〕

（2）陸雲〈南征賦〉：「長角哀叫以命旅，金鼓隱訇而啟伐；景凌冥而四播，音乘雲而上逝。」〔註396〕

說明：《廣韻》、《集韻》去聲「祭」韻「時制切」下同收「逝」字，《廣韻》注云：「往也。行也。去也。」《集韻》注云：「《說文》：往也。」此當為「逝」字之本音；《集韻》於「薛」韻新增收「食列切」一音，字義雖為「往也。」但是從《韻補》引用江淹〈傷友人賦〉之內容可知，「絕、潔、逝」三字押韻，「絕」為入聲「薛」韻，「潔」為入聲「屑」韻；又陸雲〈南征賦〉之引文中「伐」與「逝」二字押韻，「伐」為入聲「月」韻，均與去聲「逝」字相叶，故可推知「逝」之「食列切」為《集韻》增收之叶韻音。

〔註393〕蕭統編、李善注：《文選》（台北市：五南圖書出版有限公司，1991 年），頁 820。
〔註394〕張溥編：《漢魏六朝百三家集》（台北市：新興書局，1963 年），頁 4261。
〔註395〕吳棫：《韻補》（北京：中華書局，1987 年），頁 116。
〔註396〕張溥編：《漢魏六朝百三家集》（台北市：新興書局，1963 年），頁 1982。

鐸韻「宅」字

本音：直格切

新增叶音：闥各切

音證：《韻補》「藥」韻「達各切」下收「宅」字，注云：「居也。《說文》：託也。
人所投託也。《漢書》注：古文宅度同。揚雄〈解嘲〉：爰清爰靜，游神
之廷；惟寂惟寞，守德之宅。廷音定。」〔註397〕

說明：《廣韻》、《集韻》入聲「陌」韻「直格切」下同收「宅」字，《廣韻》注
云：「《說文》云：宅，託也。人所投託也。《釋名》曰：宅，擇也。擇
吉處而營之也。」《集韻》注云：「《說文》：所託也。」此當為「宅」字
之本音；《集韻》於「鐸」韻新增收「闥各切」一音，字義雖為「奠爵
也。《書》：三祭三咤。徐邈讀或省。」但是從《韻補》徵引揚雄〈解嘲〉
之例，可知「寞」與「宅」二字相叶，「寞」為入聲「鐸」韻，故可推
知「宅」之「闥各切」為《集韻》增收之叶韻音。

鐸韻「舄」字

本音：思積切

新增叶音：闥各切

音證：《詩・閟宮》：「徂來之松，新甫之柏。是斷是度，是尋是尺。松桷有舄，
路寢孔碩。新廟奕奕，奚斯所作。孔曼且碩，萬民是若。」〔註398〕

說明：《廣韻》、《集韻》入聲「昔」韻「思積切」下同收「舄」字，《廣韻》注
云：「履也。崔豹《古今注》：以木置履下，乾腊不畏泥濕，故曰舄也。」
《集韻》注云：「履也。」此當為「舄」字之本音；《集韻》於「鐸」韻
新增收「闥各切」一音，字義雖為「大貌。《詩》：松桷有舄。徐邈讀。」
但是由《詩經・閟宮》之例證，可知「柏、度、尺、舄、碩、奕、作、
碩、若」九字相叶，王力於《詩經韻讀楚辭韻讀》認為此九字同屬鐸部
〔註399〕，又陸德明《經典釋文・毛詩音義》於「舄」字下注：「音昔。大
貌。徐又音託。」徐邈讀成入聲「鐸」韻，故可推知「舄」之「闥各切」
為《集韻》增收之叶韻音。

〔註397〕吳棫：《韻補》（北京：中華書局，1987年），頁120。
〔註398〕王靜芝：《詩經通釋》（台北市：輔仁大學文學院，1968年），頁654。
〔註399〕王力：《詩經韻讀楚辭韻讀》（北京：中國人民大學出版社，2004年），頁375。

昔韻「踖」字

本音：七約切

新增叶音：七迹切

音證：《詩・楚茨》：「執爨踖踖，為俎孔碩。或燔或炙，君婦莫莫。為豆孔庶，
為賓為客。獻酬交錯，禮儀卒度，笑語卒獲。神保是格，報以介福，萬
壽攸酢。」〔註400〕

說明：《廣韻》、《集韻》入聲「藥」韻「七約切」下同收「踖」字，《廣韻》注
云：「陵也。駿也。」《集韻》注云：「行貌。一曰踖，陵地也。」此當
為「踖」字之本音；《集韻》於「昔」韻新增收「七迹切」一音，字義
雖為「有容也。《詩》：執爨踖踖。」但是由《詩經・楚茨》之例證，可
知「踖、碩、炙、莫、庶、客、錯、度、獲、格、酢」十一字相叶〔註401〕，
又陸德明《經典釋文・毛詩音義》於「踖」字下注：「七夕反，又七略
反。」一讀為入聲「陌」韻，一讀為入聲「藥」韻；而朱熹《詩經集傳》
於「踖」字下注：「音積。叶七畧反。」讀成入聲「錫」韻，故可推知
「踖」之「七迹切」為《集韻》增收之叶韻音。

錫韻「約」字

本音：乙却切

新增叶音：吉歷切

音證：陸機〈演連珠〉：「臣聞煙出於火，非火之和。情生於性，非性之適。故
火壯則煙微，性充則情約。是以殷墟有感物之悲，周京無佇立之跡。」

〔註402〕

說明：《廣韻》、《集韻》入聲「藥」韻「乙却切」下同收「約」字，《廣韻》注
云：「約束。又儉也。少也。又姓。」《集韻》注云：「《說文》：纏束也。
一曰儉也。亦姓。」此當為「約」字之本音；《集韻》於「錫」韻新增
收「吉歷切」一音，字義雖為「纏也。」但是從陸機〈演連珠〉之內容
可知，「適」、「約」、「跡」三字相叶，「適」與「跡」二字為入聲「昔」
韻，故可推知「約」之「吉歷切」為《集韻》增收之叶韻音。

〔註400〕王靜芝：《詩經通釋》（台北市：輔仁大學文學院，1968 年），頁 455。

〔註401〕王力：《詩經韻讀楚辭韻讀》（北京：中國人民大學出版社，2004 年），頁 282。

〔註402〕蕭統編、李善注：《文選》（台北市：五南圖書出版有限公司，1991 年），頁 1358。

錫韻「辟」字

本音：匹辟切

新增叶音：匹歷切

音證：《詩・葛屨》：「好人提提，宛然左辟。佩其象揥。維是褊心，是以為刺。」
〔註403〕

說明：《廣韻》、《集韻》入聲「昔」韻「匹辟切」下同收「辟」字，《廣韻》注
云：「誤也。邪僻也。」《集韻》注云：「邪也。」此當為「辟」字之本音；
《集韻》於「錫」韻新增收「匹歷切」一音，字義雖為「《說文》：避也。
引《詩》：宛如左僻。」但是由《詩・葛屨》之例證，可知「辟、揥、刺」
三字相叶，「刺」為入聲「昔」韻，又陸德明《經典釋文・毛詩音義》於
「辟」字下注：「音避。一音婢亦反。」一音讀成入聲「昔」韻，故可推
知「辟」之「匹歷切」為《集韻》增收之叶韻音。

錫韻「幭」字

本音：莫結切

新增叶音：冥狄切

音證：《詩・韓奕》：「鞹鞃淺幭，鞗革金厄。」〔註404〕

說明：《廣韻》、《集韻》入聲「屑」韻「莫結切」下同收「幭」字，《廣韻》注
云：「帊幞。」《集韻》注云：「《說文》：蓋幭也。一曰缺褌被。一曰車覆
也。」此當為「幭」字之本音；《集韻》於「錫」韻新增收「冥狄切」一
音，字義雖為「車覆式也。《詩》：鞹鞃淺幭。」但是由《詩經・韓奕》
之例證，可知「幭、厄」二字相叶，王力於《詩經韻讀楚辭韻讀》認為
此二字同屬錫部〔註405〕，又陸德明《經典釋文・毛詩音義》於「幭」字
下注：「莫歷反。一音篾。」反切下字「歷」屬於入聲「錫」韻，「篾」
屬於入聲「屑」韻；而朱熹《詩經集傳》於「幭」字下注：「音覓」，讀
成入聲「錫」韻，沿用《集韻》收錄之音，故可推知「幭」之「冥狄切」
為《集韻》增收之叶韻音。

〔註403〕王靜芝：《詩經通釋》（台北市：輔仁大學文學院，1968年），頁229。

〔註404〕王靜芝：《詩經通釋》（台北市：輔仁大學文學院，1968年），頁593。

〔註405〕王力：《詩經韻讀楚辭韻讀》（北京：中國人民大學出版社，2004年），頁348。王
力並於註1說明：「幭，今本作幭。現在從他書作幭。查看段玉裁〈六書音韻表〉
16部注。」

職韻「意」字

本音：於記切

新增叶音：乙力切

音證：

(1)《韻補》「質」韻「乙力切」下收「意」字，注云：「志也。秦之罘刻石：承順帝意。〈索隱〉音億。賈誼〈鵩鳥賦〉：請對以臆。或作意。屈原〈天問〉：厥萌在初何所意焉，璜臺十成誰所極焉。」〔註416〕

(2)《漢書・賈誼傳》：「服乃太息，舉首奮翼；口不能言，請對以意。」〔註407〕

(3) 王逸〈九歎〉：「播規榘以背度兮，錯權衡而任意；操繩墨而放棄兮，傾容幸而侍側。」〔註408〕

說明：《廣韻》、《集韻》去聲「志」韻「於記切」下同收「意」字，《廣韻》注云：「志也。又姓。」《集韻》注云：「《說文》：从心察者而知意也。又姓。」此當為「意」字之本音；《集韻》於「職」韻新增收「乙力切」一音，字義雖為「《說文》：安也。一曰度也。辭也。」但是從《韻補》所引用屈原〈天問〉之內容，可知「意」與「極」二字相叶，「極」為入聲「職」韻；又《漢書・賈誼傳》中「翼」與「意」二字相叶，「翼」為入聲「職」韻，顏師古又於「意」字下注：「意字，合韻，宜音億。」以合韻注之，讀成入聲「職」韻；而王逸〈九歎〉之內容中，「意」與「側」二字相叶，均為入聲「職」韻，故可推知「意」之「乙力切」為《集韻》增收之叶韻音。

職韻「革」字

本音：各核切

新增叶音：訖力切

音證：

(1)《韻補》「質」韻「訖得切」下收「革」字，注云：「更也。皮革也。

〔註416〕吳棫：《韻補》（北京：中華書局，1987 年），頁 110。

〔註407〕班固撰、顏師古注：《漢書》（台北市：宏業書局，1992 年），頁 2227。

〔註408〕洪興祖著：《楚辭補注》（台北市：大安出版社，1999 年），頁 508。

《周易》：或躍在淵，乾道乃革；飛龍在天，乃位乎天德。秦琅邪刻

石：節事以時，諸產繁殖；黔首安寧，不用兵革。」〔註409〕

（2）《史記·秦始皇本紀》：「皇帝之德，存定四極。誅亂除害，興利致福。

節事以時，諸產繁殖。黔首安寧，不用兵革。六親相保，終無寇賊。

驩欣奉教，盡知法式。」張守節於「革」下注：「協韻，音棘」。〔註410〕

說明：《廣韻》、《集韻》入聲「麥」韻「各核切」下同收「革」字，《廣韻》注
云：「改也。獸皮也。兵革也。亦姓。」《集韻》注云：「《說文》：獸皮
治，去其毛革。」此當為「革」字之本音；《集韻》於「職」韻新增收
「訖力切」一音，字義雖為「《說文》：急也。」但是從《韻補》引用《易
經》「乾·文言」之內容，可知「革」與「德」二字相叶，「德」為入聲
「職」韻；而在秦琅邪刻石中，「殖」與「革」二字相叶，「殖」為入聲
「職」韻；又張守節注《史記》，於「革」字下云：「協韻，音棘」，讀成
入聲「職」韻，故可推知「革」之「訖力切」為《集韻》增收之叶韻音。

德韻「貸」字

本音：他代切

新增叶音：惕得切

音證：《易林》「比」下之「臨」：「府藏之富，王以賑貸；捕魚河海，苟願多
得。」〔註411〕

說明：《廣韻》、《集韻》去聲「代」韻「他代切」下同收「貸」字，《廣韻》注
云：「借也。施也。假也。」《集韻》注云：「《說文》：施也。」此當為「貸」
字之本音；《集韻》於「德」韻新增收「惕得切」一音，字義雖為「《說
文》：从人求物也。」但是從《易林》之引證內容中，可知「貸」與「得」
二字相叶，「得」為入聲「德」韻，故可推知「貸」之「惕得切」為《集
韻》增收之叶韻音。

德韻「服」字

本音：房六切

〔註409〕吳棫：《韻補》（北京：中華書局，1987年），頁104。

〔註410〕司馬遷著，張守節正義、司馬貞索隱、裴駰集解：《史記》（台北市：七略出版社，
1991年），頁122。

〔註411〕焦延壽：《易林》卷2（台北市：藝文印書館，1970年），頁55。

新增叶音：鼻墨切

音證：《韻補》「質」韻「鼻墨切」下收「服」字，注云：「衣也。服地也。〈士冠禮〉祝曰：今月吉日，始加元服；棄爾幼志，順爾成德。秦〈泰山刻石〉三句一韻：皇帝臨位，作制明法，臣下修飾；廿有六年；初并天下，罔不賓服。」〔註412〕

說明：《廣韻》、《集韻》入聲「屋」韻「房六切」下同收「服」字，《廣韻》注云：「服事。亦衣服。又行也、習也、用也、整也。又姓。」《集韻》注云：「《說文》：用也。一曰車右騑，所以舟旋。一曰事也。」此當為「服」字之本音；《集韻》於「德」韻新增收「鼻墨切」一音，字義雖為「《說文》：伏地也。」但是從《韻補》引用〈士冠禮〉之內容可知，「服」與「德」二字相叶，「德」為入聲「德」韻；又秦〈泰山刻石〉之引文中，「飾」與「服」二字押韻，「飾」為入聲「職」韻，與德韻「服」字相叶。徐蕆《韻補·序》云：「又如服之為房六切，其見於詩者凡十有六，皆當作蒲北切，而無與房六叶者。」故可推知「服」之「鼻墨切」為《集韻》增收之叶韻音。

緝韻「業」字

本音：逆怯切

新增叶音：逆及切

音證：

(1)《詩·采薇》：「戎車既駕，四牡業業；豈敢定居，一月三捷。」〔註413〕

(2)《詩·烝民》：「仲山甫出祖，四牡業業，征夫捷捷，每懷靡及。」〔註414〕

說明：《廣韻》、《集韻》入聲「業」韻「逆怯切」下同收「業」字，《廣韻》注云：「事也。大也。敘也。次也。始也。敬也。嚴也。」《集韻》注云：「《說文》：大板也。」此當為「業」字之本音；《集韻》於「緝」韻新增收「逆及切」一音，字義雖為「牡也。《詩》：四牡業業。」但是由《詩經·采薇》之例證，可知「業」與「捷」二字相叶，「捷」為入聲「葉」

〔註412〕吳棫：《韻補》（北京：中華書局，1987年），頁107。
〔註413〕王靜芝：《詩經通釋》（台北市：輔仁大學文學院，1968年），頁349。
〔註414〕王靜芝：《詩經通釋》（台北市：輔仁大學文學院，1968年），頁591。

韻；從《詩經·烝民》之例證，可知「業、捷、及」三字相叶，又陸德明《經典釋文·毛詩音義》於「業」字下注：「又魚及反。」讀成入聲「緝」韻，故可推知「業」之「逆及切」為《集韻》增收之叶韻音。

盍韻「業」字

本音：逆怯切

新增叶音：王盍切

音證：

（1）《詩·采薇》：「戎車既駕，四牡業業；豈敢定居，一月三捷。」〔註415〕

（2）《詩·烝民》：「仲山甫出祖，四牡業業，征夫捷捷，每懷靡及。」

〔註416〕

說明：《廣韻》、《集韻》入聲「業」韻「逆怯切」下同收「業」字，《廣韻》注云：「事也。大也。叙也。次也。始也。敬也。嚴也。」《集韻》注云：「《說文》：大板也。」此當為「業」字之本音；《集韻》於「盍」韻新增收「王盍切」一音，字義雖為「壯也。《詩》：四牡業業。一曰危也。」但是由《詩經·采薇》之例證，可知「業」與「捷」二字相叶；從《詩經·烝民》之例證，可知「業、捷、及」三字相叶，又陸德明《經典釋文·毛詩音義》於「業」字下注：「或五盍反。」讀成入聲「盍」韻，故可推知「業」之「王盍切」為《集韻》增收之叶韻音。

葉韻「壓」字

本音：乙甲切

新增叶音：益涉切

音證：

（1）杜甫〈八哀思｜故司徒李公光弼〉：「二宮泣西郊，九廟起頹壓。未散河陽卒，思明偽臣妾。復自碣石來，火焚乾坤獵。」〔註417〕

（2）唐·皮日休〈二遊詩｜任詩〉：「欲者解擠排，訐者能詀讘。權豪暫翻覆，刑禍相填壓。」〔註418〕

〔註415〕王靜芝：《詩經通釋》（台北市：輔仁大學文學院，1968年），頁349。

〔註416〕王靜芝：《詩經通釋》（台北市：輔仁大學文學院，1968年），頁591。

〔註417〕楊倫箋注：《杜詩鏡銓》（台北市：華正書局，2003年），頁675。

〔註418〕曹寅等編《全唐詩》（台北市：復興書局，1961年），頁3669。

說明：《廣韻》、《集韻》入聲「狎」韻「乙甲切」下同收「壓」字，《廣韻》注
　　　云：「鎮也。降也。笮也。壞也。」《集韻》注云：「《說文》：壞也。一
　　　曰塞補也。伏也。」此當為「壓」字之本音；《集韻》於「葉」韻新增
　　　收「益涉切」一音，字義雖為《說文》：笮也。一曰伏也。合也。」但
　　　是從杜甫古詩之內容中，可知「壓、妾、獵」三字相叶，「妾」與「獵」
　　　均為入聲「葉」韻；又唐人皮日休之詩中，「讘」與「壓」二字相叶，
　　　「讘」為入聲「葉」韻，故可推知「壓」之「益涉切」為《集韻》增收
　　　之叶韻音。

第五章 結 論

　　《集韻》是屬於早期的官修韻書，在漢語音韻學史上，其博采先儒異音、收字眾多，遠超出《大宋重修廣韻》二萬多字，一字數音之特點，尤為明顯，書中開始收錄部分未見於前代韻書的叶韻音，極為特殊。這些叶韻音，有些可從陸德明《經典釋文》所引用徐邈、沈重的「取韻」、「協句」標音，以及陸德明自己新造的改讀音內容，甚至是唐代顏師古的「合韻」、李善的「協韻」等注解，得知《集韻》收音的線索；《集韻》所增收的叶韻音，影響後代吳棫《韻補》、朱熹《詩經集傳》與《楚辭集傳》、《字彙》、《正字通》、《康熙字典》等，亦大量收錄叶韻音，而清代《欽定叶韻彙輯》更為叶韻音集大成之作，故《集韻》增收的叶韻字字音，實為叶韻音承先啟後的重要關鍵。茲將研究所得，略述如下：

　　一、《廣韻》雖有收錄叶韻音，但這類本已經存在的音讀，是屬於破音讀法的叶韻字音，而《集韻》增收部分有別於破音讀法的音讀，為《廣韻》未收錄，經考證推論後，得知《集韻》所增收的叶韻音，是配合和諧的用韻需要而新造的音，故《集韻》為第一部正式收錄叶韻音的官修韻書。

　　二、本文考證得知：《集韻》共增收二一九個叶韻音；其中部分的叶韻音，已見於先儒改讀的資料中，包括：陸德明《經典釋文》曾標示「支」韻「議」字、「志」韻「貽」字、「姥」韻「顧」字、「講」韻「肛」字、「語」韻「野」字、「姥」韻「下」字；釋道騫《楚辭音》亦曾標明「姥」韻「下」字；顏師

古《漢書》注曾以「合韻」標明叶韻音，如：「暮」韻「謨」字、「旨」韻「敏」字、「效」韻「學」字、「陽」韻「饗」字、「陽」韻「享」字、「志」韻「喜」字、「先」韻「西」字、「職」韻「意」字、「至」韻「追」字、「線」韻「埏」字、「薛」韻「逝」字、「真」韻「震」字、「姥」韻「顧」字、「遇」韻「欲」字、「遇」韻「觸」字、「遇」韻「虞」字、「御」韻「舉」字、「御」韻「漁」字、「唐」韻「葬」字、「真」韻「信」字、「齊」韻「濟」字、「厚」韻「茂」字、「有」韻「狩」字、「模」韻「墓」字、「庚」韻「慶」字、「旨」韻「緇」字、「志」韻「司」字、「志」韻「殺」字等；李賢《後漢書》注曾標出「先」韻「西」字、「志」韻「司」字、「真」韻「震」字、「陽」韻「饗」字、「御」韻「舉」字、「清」韻「逞」字等；李善《文選》注曾標明「桓」韻「揣」字、「真」韻「震」字、「暮」韻「索」字、「姥」韻「顧」字、「戈」韻「播」字、「旱」韻「竿」字等；公孫羅《文選音決》曾標出「唐」韻「莽」字、「暮」韻「索」字等；以及張守節、司馬貞《史記》注曾標明「職」韻「革」字、「職」韻「意」字、「刪」韻「豻」字等。此外，邵榮芬、邱棨鐋與張民權對於《集韻》「諄」韻收錄「天、顛、田、年」四字音讀，為《集韻》增收的叶韻字字音，已有共識；其餘的叶韻字音皆是透過古籍的注音，及後代相關字書與韻書查證而得。

三、吳棫作《韻補》一書，目的是補《集韻》收音的不足，而所補都是與押韻相關的字音，朱熹大量使用「叶音」注古代韻字，大部分就是取自吳棫，至於明清的字書《字彙》、《正字通》、《康熙字典》等，更是彙錄這些叶韻音，成為單字字音的一部份。至於清代《欽定叶韻彙輯》更是叶韻音的集大成之作，這些追本循源，應該都是受到《集韻》收錄叶韻音的影響。

四、《集韻》所增加的叶韻音，不是屬於語音系統的範疇，如果研究《切韻》音系或宋代音系，將《集韻》增收的叶韻音音節或其叶音作為研究資料，這將使語音系統產生混淆。

經由本文研究，找出《集韻》收錄了一些叶韻音，然由上文所列舉的部分字例，如：業、靡、學、來、趙等，《集韻》卻增收兩個以上的叶韻音；亦有本音與新增叶音的聲類不同，如：寵、款、伉、瀼、昂等，這些《集韻》所增收叶韻音的特殊現象，仍需進一步的研究，提供日後繼續探討的空間。

參考書目

一、專　書

1. 丁度等編：《集韻》述古堂影宋抄本，台北市：學海出版社，1986 年。
2. 孔穎達等注疏：《十三經注疏｜周禮注疏》，台北市：藝文印書館，1960 年。
3. 方成珪：《集韻考正》，台北市：台灣商務書局，1965 年。
4. 王力：《詩經韻讀楚辭韻讀》，北京：中國人民大學出版社，2004 年 11 月。
5. 王力：《漢語語音史》，北京：中國社會科學出版社，1998 年。
6. 王夫之：《船山遺書》，台北：自由出版社，1972 年。
7. 王先慎：《韓非子集解》，北京：中華書局，1998 年。
8. 王先謙：《莊子集解》，台北市：三民書局，1974 年。
9. 王質：《詩總聞》收錄於新文豐：《叢書集成新編》，台北市：新文豐出版公司，1986 年。
10. 王靜芝：《詩經通釋》，台北市：輔仁大學文學院，1968 年。
11. 王觀國：《學林》收錄於新文豐：《叢書集成新編》，台北市：新文豐出版公司，1986 年。
12. 司馬遷著，張守節正義、司馬貞索隱、裴駰集解：《史記》，台北市：七略出版社，1991 年。
13. 永瑢等撰：《欽定四庫全書總目》景印文淵閣本，台北市：台灣商務印書館，1939 年。
14. 永瑢等撰：《欽定四庫全書簡明目錄》景印文淵閣本，台北市：台灣商務印書館，1939 年。
15. 白居易：《白香山集》，上海：商務印書館，1933 年。
16. 朱熹：《楚辭集傳》，台北市：河洛出版社，1980 年。

17. 朱熹：《詩經集傳》，台北市：蘭台書局，1979 年。

18. 吳棫：《韻補》，北京：中華書局，1987 年。

19. 李賀撰：《昌谷集》，台北市：台灣商務印書館，1968 年。

20. 周祖謨：《問學集》，台北市：知仁出版社，1976 年。

21. 周祖謨：《魏晉南北朝韻部之演變》，台北市：東大圖書公司，1996 年。

22. 邵榮芬：《邵榮芬音韻學論集》，北京：首都師範大學出版社，1997 年。

23. 邱棨鐊：《集韻研究》稿本影印初版，台北市，1974 年。

24. 姚鉉編：《唐文粹》，台北市：台灣商務印書館，1968 年。

25. 段玉裁：《說文解字注》，台北市：洪葉文化事業有限公司，1999 年。

26. 洪興祖著：《楚辭補注》，台北市：大安出版社，1999 年。

27. 范曄撰（唐）李賢等注：《後漢書》，台北市：宏業書局，1977 年。

28. 孫詒讓：《集韻考正》萬有文庫本，商務印書館，1937 年。

29. 班固：《漢書》，台北市：宏業書局，1992 年。

30. 張世祿：《中國古音學》，台北市：先知出版社，1972 年。

31. 張世祿：《中國音韻學史》，台北市：台灣商務印書館，1965 年。

32. 張民權：《清代前期古音學研究》，北京市：廣播學院出版社，2002 年。

33. 張溥編：《漢魏六朝百三家集》，台北市：新興書局，1963 年。

34. 曹植：《曹子建集》，台北市：中華書局，1970 年。

35. 郭茂倩：《樂府詩集》，上海：上海古籍出版社，1998 年。

36. 郭知達：《九家集注杜詩》台北市：台灣書局，1974 年。

37. 陳第：《毛詩古音考》，北京：中華書局，1988 年。

38. 陳彭年等著：《新校宋本廣韻》，台北市：洪葉文化事業有限公司，2001 年初版。

39. 陳新雄：《古音研究》，台北市：五南圖書出版有限公司，1999 年。

40. 陳壽撰（宋）裴松之注：《三國志｜蜀志》台北市：世界書局，1972 年。

41. 章樵注：《古文苑》，台北市：鼎文書局，1973 年。

42. 彭曉撰：《周易參同契真義》，台北市：中國子學名著集成編印，1978 年。

43. 揚雄著、張震澤校注：《揚雄集》，上海：上海古籍出版社，1993 年。

44. 揚雄撰（晉）范望注：《太玄經》，台北市：中國子學名著集成編印，1978 年。

45. 焦延壽：《易林》，台北市：藝文印書館，1970 年。

46. 程頤：《易程傳》，台北市：文津出版社，1987 年。

47. 黃季剛先生口述，黃焯筆記編輯：《文字聲韻訓詁筆記》，台北市：木鐸出版社，1983 年。

48. 楊伯峻：《春秋左傳注》，台北市：源流文化事業，1982 年。

49. 楊倞注（清）王先謙集解：《荀子》台北市：世界書局，1962 年。

50. 楊簡：《慈湖詩傳》收錄於新文豐：《叢書集成續編》，台北市：新文豐出版公司，1991 年。

51. 董同龢：《漢語音韻學》，台北市：文史哲出版社，1998 年。

52. 劉安撰（東漢）高誘注：《淮南子》，台北市：中國子學名著集成編印，1978 年。

53. 劉燕文：〈《集韻》與唐、宋時期的俗語〉語言學論叢 16 輯，北大中文系編，商務印書館出版：1991 年。

54. 歐陽詢等撰：《藝文類聚》，台北市：新興書局，1996 年。

55. 蕭統編（唐）李善注：《文選》，台北市：五南圖書出版有限公司，1991 年。

56. 錢大昕：《潛研堂集》，上海：上海古籍出版社，1989 年。

57. 戴望校正：《管子》，上海：商務印書館，1933 年。

58. 韓愈：《韓昌黎集》，上海：商務印書館，1930 年。

59. 羅常培、周祖謨合著：《漢魏晉南北朝韻部演變研究》，台北市：科學出版社，1958 年。

60. 顧炎武：《韻補正》，台北市：廣文書局，1966 年。

二、期刊論文

1. 白滌洲：〈集韻聲類考〉中央研究院歷史語言研究所集刊，1931 年第 3 本第 2 分。

2. 李添富：〈《古今韻會舉要》反切引《集韻》考〉輔仁國文學報，1988 年第 4 期。

3. 金周生：〈論朱熹注「叶音」的兩可現象〉輔仁學誌：人文藝術之部，2004 年第 31 期。

4. 金周生：〈「詩集傳」非叶韻音切語與朱熹讀「詩」方法試析〉聲韻論叢，2000 年第 9 期。

5. 金周生：〈「詩集傳」直音考〉輔仁國文學報，1999 年第 15 期。

6. 林英津：〈論《集韻》在漢語音韻學史的定位〉漢學研究，1988 年第 6 卷第 2 期。

7. 邵榮芬：〈《集韻》音系特點記要〉語言研究增刊，1994 年。

8. 邱棨鐊：〈集韻研究提要〉華學月刊，1974 年第 33 期。

9. 胡安順、趙宏濤：〈廣韻、集韻小韻異同考〉陝西師範大學繼續教育學報，2005 年 6 月第 22 卷第 2 期。

10. 張民權：〈宋代古音學考論〉首都師範大學學報，2002 年第 1 期。

11. 張渭毅：〈《集韻》的反切上字所透露的語音信息〉南陽師範學院學報，2002 年 6 月第 1 卷第 3 期。

12. 張渭毅：〈《集韻》刪并字音體例的重新認識〉語言研究增刊，1996 年。

13. 張渭毅：〈《集韻》研究概說〉語言研究，1999 年第 2 期。

14. 張渭毅：〈論《集韻》異讀字與《類篇》重音字的差異〉實踐通訊論叢，2005 年 1 月第 3 期。

15. 張文軒：〈從初唐「協韻」看當時的實際韻部〉中國語文集刊第 1 期，1983 年。

16. 許徵：〈協韻不可取〉語言與翻譯，2001 年第 1 期。

17. 陳新雄：〈古音學與《詩經》〉輔仁學誌，1982 年第 11 期。

18. 楊雪麗：〈《集韻》與中古音韻〉史學月刊，2000 年第 4 期。

19. 楊雪麗：〈《集韻》引論〉河南大學學報，1996 年第 36 卷第 5 期。

20. 路萌怡：〈收字最多、規模宏大的韻書《集韻》〉文史知識第 11 期，1984 年。

21. 趙宏濤：〈淺析《廣韻》與《集韻》在漢語語音史上的重要地位〉和田師範專科學校學報，2005 年第 25 卷第 4 期。

22. 趙振鐸：〈關於《集韻》的校理〉中國語文通訊第 23 期，1992 年。

23. 潘重規：〈集韻聲類表述例〉新亞書院學術年刊第 6 期，1964 年。

三、單篇論文

1. 周祖謨：〈騫公楚辭音之協韻說與楚音〉《問學集》台北市：知仁出版社，1976 年。

2. 林蓮仙：〈楚辭音韻學說述評〉《楚辭音韻》香港：昭明出版社，1979 年。

3. 邵榮芬：〈釋《集韻》的重出小韻〉《音韻學研究》第 1 輯，北京：中華書局，1984 年。

4. 金周生：〈《經典釋文》所收「叶韻音」研究〉《慶祝陳伯元教授七秩華誕論文集》台北市：洪葉文化事業有限公司，2004 年。

5. 姜亮夫：〈敦煌寫本隋釋智騫楚辭音跋〉《楚辭學論文集》上海：上海古籍出版社，1984 年。

6. 張渭毅：〈《集韻》異讀研究〉《中國語言學論叢》第 2 輯，北京：北京語言文化大學出版社，1999 年。

7. 黃耀堃、黃海卓：〈道騫與《楚辭音》殘卷的作者新考〉《姜亮夫蔣禮鴻郭在貽先生紀念文集》上海：上海教育出版社，2003 年。

8. 聞一多：〈敦煌舊抄楚辭音殘卷跋〉《聞一多全集》第 2 冊，武漢：湖北人民出版社，1994 年。

9. 趙振鐸：〈論《集韻》的收字〉《漢語史研究集刊》第 7 輯，四川：巴蜀書社，2005 年。

10. 趙振鐸：〈《集韻》的內部結構〉《姜亮夫蔣禮鴻郭在貽先生紀念文集》上海：上海教育出版社，2003 年。

11. 饒宗頤：〈隋僧道騫楚辭音殘卷校箋〉《饒宗頤二十世紀學術文集》台北市：新文豐出版社，2003 年。

四、學位論文

1. 林英津：《集韻之體例及音韻系統中的幾個問題》台灣大學中國文學研究所博士論文，1985 年。

2. 林文政：《文選六臣注音系研究》中國文化大學中國文學研究所碩士論文，2000 年。

3. 陳文玫：《吳棫韻補研究》中國文化大學中國文學研究所碩士論文，2002 年。

附　錄

附錄一　《集韻》增收的叶韻字音與本音之比較表（據上海圖書館藏述古堂影宋抄本）

三　劃

叶韻字	本音／新增叶音	《集韻》頁、行、字數	論文頁數
下	本音：亥駕切	595.1.3	104
	新增叶音：後五切	340.9.1	105
子	本音：祖似切	323.5.2	118
	新增叶音：將吏切	484.9.2	118

四　劃

叶韻字	本音／新增叶音	《集韻》頁、行、字數	論文頁數
不	本音：方鳩切	266.3.4	57
	新增叶音：風無切	77.11.6	57
仆	本音：芳遇切	495.4.5	149
	新增叶音：普木切	635.11.6	149
反	本音：甫遠切	362.10.2	107
	新增叶音：部版切	373.6.2	107

反	本音：孚袁切	136.2.7	139
	新增叶音：方願切	549.3.2	139
天	本音：他年切	160.4.5	64
	新增叶音：鐵因切	127.4.8	64
斗	本音：當口切	439.5.5	102
	新增叶音：腫庾切	336.2.2	102

五 劃

叶韻字	本音／新增叶音	《集韻》頁、行、字數	論文頁數
且	本音：子余切	65.9.2	101
	新增叶音：此與切	329.8.2	101
去	本音：口舉切	328.5.4	54
	新增叶音：丘於切	63.9.1	54
司	本音：新茲切	53.1.2	119
	新增叶音：相吏切	484.6.2	119
央	本音：於良切	218.1.6	89
	新增叶音：於驚切	233.4.3	89
永	本音：于憬切	422.10.4	144
	新增叶音：為命切	604.10.8	144
田	本音：亭年切	160.6.3	66
	新增叶音：地因切	127.5.4	66

六 劃

叶韻字	本音／新增叶音	《集韻》頁、行、字數	論文頁數
伉	本音：口浪切	602.2.2	86
	新增叶音：居郎切	223.8.8	86
宅	本音：直格切	733.6.5	156
	新增叶音：闥各切	724.5.5	156
年	本音：寧顛切	161.1.3	67
	新增叶音：禰因切	127.5.1	67
西	本音：先齊切	92.8.6	75
	新增叶音：蕭前切	158.1.3	75

七　劃

叶韻字	本音／新增叶音	《集韻》頁、行、字數	論文頁數
佐	本音：子賀切	589.8.4	111
	新增叶音：子我切	404.4.5	111
折	本音：食列切	709.7.3	133
	新增叶音：征例切	510.11.3	133
投	本音：徒侯切	271.8.7	146
	新增叶音：大透切	619.8.7	146
杠	本音：古雙切	22.2.5	39
	新增叶音：沽紅切	10.10.2	39
甸	本音：堂練切	567.10.4	75
	新增叶音：亭年切	160.7.3	75
邪	本音：徐嗟切	204.4.6	55
	新增叶音：羊諸切	69.10.3	55
汭	本音：儒稅切	512.1.1	154
	新增叶音：儒劣切	710.4.4	154

八　劃

叶韻字	本音／新增叶音	《集韻》頁、行、字數	論文頁數
享	本音：許兩切	414.9.4	82
	新增叶音：虛良切	217.6.1	82
來	本音：郎才切	114.1.4	57
	新增叶音：龍都切	88.3.3	57
來	本音：郎才切	114.1.4	136
	新增叶音：洛代切	534.10.7	136
呶	本音：尼交切	189.2.5	81
	新增叶音：女加切	207.4.4	81
姐	本音：子野切	409.3.3	123
	新增叶音：將豫切	491.10.2	124
定	本音：徒徑切	608.3.4	92
	新增叶音：唐丁切	244.10.6	92
居	本音：斤於切	63.9.6	121
	新增叶音：居御切	491.4.4	121
拔	本音：蒲八切	696.5.6	136
	新增叶音：蒲蓋切	519.11.3	136

	本音：甫丙切	415.11.8	81
放	新增叶音：分房切	211.10.9	81
服	本音：房六切	640.8.3	160
	新增叶音：鼻墨切	762.10.7	161
肺	本音：芳廢切	537.4.5	135
	新增叶音：普蓋切	519.9.6	135
虯	本音：渠幽切	273.11.1	115
	新增叶音：渠糺切	440.10.2	115
決	本音：古穴切	705.3.5	130
	新增叶音：涓惠切	509.1.7	130

九　劃

叶韻字	本音／新增叶音	《集韻》頁、行、字數	論文頁數
亮	本音：力讓切	599.3.6	85
	新增叶音：呂張切	217.3.1	85
信	本音：思晉切	540.1.3	62
	新增叶音：斯人切	117.9.1	62
垢	本音：舉后切	437.1.3	148
	新增叶音：居六切	647.11.7	148
怠	本音：蕩亥切	351.8.1	50
	新增叶音：盈之切	55.7.4	50
怠	本音：蕩亥切	351.8.1	61
	新增叶音：湯來切	113.5.1	61
昭	本音：之遙切	181.1.1	110
	新增叶音：止少切	393.10.5	110
柱	本音：重主切	336.7.1	124
	新增叶音：株遇切	497.10.3	124
狩	本音：舒救切	613.10.3	113
	新增叶音：始九切	433.8.3	113
畏	本音：於胃切	490.1.2	52
	新增叶音：於非切	61.4.6	52
畏	本音：於胃切	490.1.2	60
	新增叶音：烏回切	107.2.1	60
竿	本音：居寒切	143.8.4	106
	新增叶音：古旱切	367.9.4	106

約	本音：乙却切	722.4.4	157
	新增叶音：吉歷切	754.5.6	157
茂	本音：莫候切	618.1.5	114
	新增叶音：蘇后切	438.8.1	114
苑	本音：委遠切	360.6.4	138
	新增叶音：紆願切	548.2.5	138
衍	本音：以淺切	388.6.3	76
	新增叶音：夷然切	167.6.2	77
降	本音：胡江切	22.8.3	44
	新增叶音：乎攻切	15.11.6	44
革	本音：各核切	740.8.5	159
	新增叶音：訖力切	759.3.3	159
厖	本音：莫江切	23.3.2	98
	新增叶音：母項切	307.3.6	98
扃	本音：涓熒切	248.3.1	112
	新增叶音：畎迥切	426.7.1	112
昴	本音：莫飽切	398.4.4	78
	新增叶音：謨交切	187.8.6	78
昴	本音：莫飽切	398.4.4	95
	新增叶音：力求切	261.8.2	95
洒	本音：小禮切	341.5.2	105
	新增叶音：取猥切	348.2.4	105
罘	本音：房尤切	266.9.6	48
	新增叶音：貧悲切	50.3.3	48
秄	本音：祖似切	323.6.2	49
	新增叶音：津之切	53.7.2	50
恒	本音：胡登切	254.8.6	145
	新增叶音：居鄧切	611.3.7	145

十　劃

叶韻字	本音 / 新增叶音	《集韻》頁、行、字數	論文頁數
冥	本音：忙經切	243.4.2	112
	新增叶音：母迴切	427.9.4	112
害	本音：下蓋切	520.10.1	152
	新增叶音：何葛切	686.2.2	152

家	本音：居牙切	208.6.2	143
	新增叶音：居迓切	595.8.4	143
徑	本音：吉定切	607.2.1	93
	新增叶音：堅靈切	247.5.1	93
悍	本音：侯旰切	552.8.3	107
	新增叶音：戶版切	373.1.2	107
桀	本音：巨列切	713.8.3	151
	新增叶音：居謁切	680.2.5	152
烏	本音：汪胡切	91.9.2	80
	新增叶音：於加切	209.1.6	80
狷	本音：規掾切	575.1.4	74
	新增叶音：圭懸切	163.4.3	74
索	本音：昔各切	727.8.2	129
	新增叶音：蘇故切	499.4.4	129
訓	本音：吁運切	546.8.1	63
	新增叶音：松倫切	123.7.5	63
追	本音：中葵切	43.8.5	59
	新增叶音：都回切	108.2.1	59
追	本音：中葵切	43.8.5	117
	新增叶音：追萃切	477.8.1	117
郢	本音：以井切	425.4.8	145
	新增叶音：于正切	606.11.4	145
浼	本音：母罪切	347.11.2	108
	新增叶音：美辨切	387.3.3	108
紑	本音：披尤切	267.2.7	151
	新增叶音：分物切	674.10.4	151
豻	本音：俄干切	144.1.6	73
	新增叶音：牛姦切	152.9.2	73
髟	本音：卑遙切	179.8.6	140
	新增叶音：匹妙切	581.9.6	140

十一劃

叶韻字	本音／新增叶音	《集韻》頁、行、字數	論文頁數
埤	本音：賓彌切	33.6.4	99
	新增叶音：部靡切	316.11.3	99

悵	本音：丑亮切	598.10.7	83
	新增叶音：仲良切	216.9.2	83
控	本音：苦貢切	462.3.3	42
	新增叶音：枯公切	10.4.6	42
敝	本音：毗祭切	517.1.3	154
	新增叶音：蒲結切	706.9.11	154
敏	本音：美隕切	354.9.4	100
	新增叶音：母鄙切	321.5.6	100
欲	本音：俞玉切	654.4.1	126
	新增叶音：俞戍切	495.2.1	126
殺	本音：山戞切	696.7.8	120
	新增叶音：所例切	483.3.5	120
涵	本音：胡南切	283.6.9	97
	新增叶音：胡讒切	294.11.8	97
爽	本音：所兩切	414.4.2	84
	新增叶音：師莊切	215.11.6	84
移	本音：爾支切	34.8.1	116
	新增叶音：以豉切	469.10.6	116
窕	本音：徒了切	391.1.4	77
	新增叶音：他彫切	174.8.9	77
組	本音：摠古切	338.1.5	53
	新增叶音：千余切	65.8.3	53
莎	本音：蘇禾切	199.10.4	45
	新增叶音：宜為切	28.2.2	45
莽	本音：母朗切	418.3.3	88
	新增叶音：謨郎切	222.2.1	88
訛	本音：吾禾切	198.2.8	78
	新增叶音：牛何切	196.11.2	78
貫	本音：古玩切	555.2.5	139
	新增叶音：古患切	561.2.5	139
逝	本音：時制切	511.2.6	155
	新增叶音：食列切	709.9.3	155
逞	本音：丑郢切	424.9.6	91
	新增叶音：癡真切	239.11.6	91
野	本音：以者切	410.8.4	101
	新增叶音：上與切	331.1.6	102

陶	本音：餘招切	182.5.2	142
	新增叶音：大到切	588.5.8	142
埏	本音：夷然切	167.4.3	140
	新增叶音：延面切	574.8.6	140
淠	本音：匹計切	503.2.6	136
	新增叶音：普蓋切	519.10.1	136
猗	本音：於宜切	38.3.1	116
	新增叶音：於義切	471.4.4	116

十二劃

叶韻字	本音／新增叶音	《集韻》頁、行、字數	論文頁數
喜	本音：訖巳切	324.10.3	49
	新增叶音：虛其切	56.1.2	49
喜	本音：訖巳切	324.10.3	118
	新增叶音：許記切	485.5.5	118
彭	本音：蒲庚切	230.3.7	87
	新增叶音：逋旁切	221.4.1	88
揣	本音：楚委切	309.7.6	71
	新增叶音：徒官切	150.8.2	71
散	本音：顙旱切	369.8.7	69
	新增叶音：相干切	144.2.7	69
斯	本音：山宜切	25.10.3	52
	新增叶音：山於切	66.4.1	52
款	本音：苦緩切	368.7.3	69
	新增叶音：許斤切	132.3.5	69
筋	本音：舉欣切	132.6.1	76
	新增叶音：渠焉切	168.2.1	76
菌	本音：巨隕切	356.11.1	68
	新增叶音：區倫切	126.10.2	68
貽	本音：盈之切	55.2.5	119
	新增叶音：羊吏切	485.5.2	119
貸	本音：他代切	534.7.5	160
	新增叶音：惕得切	762.3.4	160
喁	本音：魚容切	21.6.3	113
	新增叶音：語口切	437.8.1	113

十三劃

叶韻字	本音／新增叶音	《集韻》頁、行、字數	論文頁數
甯	本音：乃定切	608.5.6	94
	新增叶音：囊丁切	247.3.4	94
舄	本音：思積切	742.7.8	156
	新增叶音：闥各切	724.5.6	156
幹	本音：居案切	553.8.2	71
	新增叶音：居寒切	143.11.1	71
意	本音：於記切	486.2.4	159
	新增叶音：乙力切	759.8.8	159
愴	本音：楚亮切	598.8.2	83
	新增叶音：初良切	216.2.2	83
會	本音：黃外切	521.10.5	152
	新增叶音：戶括切	690.9.4	152
業	本音：逆怯切	784.5.1	161
	新增叶音：逆及切	769.2.8	161
業	本音：逆怯切	784.5.1	162
	新增叶音：王盍切	774.4.6	162
歇	本音：許竭切	679.10.3	153
	新增叶音：乙害切	698.4.5	153
溢	本音：食質切	663.2.6	116
	新增叶音：神至切	473.7.3	117
溥	本音：頗五切	337.7.3	56
	新增叶音：芳無切	76.6.4	56
罩	本音：陟教切	584.9.4	150
	新增叶音：勅角切	661.11.1	150
葦	本音：羽鬼切	327.3.2	51
	新增叶音：于非切	62.6.5	51
葬	本音：則浪切	601.9.7	88
	新增叶音：慈郎切	222.8.7	88
葬	本音：則浪切	601.9.7	88
	新增叶音：茲郎切	222.8.2	88
虞	本音：元俱切	72.4.1	127
	新增叶音：元具切	493.11.5	127
辟	本音：匹辟切	7474.7.6	158
	新增叶音：匹歷切	749.5.2	158

遁	本音：杜本切		64
	新增叶音：七倫切	122.10.8	64
廋	本音：疎鳩切	264.11.7	114
	新增叶音：蘇后切	438.10.5	114
煇	本音：吁韋切	60.7.1	137
	新增叶音：呼願切	547.8.9	138

十四劃

叶韻字	本音／新增叶音	《集韻》頁、行、字數	論文頁數
僭	本音：子念切	628.7.1	96
	新增叶音：千尋切	274.8.3	96
僭	本音：子念切	628.7.1	96
	新增叶音：咨林切	275.2.5	96
僭	本音：子念切	628.7.1	97
	新增叶音：初簪切	277.2.6	97
墓	本音：莫故切	498.5.1	58
	新增叶音：蒙晡切	84.7.4	58
弊	本音：毗祭切	517.2.3	153
	新增叶音：蒲結切	706.10.1	153
摧	本音：徂回切	110.3.4	47
	新增叶音：遵綏切	43.3.3	47
歉	本音：口陷切	629.7.3	147
	新增叶音：詰念切	628.5.8	147
漫	本音：莫半切	557.1.3	71
	新增叶音：謨官切	149.3.2	72
漁	本音：牛居切	62.10.5	123
	新增叶音：牛據切	490.8.1	123
監	本音：居銜切	296.10.7	147
	新增叶音：苦濫切	625.2.6	147
碣	本音：巨列切	713.10.1	132
	新增叶音：其例切	513.6.3	132
綴	本音：株衛切	515.1.5	135
	新增叶音：都外切	519.5.2	135
緇	本音：莊持切	51.1.7	99
	新增叶音：側几切	321.9.4	99

赫	本音：郝格切	734.2.3	142
	新增叶音：虛訝切	595.3.4	142
趙	本音：直紹切	394.4.5	109
	新增叶音：徒了切	391.4.1	109
趙	本音：直紹切	394.4.5	109
	新增叶音：起了切	392.7.5	110
閡	本音：戶代切	536.2.4	106
	新增叶音：下改切	350.6.4	106
頗	本音：滂禾切	198.6.5	45
	新增叶音：蒲靡切	32.10.4	45
餌	本音：仍吏切	483.8.6	99
	新增叶音：忍止切	322.7.1	99
髦	本音：謨袍切	191.8.1	95
	新增叶音：迷浮切	270.1.3	95
鳴	本音：眉兵切	231.11.1	144
	新增叶音：眉病切	604.7.1	144
裾	本音：斤於切	63.11.5	122
	新增叶音：居御切	491.2.3	122
褐	本音：先約切	748.5.2	131
	新增叶音：地計切	504.6.7	131

十五劃

叶韻字	本音／新增叶音	《集韻》頁、行、字數	論文頁數
厲	本音：力制切	514.4.5	134
	新增叶音：落蓋切	518.5.3	134
幢	本音：傳江切	24.2.1	41
	新增叶音：徒東切	5.11.2	41
慶	本音：丘正切	604.8.1	85
	新增叶音：墟羊切	217.7.3	85
慶	本音：丘正切	604.8.1	90
	新增叶音：丘京切	232.9.2	90
憂	本音：於求切	257.6.2	146
	新增叶音：於救切	615.11.8	146
播	本音：補過切	590.7.6	79
	新增叶音：逋禾切	198.6.2	79

皺	本音：側救切	614.8.8	94
	新增叶音：甾尤切	266.2.9	94
罷	本音：補靡切	316.9.2	46
	新增叶音：蒲糜切	32.8.6	46
緫	本音：祖動切	302.2.5	43
	新增叶音：祖叢切	8.11.4	43
諍	本音：側迸切	605.3.1	91
	新增叶音：甾莖切	236.2.4	91
霆	本音：唐丁切	244.6.7	111
	新增叶音：待鼎切	428.10.2	111
震	本音：之刃切	538.3.1	61
	新增叶音：升人切	116.7.2	61
幝	本音：齒善切	383.10.5	70
	新增叶音：他干切	145.2.1	70
廡	本音：罔甫切	335.5.6	55
	新增叶音：微夫切	79.2.10	55
踖	本音：七約切	719.1.2	157
	新增叶音：七迹切	743.1.2	157

十六劃

叶韻字	本音／新增叶音	《集韻》頁、行、字數	論文頁數
學	本音：胡覺切	657.2.8	141
	新增叶音：後教切	582.5.7	141
學	本音：胡覺切	657.2.8	141
	新增叶音：居效切	582.11.4	141
憲	本音：許建切	548.4.5	108
	新增叶音：呼典切	380.7.5	108
臻	本音：緇詵切	127.6.1	73
	新增叶音：將先切	158.8.1	73
頤	本音：盈之切	55.1.2	60
	新增叶音：曳來切	115.9.1	60
餐	本音：千安切	144.4.4	69
	新增叶音：蘇昆切	140.9.10	69
髻	本音：吉詣切	507.4.5	151
	新增叶音：激質切	668.10.6	151

㰥	本音：於月切	679.6.7	132
	新增叶音：呼惠切	508.10.5	132
瘵	本音：側界切	528.2.9	133
	新增叶音：子例切	509.7.1	133
窻	本音：初江切	23.9.1	40
	新增叶音：麗叢切	8.7.3	40

十七劃

叶韻字	本音／新增叶音	《集韻》頁、行、字數	論文頁數
壓	本音：乙甲切	789.1.7	162
	新增叶音：益涉切	776.3.6	162
擊	本音：吉歷切	754.5.2	130
	新增叶音：吉詣切	507.6.3	130
濟	本音：在禮切	341.3.6	59
	新增叶音：前西切	92.8.1	59
濯	本音：直教切	585.2.2	150
	新增叶音：仕角切	661.1.1	150
獲	本音：胡陌切	735.1.1	127
	新增叶音：胡故切	500.10.2	127
舉	本音：茍許切	328.7.1	121
	新增叶音：居御切	491.5.1	122
薨	本音：呼肱切	254.10.3	90
	新增叶音：呼宏切	235.7.7	90
霜	本音：師莊切	215.10.4	144
	新增叶音：色壯切	598.7.3	144
幪	本音：謨蓬切	7.4.4	98
	新增叶音：母揔切	301.11.1	98
皤	本音：蒲波切	198.8.6	72
	新增叶音：蒲官切	149.2.1	72
髐	本音：師交切	187.10.1	141
	新增叶音：所教切	584.4.2	141

十八劃

叶韻字	本音／新增叶音	《集韻》頁、行、字數	論文頁數
謨	本音：蒙脯切	84.5.1	128
	新增叶音：莫故切	498.5.2	128
幰	本音：莫結切	707.3.5	158
	新增叶音：冥狄切	750.3.2	158

十九劃

叶韻字	本音／新增叶音	《集韻》頁、行、字數	論文頁數
壟	本音：魯勇切	305.1.2	42
	新增叶音：盧東切	6.6.3	42
寵	本音：丑勇切	304.10.3	41
	新增叶音：盧東切	6.9.3	41
龐	本音：皮江切	23.2.1	43
	新增叶音：盧東切	6.9.1	43
穫	本音：黃郭切	730.5.2	129
	新增叶音：胡故切	500.10.4	129
躇	本音：陳如切	68.2.2	123
	新增叶音：遲據切	492.11.4	123
靡	本音：母被切	317.1.3	45
	新增叶音：忙皮切	33.1.4	45
靡	本音：母被切	317.1.3	78
	新增叶音：眉波切	199.1.5	79
顛	本音：多年切	160.1.4	65
	新增叶音：典因切	127.5.3	65
黼	本音：匪父切	334.7.5	103
	新增叶音：彼五切	337.9.1	103

二十劃

叶韻字	本音／新增叶音	《集韻》頁、行、字數	論文頁數
蘇	本音：孫租切	85.5.6	53
	新增叶音：山於切	66.5.3	53
觸	本音：樞玉切	651.11.4	126
	新增叶音：昌句切	497.11.1	126
議	本音：宜寄切	471.6.1	47
	新增叶音：魚羈切	38.9.6	47
齟	本音：壯所切	330.6.1	80
	新增叶音：莊加切	205.9.7	80
瀼	本音：如陽切	215.8.2	87
	新增叶音：奴當切	221.2.3	87

二十一劃

叶韻字	本音／新增叶音	《集韻》頁、行、字數	論文頁數
饎	本音：昌志切	324.10.3	51
	新增叶音：虛其切	56.2.1	51
懼	本音：衢遇切	494.7.5	56
	新增叶音：權俱切	76.5.5	56
續	本音：松玉切	653.4.1	125
	新增叶音：辭屢切	498.2.7	125
顧	本音：古慕切	501.4.7	104
	新增叶音：果五切	340.1.3	104
饗	本音：許兩切	414.10.1	82
	新增叶音：虛良切	217.5.5	82
襮	本音：伯各切	725.9.4	149
	新增叶音：蒲沃切	650.4.4	149

二十二劃

叶韻字	本音／新增叶音	《集韻》頁、行、字數	論文頁數
贖	本音：神蜀切	652.6.1	125
	新增叶音：殊遇切	497.5.1	125

二十三劃

叶韻字	本音／新增叶音	《集韻》頁、行、字數	論文頁數
蠲	本音：圭玄切	163.2.3	58
	新增叶音：涓畦切	99.3.1	58

二十四劃

叶韻字	本音／新增叶音	《集韻》頁、行、字數	論文頁數
讖	本音：楚譖切	621.8.3	148
	新增叶音：乂鑑切	630.6.8	148

附錄二　道騫《楚辭音》、P.2494、《楚辭補注》、《楚辭集注》協韻處之對照表

引自黃耀堃、黃海卓〈道騫與《楚辭音》殘卷的作者新考〉

〈離騷〉	P.2494 寫本	《楚辭補注》	《楚辭集注》
後飛廉使奔屬	屬，協韻作章喻反	屬，音注，連也。	屬，叶章喻反；或如字，則具字亦叶入聲。
斑陸離其上下	下，協韻作戶音。	下，音戶。	下，叶音戶。
登閬風而緤馬	馬，協韻作媽音，同亡古反。	馬，滿補切。	馬，叶滿補反。
周流乎天余乃下	下，協韻作戶音。	下，音戶。	下，叶音戶。
余焉能忍與此終古	古，協韻作故音。	〈九歌〉曰：「長無絕兮終古。」〈九章〉曰：「去終古之所居。」終古，猶永古也。〈考工記〉注曰：「齊人之言終古，猶言常也。」《集韻》：「古音估者，故也；音故者，始也。」	古，叶音故。
周流觀乎上下	下，協韻作戶音	下，音戶。	下，上聲，叶音戶。
歷吉日乎吾將行	行，協胡剛反。	行，胡郎切，叶韻。	行，叶戶郎反。